なめくじに聞いてみろ

新装版

都筑道夫

講談社

Contents

新装版

なめくじに聞いてみろ

なめくじに聞いてみろ

この馬鹿さわぎの物語に、あとからあとから、登場する殺人の専門家たちは、作者のあたまの内がわにだけ存在して、あたまの外がわに実在しているその道の権威たちを、モデルにしたものではありません。名誉毀損で訴えられる心配はなくても、殺される心配があるので、明言しておきます。ただし、言及される殺人方法は、無経験な作者の考えおよばず、すべて専門家に、考案を依頼しました。実験台になられた方がたの霊に、深甚の感謝をささげます。

序章

1

へんてこな事故ばかり、つぎつぎに、おこる日だった。

上野広小路の地下鉄改札口では、乗車券の自動販売機がこわれた。午前十時四十分から、約一時間、駅員が気づくまで、おつりの五円玉を二枚ずつ、吐きだしていた。

新宿の大通りでは、愛の鐘が、午後一時に鳴りだした。通行人は文字どおり、仰天《ぎょうてん》した。午後三時二十五分には、池袋の百貨店の、六階と七階のあいだの踊り場で、ジュースの自動販売機がこわれた。階段に、オレンジ・ジュースの池ができた。

そして、午後五時五十分。

銀座四丁目の交差点で、四つある交通信号が四つとも、まったく突然、故障した。

2

交通信号が、青くなったまま、動かなくなれば、交通はたちまち、うなぎやの水槽で、うなぎが喧嘩をはじめたみたいに混乱する。交番の巡査の顔も、青くなる。

ラッシュ・アワーの銀座四丁目ときては、なおさらだ。巡査のひとりは、黄いろと黒の、ななめダンダラ縞に塗った台を、よいしょとかかえて、交差点のまんなかへ走った。都電のレールでえがかれた四角形のなかに、それをすえる。呼子をくわえて、上にとびのった。

巡査の両手が、動きだす。笛も、鳴りだす。自家用車とタクシイと電車とバスと、つけたりの人間の進行は、どうやら、立ちなおりを見せた。巡査の顔も、どうやら、安堵のいろを見せた。

と思ったとたん、その顔いろは、またもや、青に逆もどりした。

和光の前から、歩道をはなれて、まっすぐに――つまり、十字路をななめに横ぎり、巡査めがけて、ひとりの男が、近づいてきたからだ。

巡査はおこった河豚《ふぐ》みたいに、頬っぺたをふくらました。短かく、なんども、呼子を鳴らす。だが、大胆不敵な道路交通法違反者は、わき目もふらずに、近づいてくる

と、

「教えていただきたいことが、あるんですが。あのう、東京でいちばん、ぶっそうなところは、どこでしょう」

いやにゆったりした口調で、おどろくべきことをいうと、ぺこんと巡査に、おじぎをしたのだ。

「なんだって！」

あっけにとられて、巡査は口走った。

「ぶっそうなところです。つまり、その、いわゆる殺し屋といった連中が、出没するようなところ」

男はいよいよ、妙なことをいった。犀《さい》にふみつぶされたみたいな古帽子の下から、見あげた顔は、まだ若い。

「きみ、きみ、なんて歩きかたをするんだ。まっすぐななめに、横断するやつがあるもんか」

巡査は気をとりなおして、矛盾したようなことを、大声にいった。

「でも、二点間の最短距離は直線なり、といいますから」

青年は、けろりとしている。ふたりのまわりに、不吉なクラクションのひびきが、わきおこった。交通がまた、混乱しはじめたのだ。改築ちゅうの三愛の板がこいをゆびさして、巡査は金きり声をあげる。

「きみ、あそこの交番へいきたまえ、交番へ！」

はやらない洋菓子店の、見本ケーキのような交番からは、すでにもう、ひとりの巡査が、こちらへ駈けつけてこようとしていた。

「あんなところに、駐在所があったんですか。おまわりさんをずいぶん探したんです」

青年はもういちど、おじぎをして、大股に歩きだした。台の上の巡査は、おもちゃの二連銃から、とびだしたふたつのコルクみたいに目をむいた。

「おい、きみはまた——」

じだんだ踏んで、さけんだときには、二点間の最短距離上を、もう青年は、交番にたどりついていた。

もうひとりの巡査は、口を大きくあけて、待ちかまえていた。やたらに、歯ならびのいいところを見せて、どなった。

「交通道徳をわきまえんのかね、きみは」

「はあ、なにか悪いことをしましたか」

「道路をななめに、わたったじゃないか」

「台の上のおまわりさんが、さっき、ななめに走っていきましたよ。やっぱり、東京は合理的だな、と思って、ぼくも……」

「交通整理の警官はべつだよ、きみ。新道交法は、歩行者も守ってくれなけりゃあ

——きみの名前は？」

「桔梗信治《ききようしんじ》」

「ききょう？」

「花の名とおなじです。ききょう、あるいは、きちこう、という桔梗科の多年草ですよ。漢方薬では、痰おさえにつかわれる。秋の七草のひとつです。萩、尾花、くず、藤袴、おみなえし、桔梗、なでしこ、秋の七草、というあれでして……」

「わかった、わかった。きみはいなかから、出てきたばかりなのかね」

「はあ、出羽の山のなかから。きょう、東京についたばかりです」

「それにしては、なまりがないな、言葉に」

「父親に、きびしく矯正されましたから。あのう、ぼくは都会の規則に、はずれたことをしたんでしょうか」

「もちろんだよ」

「だったら、あやまります。一般に四つ角を、ななめにわたっては、いかんのですね。よくおぼえました。二度とやりませんから、かんべんしてください。申しわけありませんでした」

青年は目をとじて、英霊に対するがごとく、あたまを深ぶかとさげた。

3

おしめ袋みたいに、よれよれの皮かばんを、片手にぶらさげている。ボタンのたくさんついた襟の小さい服に、膝がゴムまりのようにたるんだズボンは、しゃれていえば、濃いスレートいろだが、乾いた犬のウンコいろ、といった感じだ。見るからに暑くるしそうで、桔梗信治の外観は、義理にもスマートとは、いいがたい。八時ちょっとすぎ、西銀座の酒場ゴモラに入っていったとき、若いバーテンが、なんとなく怪訝《けげん》な顔をしたのも、無理はなかった。

桔梗信治は、バアの泊り木に、尻をのせた。となりの泊り木に、おしめ袋をおいた。その上へ、ぬいだ帽子を、奇術師が生きたうさぎをとりだすときみたいに、ひっくりかえしにのせてから、おもむろにいった。

「ウイスキイ・ソーダをもらおうかな」

「ウイスキイは、なにをつかいましょう」

「いちばん、安いやつでいいよ。それから、ちょっと聞くけど、ここは、ぶっそうな店かね」

「はあ？」

アイスピックを逆手《さかて》にもったまま、バーテンはおどろいて、顔をあげた。

「ぶっそうな店かね、ここは。つまり、柄の悪い連中というか、やくざものなんかが、くるかどうか、知りたいんだが」

「冗談じゃないですよ、お客さん。柄の悪いのなんかきませんから、安心して飲んでください」

あざけるように答えたのは、もうひとりのバーテンだ。バアのはずれで、若い客にビールをついでやっていた。

スポーツ刈りの若い客は、左には馬のいるポルシェ、右には鳥のいるシムカ、楯のかたちの外車のマークを、左右の胸にかいた白地のポロシャツをきている。背中にはぶっちがいの骨をしょった髑髏《どくろ》が黒ぐろと、その下にはDon't kiss《ドーント・キッス》（接触するな）とかいてある。バーテンの保証に反して、あんまり柄がいいとは、いえないようだ。

「そうかなあ。この店なら、ぶっそうだろう、と思って、入ってきたんだが」

桔梗は、ぐちっぽくつぶやいた。威勢のいい音をさせて、ウイスキイの上に、炭酸水をつぎこんでいたバーテンが、聞きとがめて、顔をあげた。

「妙なことをおっしゃいますね。まるで、ぶっそうな店を、探してるみたいじゃないですか」

「探してるんだ。おまわりさんに聞いても、教えてくれないんでね」

「そりゃあ、教えてくれないでしょうねえ。怖い店に用があるんですか」

バーテンは、キング・ジョージ・フォースの四角いコースターの上に、グラスをのせながら、いった。

「知ってたら、教えてくれないか。殺し屋をやとえるようなところ」

桔梗はバアに手をついて、上半身をのりだした。カア・マニアらしい若い客が、こちらに顔をむける。ドアの近くで、アプリコットフィズをすすっていた女の客も、信治を見つめた。バーテンはあきれて、聞きかえした。

「殺し屋？」

「やといたいんだよ、殺し屋を」

「推理小説じゃあるまいし、殺し屋なんて、ほんとにいるもんですか」

「いるはずなんだ。知らないかね、どこへいったら、あえるか」

「さあねえ。なめくじにでも、聞いてみるんですね」

「なめくじに？」

「まじめな顔、しないでくださいよ。聞かれても、教えられないっていう意味です。冗談ですよ」

「うまいことというな、東京のひとは。なめくじに聞いてみろ、か。こんど、ぼくもつかってやろう」

桔梗は、いやに感心した。なんどもうなずいてから、

「それはとにかく、知らないかな、ほんとうに。お礼はするよ」

ふたつ折りにして、ゴムバンドをかけた紙幣束《さつ》を、内ポケットからとりだした。バーテンは、むっとした顔つきで、

「しつこいね、お客さん。そんなしゃれは、新宿あたりでやってくださいよ」

「新宿？　ぶっそうなところが、その新宿というところへいけば、あるのかい」

「よくは知りませんがね。ときどき、新聞に出てますぜ、暴力バアってのが」

「いってみよう。これで足りるね」

桔梗信治は、千円札を一枚ぬいた。

「お返しになります」

「つりはお礼だ」

帽子をあたまにのせながら、乾いた犬のウンコ色の背中が、たちまちドアのそとへ消える。

「ぼくも帰ろう」

スポーツ刈りの青年も、泊り木からとびおりた。客はアプリコットフィズの女と、もうひとり。これは泊り木をひとつあけて、信治のとなりにすわっていた半白の紳士

の、さっきから見て見ぬふり、聞いて聞かぬふりをしていた客だけになった。

「なんだろうね、ありゃあ」

バーテンのひとりが、笑いながらいった。

「いなかものだよ。妙なかっこう、していたじゃないか。古着屋のサンドイッチ・マンか、と思った」

もうひとりが、答えながら、笑う。

「きみたち、気がつかなかったかね」

口をはさんだのは、あたまに白髪の縞のある客だ。

「いまのひとの服さ。たしかに古いし、乱暴にきているが、あの生地は、きみ、最高級のイギリスものだよ。ジョン・クーパーあたりだな、たしかに。仕立てだって、まず仮縫三度、というところだろう」

「それにしちゃあ、からだにあってないようでしたよ、先生」

「だから、おやじさんのおさがり、と睨んだんだがね。帽子だって、となりにおいたから、のぞいてみたんだが、ボルサリノだった。ただのいなかものの、かぶる帽子じゃないよ」

「戦争ちゅうに、疎開者から巻きあげたものじゃ、ないですか。うちのおふくろなんか、いまだにこぼしてます」

「いや、上から下まで、すじが通ってる。おやじさんの趣味だと思うな。それに、きみ、彼はハイボールといわずに、ウイスキイ・ソーダといったろ。馬鹿にできない客だよ」

「バーテンさん、そのおさつ、立ってる！」

いきなり口をはさんだのは、アプリコットフィズの女だ。バーテンは、いまさらのように気づいて、息をのんだ。

桔梗が、束からしごきとって、バーテンの前においた千円は、さほど新しい紙幣でもなかった。それなのに、聖徳太子が横になって、小さな衝立をおいたみたいに、ぴんと立っていたのだ。それがいま、ふわっと倒れた。もういけません、くたびれました、とでもいうように。

4

桔梗信治は、土橋の通りへでると、左右をきょろきょろ見わたした。

「ちょっと、ちょっと、あんた」

うしろから、肩をたたくものがある。ふりかえると、にやにや笑っているのは、外車のマークのポロシャツをきた青年だ。

「いまの酒場にいたかたですね。なにか、ぼく、わすれものをしましたか」

「あんた、本気なのかい」

「なにがです？」

「殺し屋をやといたいって、いってたろう」

スポーツ刈りのあたまをかたむけて、青年は声をひそめる。

「あのことだよ。本気なのか」

「もちろんです」

桔梗の目が、するどくなった。

「あんた、金はもってたな。さっき、ちらっと拝見したんだが」

「ええ」

桔梗は、古かばんを左にもちかえて、右手を内ポケットにつっこんだ。

「見せなくたって、いいやな。本気なら、考えてやっても、いいんだがね」

「紹介してくれますか、殺し屋を。ぜひ、お願いします」

「年末調整のできない金が、だいぶかかるぜ」

「覚悟の上です」

「立ち話もできないな。こういう相談は、車んなかがいちばんんだ」

青年は歩きだしながら、ずらりとパークしている乗用車を見わたした。

さすが宵の口の銀座だけに、国産車にまじって、フォードのTバードがある。BM《ベーエム》W《ヴェー》がある。まっ赤なMGがある。無蓋のスポーツ・カアで、そこにスマートな電気ストーブが、過熱しているみたいに、華やかだった。ただ横腹に、煉瓦かなんかで、ガリガリひっかいたような傷が、無惨についている。

「うらやましくてしょうがない野郎が、いたずらしやがったんだぜ。けちな根性だ」

と、青年は舌うちして、

「五八年ぐらいだね。ちょっとハンドルをにぎってみたいが、いまは国産車のほうが、無難だな。このトヨペットにするか」

車のあいだをすりぬけて、車道にまわった。あっという間にドアがあく。

「こっちへまわって、乗ってくれ」

「こっちのドアは、あかないんですか」

「いいから、早くのれよ」

桔梗はいわれたとおり、車道にまわって、トヨペットにのりこんだ。かばんを膝にかかえこんで、

「この車、あんたのですか」

と、聞いたが、青年は返事をしない。イグニションになにかさしこんで、がちゃがちゃいわせた。

「どっちへいこう？」

トヨペットはたちまち、走りだす。

「新宿はどっちですか」

「じゃあ、新宿のほうへいこう」

「この車は……」

「だれんだって、いいじゃねえか。おれのでねえことは、たしかだよ」

「それで、こっちがわのドアは、あかないんですか」

「都合の悪いことでも、あるのか。弁当、買うんなら、窓はあくぜ」

「けっこうです。あんたの名前を、聞いてもいいですか。ぼく岸恭二といいます」

どういうわけか、桔梗はうそをついた。

「大友だ。サインはしてやらないよ。めんどくさかったら、ビルと呼べ。どんな自動車でも、おれの手にかかると、自由になるんでね。ついたあだ名だ。苗字とつづけると、オートモビル（自動車）になるだろう」

青年は得意げに、あたまをそらして、笑った。だが、桔梗はおもしろくなさそうだった。高笑いのおさまるのを待って、聞いた。

「殺し屋は、どこにいるんです」

大友は、答えない。トヨペットは、溜池の通りを走っている。

「やっぱり、新宿にいるんですか？」

桔梗は重ねて、聞いた。

「ここにいるじゃねえか」

「えっ」

「おれだよ。おたずねの殺し屋は」

「ははあ」

「事務所ももってねえし、新聞に広告もだしちゃいねえしよ。腕前を保証してくれる連中は、みんな墓のなかだが、一流だよ、おれは」

「ぼくは、自動車泥坊か、と思ってた」

「カアのほうは、趣味なんだ。あっちが本職さ。もっとも、この商売はそうしょっちゅう、お客があるわけじゃねえからな。趣味のほうで、食ってるときも、しばしばだがね」

「なるほど」

「わかったら、ラジオのスイッチを入れてくれ」

「どこにあるのかな、ラジオって」

「にぶいなあ。喋れってことだよ。だれをやるのか、あんたの予算はどのくらいか、なんてことを聞きたいんだ。目下はサービス期間ちゅうだから、おとなひとりにつき、猫なら二匹、犬なら一匹、子どもなら半殺しに、無料でしてやるぜ。おまけさ」

「予算は、五万円だよ」

「安いな。全額キャッシュで前払いなら、負けてやらねえこともねえが」

そのくせ、大友は、目を光らしている。

「それをきめる前に、聞いておきたいことが、こっちにもあるんだけれど」

「なんでも聞いてくれよ。ただし、国語問題は、かかりがちがうぜ」

「いきがって、ふざけるのは、やめてくれ。あんたの得意な殺しかたは？」

「もちろん、ハジキさ。百円玉を投げあげて、まんなかを射ちぬくぜ」

「いい腕だな」

桔梗は、がっかりしたようだ。膝の上のかばんをひらくと、中からまるめたシャツや、石鹸箱や、歯ブラシや、タオルをとりだした。かばんは、からっぽになった。

「なにしてるんだ」

と、大友がのぞきこむ。

「暗いところで、車をとめてくれ」

トヨペットは赤坂離宮のわきで、静かにとまった。

「このかばんは、二重底になってるんだ。なかには、こいつが入ってる」

桔梗がつかみだしたのは、輪胴式《シリンダー》の拳銃だ。先端が不器用に、切りおとしてある。

銃把には、汚れた包帯が巻いてある。それだけに、かえって、不気味に見えた。

5

桔梗信治は、拳銃を、大友の手にのせた。

「もとは六連発だったんだが、こわれちまってね。いまは、三発しか射てない」

「アメリカの屑屋からでも、盗んできたのかよ。ガタガタじゃねえか」

「腕がよけりゃあ、これでもあたる。射ってみろ。弾はここにあるよ」

桔梗は、左手をひらいた。

「冗談じゃねえ。音がすらあ。パトカアがすぐとんでくるぜ」

「マフラーをかければいい」

桔梗はかばんの底から、不格好なサイレンサー（消音器）をとりだした。

「百円玉をほうろうとはいわない。もったいないからな。あの三本めの街路樹を、射ってみろ」

「乱暴なこと、いうなよ。まだ九時にならないんだぜ。こんな時間に、こんな場所で、ハジキがぶっぱなせるかてんだ」

「いまごろだから、いいんだ。マフラーをかけなくたって、ノッキングの音ぐらいにしか、ひとは思わないよ」

桔梗は窓をあけながら、大友をふりかえった。

「どうやら、きみは弾のこめかたも、知らないようだな。かしてみろ」

「よせよ。おれを射つ気じゃあるめえな。わかったよ。うそをついたんだ。殺し屋なんて知らない。おれは、カア専門のけちな野郎さ。お見それしました。かんべんしてくれよ、兄き」

「おやじは死ぬとき、いろんなことを告白したがね。きみみたいな弟がいるとは、いわなかったぜ。ふるえてないで、さっさと帰れよ。あんまり怖がると、失禁するぞ。やさしくいうと、小便もらすっていうことだ。洗濯がたいへんだよ」

「わかった、わかったよ。ハジキをこっちにむけないでくれ。もう弾をこめたんだろう」

大友はドアをあけて、尻からさきにそとへでた。歩道にはねあがって、ふりかえりもせずに、四谷見附のほうへ歩きだす。桔梗は、窓から手をだし、無造作に、引金をひいた。かすかなするどい響が、走る。チューリップツリイの葉が一枚だけ、細い軸を射ちきられて、大友のあたまに、ぱっと落ちた。

大友は、カチカチ山の狸みたいに、ふえっとさけんで、走りだした。

「いい気になって、一発むだにつかってしまった」

と、ぼやいて、桔梗がにが笑いしながら、拳銃をかばんの底へ、ほうりこんだときだ。だれかが、窓をのぞきこんで、いった。

「見たわよ」

酒場ゴモラで、アプリコットフィズをすすっていた女だ。長い髪を背にたらして、黒い袖なしブラウスに、まっ白なペダルプッシャー（七分丈スラックス）をはいている。

「きみも、さっきの酒場にいたひとだな。つけてきたのかね？」

「だって、この車、あたしんですもの。タクシイで追っかけてきたのよ。ねえ、それだけの腕をもってて、どうして、殺し屋をやといたがるのさ」

「ぼくのさがしているのは、拳銃やナイフをつかわない殺し屋なんだ。もっと特殊な殺しかたをする」

「そんなかわった殺し屋をやとって、だれを消そうというの？」

ここぞとばかり、桔梗信治はいった。

「なめくじに聞いてみろ」

6

「ええ、なめくじに聞いてみるわ。そのかわり、あんた、通訳してちょうだい」

白いペダルプッシャーの女は、キイ・ホルダーをとりだした。この車、あたしんです、といったのは、うそではないらしい。くさりのさきの輪にとおした鍵は、トヨペットのものだった。くさりのはしには、ちっぽけな決闘用拳銃が、飾りについて、銀いろに光っている。安ホテルでデイトするとき、蚤《のみ》でもおどすつもりなのだろう。

「残念ながら、まだ通訳の免状を、とっていないんだ」

桔梗信治は、反対がわのドアから、するりとぬけだした。

「それに、殺し屋をやといたい、というのも、冗談だよ」

「でも、あんたが拳銃をうつところ、見たわ。プラタナスの葉を、あざやかに射ちおとすのを」

「きみはすぐ、神経科の医者に診てもらったほうが、いいんじゃないかな、拳銃なんか、もってないぜ。それに、この木はプラタナスじゃない」

「とぼけても、だめよ。その郵便屋のかばんに、しまったじゃないの」

「それじゃ特別に、令状なしで、家さがしをさせてやろうか」

桔梗は、かばんの口を、ぱっくりひらいて、さしだした。女は手をつっこんで、福引をひくときみたいに、慎重にかきまわした。

「癪だけど、ないわ。重いから、たしかに入ってるはずなんだがな。二重底なんでしょう」

「重いのは、古くさい金具がやたらについてて、しかも、頑丈にできてるからさ」

「ごまかさないでよ。ほかにも証拠はあるんですからね。ほら」

女は、ダッシボードの下に、手をのばした。ライターをつけるような音がした。かすかなうなりをあげて、なにかがまわった。女はまたスイッチの音をさせて、手をひっこめた。と思うと、とつぜんハンドルの下から、自動車泥坊の大友の声が聞えてきた。

「だれんだって、いいじゃねえか。おれのでねえことは、たしかだよ」

「それで、こっちがわのドアは、あかないんですか」

これは、桔梗信治の声だ。

「都合の悪いことでも、あるのか。弁当、買うんなら、窓はあくぜ」

「あの坊や、なかなか、しゃれたせりふを喋るじゃない」

と、女がいった。

「ゆうべ寝ないで、考えておいたんだろう。この車には、録音機がしかけてあったのか」

と、桔梗は舌うちした。

「トランジスタの小さいのがね。車がスタートすると、スイッチが入るように、セットしておいたの。どんなに用心しても、カア泥のエキスパートにかかっちゃあ、かなわないそうよ。だから、せめて車が発見されたとき、犯人の声が聞けるように、と思ってね。これが、マイクなの」

バックミラーの上に、にぎりこぶしぐらいの、頭蓋骨のマスコットが、ついている。女はそれを、ゆびさした。

テープの声は、つづいている。

「だれをやるのか、あんたの予算はどのくらいか、なんてことを聞きたいんだ。目下はサービス期間中だから、おとなひとりにつき、猫なら二匹、犬なら一匹、子どもなら半殺しに、無料でしてやるぜ。おまけさ」

「予算は、五万円だよ」

女は笑顔で、桔梗を見あげた。

「五万円で、だれを消したいの？」

「まず、そのテープを消したいね。そのつぎは、きみかな。すこし、よけいなことを、聞きすぎるようだから」

「あんた、同性愛的傾向があるんじゃない？　どうして、女性を警戒するのよ。さっきはバーテンに、おさつを見せびらかしたくせに。切手をあつめるより、高額紙幣をあつめるほうが、好きなのよ、あたしだって」

そのとき、テープの声がいった。

「このかばんは、二重底になってるんだ。なかには、こいつが入ってる。もとは六連発だったんだが、こわれちまってね。いまは、三発しか射てない」

レコーダーのスイッチを切って、女はいった。

「やっぱり、二重底ね。思ったとおりだわ。殺し屋をさがすんなら、銀座のバアなんかで、バーテンに聞いても、だめよ」

「四丁目の交差点で、おまわりさんに聞いてみたんだが、相手にしてくれなかった。どうやら、新宿にいかなきゃ、だめそうだな」

「駅前の交番で、聞くつもり？　でも、新宿までなら、のせてって、あげるわ」

「ひとりじゃ、地理がわからないんだ。ありがとう」

桔梗は歩道にまわって、トヨペットにのりこんだ。車をスタートさせながら、女は聞いた。

「あんた、どこから出てきたの？」

「出羽の山のなかからだよ」

のんびりした返事だった。

「山形県。ミイラの特産地ね。はるばる東京へ、殺し屋をさがしにきたの。ミイラのマスプロを、計画してるんじゃないでしょうね」

「きみは、新聞記者かい？」

と、桔梗は聞きかえした。

「残念でした。おつぎの質問を、どうぞ」

「新宿というところには、旅館があるかな」

「あら、殺し屋をさがすんじゃないの」

「あしたにするよ。急ぐわけじゃない。きょうはくたびれた。肉挽き機にかけられて、シューマイにされる一歩てまえみたいな気分なんだ」

「それじゃ、あたしがいっしょにいってあげるわ。新宿へんの旅館はね。アベック専門だから、ひとりでいっても、泊めてくれないのよ」

五色のチョークで、子どもがいたずらがきした黒板のように、ネオンの華やかな新宿の夜空が、だんだん近くなってきた。

7

女中がお茶をおいて出ていったあと、桔梗信治は、部屋のなかを見まわした。

「ずいぶん、狭いな。たった四畳半か」

「これでも、ここではいい部屋なんでしょう。バス、トイレ、次の間つきだから」

女中が電灯をつけ、蛇口をひねっていった風呂場から、湯の音がさかんに聞える。

桔梗はポケットに手をつっこみながら、女にいった。

「すぐ帰るなら、案内料をはらうよ」

「無料《ただ》にまけとくわ。そのかわり、せっかくだから、お風呂に入らしてもらうわよ」

「どうぞ。ぼくは、いっこうにかまわない」

「じゃあ、さきに入るわ」

こちらがわだけ襖紙を貼った板戸をあけて、女は消えた。あとにハンドバッグが、残っている。つやを消した豚皮の、薄いアタッシェ・ケース・スタイルだ。

「なかなか、いいバッグをもって歩いてるな。あの女、なんなのだろう？」

桔梗はひとりごとをいうと、内ポケットから、千円紙幣を一枚ぬいて、ハンドバッグの下に敷いた。つぎに、おしめ袋みたいな自分のかばんから、セロテープをとりだした。それで残りの紙幣束を、そなえつけのテレヴィ・セットの裏へとめる。

「ひとを見たら、泥坊と思え、か」

にやりと笑って、ゆかたに着かえはじめた。あぐらをかいて、ひえた茶をすする。

光を一本すいおわったところへ、エナメルを塗ったように顔を光らして、女があがってきた。

「半熟にするつもりだったけど、気もちがいいんで、ハードボイルドになっちゃった」

「ぼくがひと風呂あびてるうちに、帰ってくれよな」

桔梗は狭い板の間で、裸になった。ゆっくり湯につかって、あがってくる。四畳半に、女のすがたはなかった。

「あきらめて、帰ったらしいな。東京ってのは、ひまなやつの多いところだ。それも、金になることはないか、きょろきょろしながら、うろついていやがる」

つぶやきながら、見まわした。入り口の襖に、ねじこみ錠が、かかっている。桔梗は舌うちして、次の間の、唐紙をあけた。とたんに、こもっていたけむりが、淡紫にただよいだして、ゲルベゾルテのいい匂いが、鼻をうった。

三畳いっぱいに敷いた蒲団を、青っぽい和紙の笠をかけた螢光灯が、海の底みたいに照明している。かけ蒲団は、裾のほうに、たたんであった。女はシーツの上に、腹んばいになって、タバコをすっている。顎の下に枕をかって、マッサージ師が手をかけるのを、待っている、といった格好だった。ということは、専門的に区別すると、着ているものの上から、もむのが按摩だ。マッサージは、そうではない。

腰の上のくぼみへ達する背すじの曲線と、そこから、盛りあがっている尻の肉づきを、しばらく無言で観察してから、桔梗はいった。

「いわゆる散娼というやつか。どうもおかしいと思ったよ。いくら東京の盛り場だって、ちゃんとしたホテルが、あるはずだからな。ここは♨マークだろう。まあ、そうだってかまわないがね。ヌードの拝観料は、いったい、いくらなんだ？」

「政府発行の乗車券じゃ、のれないのよ」

「のろうとは、いわないよ。白タクは、こわいそうだからね」

「出羽の山から、とんできたにしちゃ、あんた、なかなか達者な口をきくじゃない。そこに興味があるんだ。誘惑したら、喋るか、と思っただけ。男ってのはいっしょに寝ると、口のしまりがなくなるそうだから」

「やっぱり、ブン屋か、トップ屋なのか――足で書いた記事ってのは、聞いたことがあるが、尻で記事を書くってのは、初耳だな」

「どっちでもないわ。あたし、セールスマンなの。どうぞ、よろしく」

女は片手をのばして、名刺をさしだした。敷布に押しつけられていた乳房が、ゴム風船みたいに、もとのかたちに戻った。

「トオキョオ・インフォメイション・センター、鶴巻啓子か。情報を売る会社かね」

「そうなの。大会社をお客に、取引先の実体調査なんかひきうける、大きな情報蒐集組織はあるけれどね。知りたいことがあるのは、資本家ばかりじゃないでしょう? あたしんところは、ごく一般むきに、小口の調査もひきうけるのよ。インスタント・ラーメンは、どのメーカーのがいちばんうまいか、なんてのまでね。お安くお教えするわ」

「殺し屋も、さがしてくれるってわけかい」

「おのぞみならば。ただし、どうして殺し屋をやといたいのか、理由を聞かしてくれなきゃ、いやよ」

「プライヴァシイの侵害ってことばが、はやっているそうじゃないか」

「いいたくなければいいわ。あんた、こういうおもちゃ、知ってる?」

女は枕もとから、キイ・ホルダーをつまみあげた。くさりのさきで、鋼いろの拳銃が揺れている。小指半分ほどの長さだが、小さな撃鉄のあがっているのは、見てとれた。

「知らないな。毒針でも、発射するのかね」

「人畜無害よ。オーストリア製。マウス(はつか鼠)って名がついてるの。これでも、ほら」

女は敷布の上へ横ずわりになると、すばやく枕を腿の上にのせた。それに両肘をついて、ちっぽけな拳銃をつまむ。銃身は引金の上で、ふたつに折れて、真鍮いろの小さなものの、つまっているのが見えた。

「ちゃあんと、薬莢が入るのよ。小さな針が、上につきでているでしょう。引金をひくと、撃鉄が、この針をつぶして――」

「ばあん、と音がするだけか。なんだ、つまらない」

「そうかしら。見てくれは小さいけど、これで紙火薬の三、四倍、大きな音がするのよ。知らないひとは、本物を射ったと思うわ。いまそっちの襖をあけといて、この引金をひいてよ。あたしが、腰にタオルでも巻いて、廊下にとびだしたら、どうなるかしらね」

「どうなるかな」

「そりゃ、すごい音がするんだから、旅館じゅうにひびきわたるわよ。おまけにあたしの悲鳴ときたら、お客さん、びっくりすること、うけあいね。お帳場さんは百とお番に、電話するでしょうよ。パトカアが飛んでくる。ヒステリックに声はりあげて、あたしがでたらめを喋る。あんたの古かばんをぶっこわせば、六連発が出てくるのよ。拳銃不法所持、殺人未遂でもってかれたんじゃ、殺し屋をさがすことも、できないわね」

得意げに、女は笑った。メロンのような乳房がゆれる。それにつれて、くさりのさきの拳銃もゆれた。

「このアクセサリは、デパートなんかじゃ、売ってないのよ。まさかこいつが、大きな音を立てるとは、だれも思わないわ。おあつらえむきに、あんたの六連発は、一発うったあとがあるし」

「六連発じゃない。三連発だ」

桔梗信治は、うしろ手に襖をしめると、蒲団の上に、あぐらをかいた。裸の膝が、あたたかくふれあった。鶴巻啓子は、腿の上の枕をおさえて、あとずさりした。

8

「きみは、よく喋る女だな。アルバイトに、テレヴィのコマーシャル・タレントでも、やってるんじゃないのか」

「そういう手も、あったのね。こんど、お小づかいがなくなったら、考えてみるわ」

「しかたがないから、殺し屋をさがしてるわけを、聞かそう、その前に、タバコを一本、もらうぜ」

「麻酔薬を入れるひまがなかったけど、普通のでよかったら、どうぞ」

鶴巻啓子は、枕もとの平べったい紙函から、押しつぶしたように平べったいタバコを、つまみあげた。

「ゲルベゾルテか。これはドイツのだね。まさかきみは、ナチ再建の秘密党員じゃあるまいな」

「うかつな想像、口走ると、殺されるかも、知れなくってよ」

啓子はガス・ライターの火をつけた。けむりの輪を大きくふきあげてから、桔梗信治は話しはじめる。

「桔梗信輔《しんすけ》って名前に、聞きおぼえはないかね、きみ」

「さあ、思いだせないわ。でも、すてきな名前じゃない」

「すてきなもんか。この男はむかし、わりあい有名な科学者だった。アメリカとヨーロッパで研究して、ことにドイツには長くいた。ヒトラーから、勲章をもらったことも、あるんだよ。なんでもらった、と思う?」

「チャップリン髭の手入れ法を、発明したわけじゃないでしょう、まさか」

「チャップリン髭でも、コールマン髭でも、はえなくする方法さ。はやしてる人間の、息の根をとめる手段だ。もちろん、髭のない人間にも、有効な」

信治は敷布に腹ばいになって、アルミニウムの灰皿に、ゲルベゾルテをこすりつけた。女も腹ばいになりながら、聞いた。

「毒ガスの研究かなんか?」

「毒ガス、細菌、なんでもござれだ。しかも、表面にでることのきらいな性質だったから、戦争がおわったあとも、戦犯にもならずに、日本へひきあげてきた。貴金属をしこたま、隠しもってね。それから、どうしたと思う？」

「殺し屋になった。あんたは戦争ちゅう、そいつに殺された反戦主義者の息子で、いまは親のかたきをさがしている。そうでしょう？　日本のアイヒマン事件ね」

「桔梗信輔という男は、気が弱くて、自分じゃ猫の首もしめられないんだ。けれど、殺人狂だった。おそらくドイツにいたころから、気が狂っていたんだろう。細君と子どもが、疎開していた出羽の山のなかへ、帰ってからも、とっぴな殺人方法を、つぎからつぎとあみだした。そいつを東京の殺し屋に、通信教授をしてたんだ」

「そのひと、あんたの――」

「おやじさ。先月、死んじまったがね。死ぬまぎわに、おやじはぼくに話してくれた。おどろいたな。なんとかしなくちゃいけない、と思った。日記をしらべてみると、おやじにはすくなくとも、一ダースの弟子がいたらしい」

「その弟子たちを、さがしだそうというわけね。さがしだして、どうするつもり？」

「おやじの血に飢えた遺産を、わすれてもらうのさ」

「そんなに簡単に、わすれてくれるかしら」

「くれないだろうね。記憶組織を破壊するより、方法はないだろう」

「殺すってこと？」

「しかたがない」

桔梗は寝がえりをうつと、天井を見あげながら、表情も変えずにいった。その顔をのぞきこんで、啓子がいった。

「子どもの尻ぬぐいを、親がするってのは、よくあることだけれど……」

「それも、しかたがないさ。なにごとも逆さまなのが、現代だ」

「それで、おとうさんの、飢えた遺産の内容は、ぜんぶ、わかってるの？」

「ぜんぜん、わからない。おやじは死病で床につく前に、ノートをぜんぶ焼いてしまったんだ」

「それじゃ、鬼がでるか、蛇がでるか……」

「あんがい、古風なことをいうな。そう。ドラキュラがでるか、フランケンシュタインがでるか、見当もつかない。でも、覚悟はできてるよ」

「見つけしだい、殺しちゃうつもり？」

「ダニやゴキブリとは、ちがうぜ。おなじ害虫でも、人間のかたちをしているんだ。ひとりひとり、勝負をするつもりだよ」

「危険だわ。あんた、命を一ダースもってるの」

「きみとおなじに、心臓はひとつさ。いくらか丈夫むきに、できてるかも知れないがね。ぼくの話はこれだけだ。新聞に書いても、週刊誌に売りこんでも、いいよ。たいがいのひとは、興味本位のでっちあげ実話だ、と思うだろう」

「一ダースの殺し屋は、ぎくりとするわ」

「おやじの弟子だ。かえって、ぼくに挑戦してくるだろう。そうなったら、好都合さ」

「あたし、ブン屋でも、トップ屋でもないって、いったでしょう。ひとには喋らないでおくわ。それより、あんた、よっぽど、慎重にやらなけりゃあ。東京はくわしくないわけね。助手がいるなあ。どう、トオキョオ・インフォメイション・センターと契約しない?」

「きみが手つだってくれるのかい」

「ええ、サービスとスピードが、わが社のモットオですからね。いまからすぐ、殺し屋をさがしてあげるわ」

「よし、契約書にサインしよう」

「そんなもの、いいわよ。実費はあとで請求するわ」

「ひきうける前に、本社と相談しなくていいのかい。きみにだって、危険がおよぼすかも知れないんだぜ」

「大丈夫。あたしが死んだら、給料が一人前、浮いたって、会社はよろこぶだけよ。じゃあ、すぐ仕事にかかるわね。あんたはここにいてよ。なにかわかったら、電話するわ」

啓子は、半身を起した。乳房から下が、青い影になって、桔梗の目にうつった。啓子は喉のおくで、いたずらっぽく笑いながら、いった。

「でも、せっかく裸になったのに、このまま起きちゃうの、もったいないわね」

「それも、サービスのうちかい？」

「馬鹿ね」

あたたかいからだが、桔梗の上に落ちてきた。

9

となりで、電話のベルが鳴った。桔梗信治は目をあけて、腕時計を見た。午前二時半。襖をあけて、電灯をつけると、大きな鏡台のなかに、パンツ一枚の桔梗のすがたがうつった。手をのばして、鏡台の上の電話をとりあげる。鶴巻啓子の声が、聞えてきた。

「もしもし、寝てたの？」

「ああ、くたびれたからね」

啓子が、色っぽい声で、笑った。

「変な意味で、いったんじゃないよ。こんな遅く、よく帳場がつないでくれたね」

「チップをやっといたから。それに二時半なんて、まだ宵の口よ。さっそくだけれど、ひとり見つかったわ、殺し屋が」

「そんな大きな声で喋って、大丈夫なのか」

「公衆電話のボックスだから、平気よ。たぶん一ダースのなかの、ひとりじゃないか、と思うんだけど、かわった殺しかたをするそうよ」

「どんな？」

「カードで殺すんですって」

「カードで……」

「ええ、トランプのカードよ」

「トランプで、どうやって殺すんだ」

「そこまでは、わからないわ。その殺し屋に、あったわけじゃないんですもの」

「だれかが、紹介してやる、とでもいったのか」

「ただ知ってるというだけなの、いまのところはね。なんとか紹介させるわ。当の殺し屋がつかまったら、だれを殺させることにするの？」

「きまってるじゃないか。ぼくだよ」

「あんたを！」

啓子は、息を吸いこむような声をだした。

「そう。ぼくだ」

「危険だわ、そんなこと」

「いいから、そいつをさがしだして、ぼくにあわしてくれ。なんなら、いまから、きみのいるところへ、ぼくがいこうか？」

「いま新宿区役所のわきの、電話ボックスにいるんだけれど——」

「区役所。ここへくるとき、車でとおったところだな。すぐいく。そこで待っててくれ」

桔梗は受話器をおくと、いそいで服をきた。おしめ袋をぶらさげて、廊下へでる。旅館のなかは、しずまりかえっていた。気のせいか、電灯も暗く、ねむそうだ。

狭い階段の上へきた。桔梗は一歩、みがきあげた階段に、足をおろそうとした。その足が、宙にとまった。上から三段め、階段の踏み板のまんなかに、白と黒とのいろあいもあざやかなカードが一枚、貼りつけたように、のっているのだ。

不吉な花を手にかざした喪服の女王だった。スペードのクイーン。死を意味するカードだ。

桔梗信治は、立ちすくんだ。そのうしろで、低い小さな声がした。

「なにも区役所まで、出かけることはないよ」

第一章　喪服の女王

1

スペードの黒いマークは、鋤《すき》ではない。双刃《もろは》のつるぎを、かたどったものだという。

その黒いつるぎが、足のうらにつきささったのだ。西大久保のつれこみ旅館の二階から、おりようとする階段の三段めで、桔梗信治は立ちすくんだ。うしろで、低い小さな声がした。

「なにも区役所まで、出かけることはないよ」

踏み板のまんなかに、貼りつけたようにのっているスペードのクイーンの絵札、不吉な花を手にかざした喪服の女王を、桔梗はすばやく二、三段、階段をおりて、ひろいあげた。そのまま、からだをまわして、うすぐらい廊下をふりあおぐと、白い手が一本、おいでおいでを、上からしている。

桔梗は無言で、二階へ逆もどりした。蒲団部屋といった感じの、板戸のすきまからのびた手が、桔梗の袖をつかんだ。その手は、安っぽい紫いろの和服につづき、いやにこかした襟の上に、おしろいくさくのっている顔は、ここの玄関を入ったとき、帳場の障子を半分あけて、のぞいた女のものだった。

「なにか用ですか？」

桔梗は、低い声でいった。

「こんな夜ふけに、出かけることはないわ」

「まだ新宿は、宵の口だそうだがな」

「あたし、いまの電話、交換台で聞いちゃいましたの。さきに帰ったおつれさんからでしょう」

「かわりの女を、世話してくれる必要はないよ」

「そんなこと。電話の内容を聞いたって、申しましたのよ。なにもわざわざ、殺されにいくことはないって、いうことですの」

「だれが？」

「あなたがよ。殺し屋やとって、自分を殺させるんでしょう。お金がかかるわ」

「生きていくにも、お金はかかる」

「つまり、死にたいけれど、自殺する勇気がないって、いうわけでしょう？」

女はだんだん、あとへさがる。顔の小じわが、目立たなくなった。部屋のなかは、暗いのだ。むれた空気が、女の体臭とまじって、あたまを重くする。桔梗の返事を待たずに、女はつづけた。

「じつは、あたしもそうなの。死にたいんだけれど、勇気がないのよ。ひとりじゃ、だめ。でも、心中ならできるんじゃないかしら」

「どうして？」

「あんた、聞いたことない。心中ってのは、男と女がするものよ。死ぬ前に、男と女がすることを、根かぎりしてから死ぬんですって。へとへとになったら、死ぬのも怖くなくなるはずだわ」

「そんなおつきあいは、ごめんだね。きみはだれかにたのまれたのか」

「たのまれたって、なにを？」

「ぼくを、ひきとめておくようにさ」

「そんなこと、だれにもたのまれないわ。ただ電話を盗みぎきして、あんたならいっしょに、死んでくれるんじゃないか、と思ったの。ねえ、おねがい。あたしと死んで。死ななきゃならないわけがあるのよ。それを話してると、夜があけちゃうけど」

「理由なんて、どうでもいいよ」

「殺し屋は高いわ。あたしはただで、おまけまでついてるのよ」

「わかった、わかった。死にかたは、選ばしてくれるんだろうね」

「首をしめるなら、腰紐があるわ。眠り薬も、買いだめしてあるの。日本かみそりの、よく砥いだのもあるわ」

「そんなのは、趣味にあわないな」

「それじゃ、とっときのを出しましょうか。こないだ、お客さんがわすれてったの」

「なんだい？」

「懐炉灰の親方みたいなやつ。おまわりさんにわたす前に、三本ばかりくすねておいたの、ダイナマイトだっていうから……」

「それも、趣味にあわない」

「なんなら、趣味にあうのよ」

「老衰死だ」

桔梗は、部屋をとびだした。その上衣のすそを、女がつかんだ。ふりかえって、桔梗はいった。

「かんべんしろよ。ほんとをいうと、死ぬ気はないんだ」

「わかったわよ。ほかにあたってみるから、いいわ。ことわられたのは、あんたで五人めなんだから。希望をすてずに、あたしはまた、だれかにたのんでみる」

「だったら、手を離してくれ」

「逃げようとしたから、つかんだの。お会計していただくのも、あたしの役目ですからね。十二時すぎは、お泊りの代金をいただきます」

2

コマ劇場の裏通りは、ネオンもあらかた消えて、宵の口とは思えなかった。だが、餌食《えじき》をもとめて徊いだした豹みたいに、目玉を光らして、自動車はうろうろしている。有料駐車場の塀に手をついて、酔っぱらいが腹筋運動をやっている。男ばかりではない。生地を節約して、背中と膝小僧を見せた洋服の女、汚れないように襟をひらいて、みぞおちを見せた和服の女が、看板を消した小さな店から、出たり入ったりしている。二、三人かたまってお喋りをしているのもいた。

桔梗が大股に、道のはしを急いでいくと、女はつぎつぎにすりよってきた。古かばんをつかんだり、腕をつかんだりする。

「ねえ、ちょっと寄ってかない?」

その力のつよさ。みんな合気道の達人かも知れない、と思って、桔梗は緊張した。

「なにをする。離せ!」

右に左にとびかわして、相手の腕をはねのけながら、桔梗は足を早めた。

「ちぇっ、けち」

「なにさ。助平づらしてるくせに」

「うろうろしないで、女房の尻を抱きにかえんな」

女にあるまじき暴言を聞きながら、桔梗は思った。盛り場の人間は、ふつうでもこんなに、殺気立っている。とすれば、殺し屋たちはどんなに凄いか、見当もつかない。桔梗は武者ぶるいしながら、区役所の横まできた。

すると、いない。公衆電話のボックスはあるが、鶴巻啓子はいないのだ。あかりのついたボックスは、からっぽで、その前には二、三人、時季はずれのファンキイ・ハットに、雪駄ばきの若いのが、立っている。

近よって、桔梗は聞いた。

「ここに、女がいなかったですか」

「どんな女だよ」

「白いスラックスに、黒いブラウスの」

「シロクロか。おい、シロクロの女がいたかな、ここに」

「知らねえな」

と、残りがそろって、首をふった。

「知らねえとよ。いい女かい」

「美人でしょうな。区役所のそばの電話ボックスといえば、ここですね」

「ああ、ここだね。コールガールにすっぽかされたのか。だったら、おれたちがいい子、世話してやるぜ」

「それにはおよばない。ほかをさがしてみる。どうもありがとう」

型のくずれたボルサリノのつばに手をあてて、桔梗はまわれ右をした。

「おい、そんなあいさつって、ねえだろう。ひとがせっかく親切に、かわいい女《すけ》を、世話してやろうってのによ」

「だから、それにはおよばない、といったんだがね」

桔梗は、ふりかえって、いった。そのまわりを、三人がとりかこんだ。

「だから、そんなあいさつ、あるかっていうんだ」

「それじゃあ、あすにでも、礼状をさしあげるよ」

「ふざけるな」

前に立ったやつが、手をのばして、桔梗の肩をつこうとした。その肘を、古かばんをもったままの右手でつかんで、押しあげながら、桔梗の左手は、相手の赤いファンキイ・ハットを、力いっぱい、ひきおろしていた。てっぺんがスポッとぬける。帽子のつばは、こすられてまっ赤になった耳の下で、ぶかっこうな首輪に化けた。

「このほうが、似あうぜ、きみ」

「野郎！」

右がわの男の、腰にかまえた手のさきで、飛出しナイフが刃をひらいた。だが、そいつのからだが、ぶつかってくるより先に、桔梗の全身は、ぼろ椅子からとびだしたスプリングみたいに、はねあがった。

右がわの男は、靴のかかとで胸を蹴られて、のけぞった。帽子のつばを首輪にした男は、重いかばんに鼻をあおられて、尻もちをついた。かばんはそれから、左がわの男の下腹に着陸したので、こいつはへなへなとうずくまった。

「ナイフのかまえかたは、悪くなかったんだがな。要するに、タイミングの問題だよ。ぼくのほうが、〇・六秒ほど、早く動いたからね」

桔梗は身をかがめて、右がわの男から、飛出しナイフをとりあげた。

「これ、記念にもらっておくよ。きみたち、怪我はないだろう。健康保険に入ってないんじゃないか、と思って、かげんしたから」

そのとき、うしろで声がした。

「なんだ、てめえたち、こんなところで喧嘩《ごろ》まくやつがあるもんか、ポリがうるせえの、知らねえのかよ」

桔梗は、ふりかえった。外車のマークのポロシャツではない。赤い皮ジャンパーを

きている。だが、顔だけは宵に見たままの、自動車泥坊オートモ・ビルが、立ってい
た。

「やあ、大友君」

「あっ、兄きか」

大友はひたいをたたいて、舌をだした。

「なるほど、そういうあいさつをすればいいのか」

「ええ？」

「いや、あいさつが悪いって、このひとたちに怒られたんだ」

「こいつら、兄きにいんねんつけたんですか？　馬鹿だなあ。おい。早く起きて、兄きにあやまらなけりゃあ、だめだぞ」

大友は、三人をどなりつけた。

3

ジーンパンツの腰をさすりながら、だらしなく雪駄をひきずって、あたまをさげさげ、三人はいってしまった。

桔梗信治は、大友にいった。

「きみはこのへんじゃ、いい顔らしいな」

「それほどでもないけどね。でも、殺し屋に親戚はありませんよ」

「いまは女をさがしているんだ。ほら、銀座の酒場にいた女だよ。黒の袖なしブラウスの。この電話ボックスで、待ってる約束だったんだが」

「そういや、さっき、ぼくは角の屋台にいたんだけど、白いスラックスの女が、いい腰つきしてね。電車道をわたっていったな」

「それだよ、きっと。どこへいったかわからないかね？」

「さあねえ？　あいにくと、レーダーをもってなかったから」

「困ったな」

「ほかの女じゃ、いけないんですか」

「いまもその話だったんだ、喧嘩の起りは」

「そりゃいけねえ。いまのせりふは、カットします」

「そうだ、きみ、知らないかな。カードさばきが、すごくあざやかな男。このへんの酒場にいるんだろう、と思うんだが」

「カードねえ？」

大友はひとさし指で、あたまのうしろを掻いた。それから、右の耳たぶを掻いた。こんどは顎のさきを掻いた。つぎには、鼻のあたまを掻いた。

「背中を掻く番になったら、手つだってやるよ」

と、桔梗はいった。

「大丈夫です。ひとり思いだしました。こいつは、うまい。西部劇なんかに、賭博師が出てきて、あざやかな手さばきを見せるでしょう。あんなのが、裸で逃げだそうって、手なみなんだ」

「はだしで、だろう」

「いいや、あいつとうかつに勝負したら、完全に裸にされちゃうから」

「紹介してくれないか」

「弱ったな。そいつと口きいたこと、ないんですよ、ぼくは。いつも根をはやしてるとこなら、知ってるけど」

「そこへ、つれてってくれ」

「こっちです」

大友はさきに立って、歩きだした。桔梗がさっき歩いてきた道だが、コマ劇場裏のほうへは、曲らなかった。急に暗くなった道を、しばらくいって、まあたらしいビルの角を右に折れると、一軒の酒場があった。ネオンが消してあるので、店の名前はわからない。

「ここですよ」

大友は、黒板みたいな扉をおした。

若い女のバーテンが、狭いバアのなかから、にこりともしないで、うなずいてみせた。客はめがねの、痔せた男がひとりきりだ。

「二階なんです」

大友は小声でいうと、店の奥までいって、化粧室と書いてある板戸をあけた。奥に便所のドアがあって、右がわには、狭い階段がのぼっている。

こんども、大友がさきになって、階段をのぼっていった。が、二階をのぞける位置までくると、ふりかえって、うなずいた。めざす相手がいる、という意味なのだ。

4

二階は下よりも、ひろかった。立派でもあった。泊り木のならんだバアだけでなく、ボックスが三つあった。そのひとつに、客がいる。

いやに短かい支那服で、下半身を開放した大柄な女が、まず目についた。これは、店のサービス係らしい。その膝を、となりでなでているのが、客だろう。縦よりも横のほうが長そうな中年男で、つるつるあたまが、うす暗い照明に、あやしく光っている。

その男の、親指ばかりをならべたみたいな手をみて、桔梗信治はバアへ視線を移した。

こちらにも、客はひとり。黒い背広をぴたっとからだに貼りつけて、バアにもたれている。ブランディ・グラスをわきにおき、カードで城を組みたてたのが、ちょうどいま、完成したところらしい。となりの泊り木に、桔梗はすわった。

揺らしたら、承知しないぞ、とでもいうように、男はじろっと、こっちを見た。桔梗はにこっと笑って、バアの上に両手をのせた。

「お見事ですな」

近くで見ると、五十三枚のカードは、ひとつひとつポーズのちがうヌードだった。男は得意げにうなずいて、ブランディ・グラスに手をのばした。とたんに、カードの城が、ゆらゆらと揺れだした。

男はあわてて、手をのばした。だが、ヌードの城は、ゆらゆら揺れても、崩れはしない。桔梗はバアから、手を離した。カードはぴたりと、揺れるのをやめた。桔梗はまた、バアに手のひらをつけた。すると、またヌードのカードは、ゆっさゆっさ揺れはじめた。男は、桔梗の手に気づいた。

「科学原理応用、というと、大げさですがね。かんたんな奇術ですよ」

と、桔梗はいって、勢いよく、バアから手のひらを離した。カードの城は一挙にくずれて、ひと山に積みかさなった。

「なかなか、味なまねをやるな」

と、男はいって、両手でカードをすくいあげた。カードはまるで生きものみたいに、男の両手のあいだを、とびちがった。

「シャッフル（切る）のほうも、お見事ですね。そのお手なみを拝見したくて、じつは失礼なことをしたんです」

「ほんの小手しらべだよ」

男の手から、カードが羽でもはえたように、つぎつぎ天井へとびあがり、一廻転して、またつぎつぎと落ちてきた。はねあがったときには、ぜんぶ表だったカードが、そっくり裏になって、男の片手におさまったのだ。

「どうです？」

と、大友が桔梗の耳にささやいた。

「うまいものだな。こいつが、凶器になると、もっとすごいが――」

と、桔梗はいった。

「そんな器用なことは、できないさ。プラスティックのもあるが、カードはカードだ」

男は、首をふった。

「どんなものでも、凶器にならないことはない、と思いますがね、ぼくは」

桔梗は男の手から、カードを一枚とりあげた。親指と中指で、その一枚の両端をおさえて、弓なりに曲げる。泊り木をまわしながら、カードを天井へ、いせいよくはじきあげた。大友が、あつ、といった。黒い背広の男も、うわ目づかいになって、いやな顔をした。

コルク板を張りつめた天井に、カードはぴたりと吸いついたのだ。

「こんなぐあいに、相手の口に貼りつけて、息をとめることは、できませんか」

と、桔梗がいった。支那服の女が、立ちあがって、手をたたいた。

「うまいわ、このひと——のりでも、ついてるんじゃないの？」

とたんに、カードは天井を離れて、落ちてきた。それをとちゅうで、受けとめた手があった。

「呼吸は、口だけでするわけじゃない。こうしたら、どうだね」

その手の主がいった。同時にカードは、指さきを離れて、風を切った。刃はばのひろいメスのように、宙をとんだカードは、バアのはしの花瓶をかすめて、急に床へ落ちた。

桔梗は、目をみはった。花瓶には、八重の大きな秋咲きガーベラが、炎のように傲然と、花冠をもたげている。その赤い花が、花だけが、そのとき、ぽろりと落ちたのだ。

桔梗は、泊り木をとびおりると、バアのはしへいって、花瓶に顔を近づけた。花の茎は、するどいナイフで切ったように、切り口から露を吹いている。

桔梗は自分の首すじをなでてから、ため息をついた。かがみこんで、床からカードをひろいあげる。皮の敷物の上に、横ずわりしたヌードには、黒いつるぎのスペードと、女王のQの、インデックス（肩マーク）がついている。

偶然ながら、またしても、喪服の女王だ。

桔梗はカードをつまんだまま、それを投げた手の主を、ふりかえった。その指はもう、なにごともなかったように、支那服の女の腿をなでている。その腕は、まるまるとした肩につながり、肩の上には、大人国のゴルフボールみたいに、顎のさきから、襟もとまで、つやつやてらてらかがやいた顔が、のっているのだった。

そのとき、だれかが、せかせか階段をあがってきた。のぞいた顔は、鶴巻啓子だった。啓子は、二階をひとわたり見まわして、

「あら、もうきてたの」

と、桔梗にいってから、肥った中年男をゆびさした。

「このひとなのよ。このひと」

5

啓子の運転するトヨペットは、さすが交通量のへった甲州街道を、快適に疾走している。

となりには、桔梗信治がのり、バックシートには肥った中年男が、軟式野球のボールを、無理やり押しこんだようなかっこうで、のっている。さっきから、五十枚の千円札を、くりかえし、くりかえし、数えているのだ。

太い親指につばをつけて、ゆっくり一枚、ゆっくり二枚、丹念に数える。いっぺんおわると、札束をひっくりかえして、また指につばをつける。十四回めだ。桔梗は首をねじまげて、前の座席から聞いた。

「気がすみましたか。五万円あるでしょう」

「全額払いのしごと、というのは、気もちのいいものですな。つまり、信用された、ということだから。たしかにあります、五万円たしかに」

中年男は小さな目をかがやかしながら、飴玉をしゃぶっているような声でいった。

「ぼくが名のらなくても、引きうけてくれますね」

「用心ぶかいひとが、わたしは好きでね」

と、男は笑った。

「あすの午後三時、あたしがそばにいて、合図をするひとを、消すのよ。わかったわね」

と、啓子がいった。

「わかった。ただ場所をまだ、聞いてなかったな」

「二子玉川園の遊園地につれだすよ」

と、桔梗がいった。

「よろしい。あすの午後三時、二子玉川園の遊園地でね。まかしておきなさい」

「やっぱり、カードを投げるんですか」

「花とちがって、人間の首は、カードでは切れない。二枚のカードのあいだに、かみそりの刃をはさんで、投げるんです。スペードのクイーンと、ジョオカアのあいだに、いつもはさむことにしている。喉笛がぱっくり口をあいて、相手はたおれる。そのまわりに、喪服の女王と、道化師のカードが、血に染んで散ってるなんてのは、芸術的じゃないですか」

中年男は、もみ手しながら、きゅっきゅっと、ゴムまりをこするみたいな笑い声を、喉のおくで立てた。

桔梗はうかない顔つきで、首すじをなでた。中年男が、啓子の肩に手をふれた。

「このへんで、とめてください。車に酔ったらしいから、わたしはおりる」

トヨペットは、とまった。

男は亀のように、窮屈な座席から、泳ぎだした。

「それじゃあ、あした」

男のすがたは、桜上水へんの暗い露地へ消えた。車はUターンして、走りだす。

「どうして、公衆電話のところに、いなかったんだ?」

と、桔梗が聞いた。

「紹介者がないと、だめだっていうから、さがしにいったの。あなたのところへ電話したら、お話ちゅうだったわ」

「あの女、受話器を外しておいたんだ」

桔梗は心中志望の女を思いだして、舌うちした。

「そんなことより、あした、あたしと遊園地へいくのは、あんたでしょう。どうして、遊園地なんか選んだの、最初の決闘の場所に」

「理由はあるんだ。考えてみろよ。わからなかったら、なめくじに聞いてみろ」

桔梗信治は、にやりと笑った。

6

大きすぎる帽子をかぶったみたいに、夜あけの空は、まだ暗い。だが、腕時計の短針は、すでに4をとおりすぎた。長針と協力して文字盤の上に、お釈迦さまのなまず髭をかいている。

甲州街道を新宿さして、疾走するトヨペットのなかで、トウキョオ・インフォメイション・センターの女セールスマンがいった。

「足もとを見てくれない。なめくじ、いないかしら」

「いないね」

「さがして、聞いてみるわ、二子玉川の遊園地を、決闘の場所にえらんだ理由を」

「自分で考えるのは、めんどくさいか」

シートにおいたゲルベゾルテの函から、一本つまみだしながら、桔梗信治はいった。

「運転しながら、考えごとするとね。あたし、ついスピードをだしすぎちゃうくせがあるの。郵便ポストか電柱と、心中してもいいんなら、考えてみるわ」

「きょうはいやに、心中をもちかけられる日だな。それでは、教えてさしあげるよ」

桔梗はゆびさきで、カードを一枚、風見鶏《かざみどり》のように、廻転させた。けものの皮の敷物の上で、裸の腰をくねらせた女が、カードといっしょに、ピルエットを踊った。

黒いつるぎのスペードと、女王のQの、インデックスがついたカードだ。自動車泥坊の大友に、案内させた新宿の酒場で、黒い背広の男が、城を組みたてていたアメリカ製トランプの一枚、それをつかって、最初の決闘の相手が、神技をみせた一枚だった。

「あのマシマロのお化けみたいな殺し屋、名前を聞くのをわすれたが……」

「あたし、知ってる。間淵憲介《まぶちけんすけ》っていうの」

「その間淵の殺しかたは、二枚のカードのあいだに、かみそりの刃をはさんで、投げるわけだ。つまり、殺すものと殺されるものとのあいだには、距離がある。殺されるものたるぼくとしては、やはり、飛び道具をつかって、対抗せざるをえない。それには、まわりにあまり、ひとはいないほうがいい」

「そりゃ、そうだわね」

「といって、夜なかの日比谷公園とか、試合のないときの神宮球場とか、だれもいないところでは、間淵がいやがるだろう。だから、遊園地をえらんだんだ」

「遊園地ってのは、ひとがたくさん、でるとこよ」

「それでいて、観覧車とか、ローラーコースターとか、わりに孤立した場所も、たくさんある」

「あ、そうか」

「そこをおりれば、ひとが大勢いるから、逃げやすいしね。間淵をうまくやっつけることができても、すぐ警察につかまったんじゃ、なんにもならない」

「そりゃ、そうね。でも、どうして二子玉川園にしたの」

「ほかの遊園地を、知らなかったからさ。きのうのひるま、国電をのりまちがえて、東京じゅうを、うろうろしてた。そのとき、どこかの駅で、二子玉川園のポスターを見かけたもんで」

「なるほどね。それで、飛び道具をつかうってのは、この拳銃のこと」

啓子はハンドルから、左手をはなした。桔梗の膝の上の、おしめ袋みたいな古かばんを、その手のひらで軽くたたく。

「いや、こいつは、声がでかいから、だめだ。マフラーをかぶせたんじゃ、命中率が悪くなるしな。なにしろ、距離がどのくらいになるか、ぜんぜん、わからないんだから」

桔梗は、ゆびさきのカードを見つめて、首をすくめた。ガーベラの華やかな花冠が、このカードで切断されて、酒場の床へ、血まみれの生首のように、ころがったときのことを、思いだしたのだ。

「つい、もってきちまったけど、黒服の男に、これを返してやらないと、いけないな。せっかくのカードが、一枚まいごじゃ、つかいものにならない」

と、笑いながら、桔梗はその一枚を、ポケットに入れた。手さきに、固いものがふれる。区役所のわきで、チンピラからとりあげた飛出しナイフだ。

同時に、ファンキイ・ハットをひきさげて、つばを首輪にしてやった男の顔が、スライドみたいに、あたまに浮かんだ。桔梗は、膝をたたいた。

「そうか。首輪をすれば、いいんだ」

「なによ。いざってときの食用に、犬でも飼うつもり？」

と、啓子がいった。

「うまく防ぐ方法を、考えついたんだ。マシマロのお化が投げるカードをね。あした、出かけるときまでに、犬の首輪をひとつ、買っておいてくれないか。なるたけ、幅のひろいやつがいい」

「あなたがするの？　それじゃ、自由に動けるように、くさりの長いの、つけてあげるわ」

「首輪をかくすマフラーもいるな。うんと高いカラーを、買っておいてくれ。金をわたしておこうか」

「いいわよ。あとで請求するから。首輪をした男性なんて、想像しただけでも滑稽だけれど、たしかにそれなら、安全ね。電気のこぎりでも、とんでこないかぎり」

「あとは相手の、出かたひとつだ」

「いまはこれから、どうするつもり？」

「午後の決闘にそなえて、じゅうぶんな休養をとりたいな。でも、西大久保の旅館にもどるのは、いやだぜ。ダイナマイト心中に、つきあわされる危険がある」

「だったら、いっそ、あたしのアパートへこない。どうせ、午後はいっしょに、出かけるんだから」

「それも遠慮したほうが、いいようだな。裸になって、トレーニングをしろ、なんていわれると困る」

「ゆうべ、スパーリングを見せてもらったから、ベッドのリングにあがれ、とはいわないわ。カウンター・ブロウの威力は、よくわかったもの」

「とにかく、さっきの酒場につけてくれよ。あの男がいたら、カードを返してやるんだ」

「もう店をしめちゃってるわよ、きっと」

「朝までやってるって、大友はいってたがな。まあ、いくだけ、いってみよう」

「いいわ。あたしのアパート、四谷の三栄町だから、遠まわりにもならないし……」

新宿駅の西口へむかって、啓子のトヨペットは、左折した。

7

「兄き、そろそろ起きないか、兄き」

からだを軽くゆすぶられて、桔梗信治は目をあいた。三十ｃｍほど上空に、大友の顔があった。

「なんだ。ぼくはけっきょく、自動車泥坊の巣へ、ころがりこんだのか」

「その呼びかただけは、べつのとチェンジしてくださいよ、兄き」

大友は、みみずが鼻の穴へ、餌いこんだような顔をした。

あたまをあげて、桔梗は、あたりを見まわした。大友の部屋ではない。二階の酒場だ。カーテンの隙間から、黄金の延棒みたいな陽の光が、ひとすじ、さしこんでいる。大きな椅子をふたつならべて、桔梗は寝ていた。

奥のテーブルを、両手でだきしめて、椅子にかけたまま眠っているのは、例の黒服の男だ。白い服のバーテンは、バアの拭きこんだ横板の上に、きちんと安定した肘まくらの背なかを、こちらにむけて、モデラート・カンタビーレのいびきをかいている。杖のさきに肘をついて、宙に横たわったインドの行者のようだった。

「いま、何時だ？」

のびをしながら、桔梗は聞いた。

「十時ちょっと前です」

「そんな時間か。もうひと眠りしたいところだが」

「バーテンが、目をさましたら、すぐ追いだされますぜ。それに、おむかえがきてるんだ」

大友は、窓をゆびさした。桔梗は立ちあがって、カーテンのすそをまくった。若い女性の肌みたいに、新鮮な光が、目にしみる。

すぐ下の窓の前に、黒塗りのオースチンが、とまっていた。フードによりかかって、こちらを見あげているのは、鶴巻啓子だ。

「それじゃ、出かけるかな。縁があったら、またあおうぜ、ビル」

手をふって、桔梗は階段をおりかけた。その肩へ、大友の手が落ちてきた。

「ありがたい、ビルって呼んでくれたね、兄き」

一階の店は、まっ暗だった。桔梗は手さぐりで、ドアをあける。啓子が走りよってきた。けさは長い髪をアップにして、葡萄いろのセパレーツをきている。

「どう、よく眠れた？」

「眠れたかどうか、おぼえてないほど、よく寝たよ」

「顔いろは、悪くないわね。さっそく、ロードワークに出かけましょう」

いわ」

「あたしをたべると、蕁麻疹《じんましん》ができるわよ。それじゃ、ご飯をたべてからにしてもいい」

「それより、朝めしだな。このままじゃ、きみにくいつくかも知れない」

啓子は、オースチンのドアをあけた。

「きのうの車と、ちがうじゃないか」

「借りてきたのよ。ちょっと演出に凝ったほうが、いいと思ったから。首輪も、カラーも、用意できてるわ」

オースチンは、軽快にスタートした。

「これだね、首輪は」

桔梗はシートから、黒い皮の幅びろの首輪を、とりあげた。ブルドッグでもなければ、似あいそうもないやつだ。

「首輪というより、首かせみたいだな」

「そのかわり、これをはめてたら、ギロチンにかかっても大丈夫よ。カラーは、こっちにあるわ。これ、探すのに、苦労しちゃった。問屋街まで、いってきたの」

「これなら、首輪もじゅうぶん、かくれるな。あとはシャツを買わなきゃ、いけないわけか」

「シャツだけじゃないわ。服もよ。そのままで出かけてったら、間淵憲介、よってくなんて、野心はないんだ。朝めしを三人前、たいらげようという野心なら、あるがね」

「そこまで、凝らなくてもいいさ。カンヌに出かけていって、主演男優賞をもらおうるもんですか」

「唐もろこしの毛で、つけ髭でも、こしらえてきてあげれば、よかったわね」

「もちろん、変装するつもりだよ」

8

午後二時五十分、世田谷区のはずれにある二子玉川園の、うす汚れたゲイトの前に、黒塗りのオースチンがとまった。

葡萄いろのセパレーツを、品よくきた若い女が、運転席からおりて、車のうしろをまわり、左がわのドアをあけた。ハンドルのとなりから、ゆっくりと腰をあげたのは、あたまのだいぶ白くなった男だった。

濃い鼠いろの服から、高いカラーをはみださせて、やたらに首が太く見える。陽やけした顔に、小さなレンズの金ぶちめがねが、年寄りくさい。どこから見ても、ご先祖さまは城代家老、明治は遠くなりにけり、といった老いたる田舎紳士だ。

若い女とならんで、ゲイトの入園券売場に近づきながら、老人は小声でいった。

「あんまり、ひとがいないようだな」

声だけは、かわっていない。桔梗信治の声だ。

「ウィークデイだからでしょう。でも、観覧車はまわっているし、コースターも走ってるから、大丈夫よ」

と、いってから、鶴巻啓子は声を落して、

「もうきてるわ」

「なるほど」

もぎりの女の子に、入園券をわたしながら、桔梗も小さくうなずいた。

ゲイトを入ると、アスファルトのひろい道だ。右がわに、動物の檻がふたつみっつ、ならんでいる。とっつきは、手長猿だった。

その前に、マシマロのお化が、立っていたのだ。ぶくぶくふくらんだお腹の上に、両手を組んで、乾葡萄を貼りつけたみたいな目で、手長猿をながめている。

手長猿のほうも、檻の天井からさかさにぶらさがって、間淵憲介をながめていた。

桔梗と啓子がとおりすぎても、グレンチェックの鳥打帽子をかぶった間淵のあたまは、ふりむかない。背中をバンドでしぼった千鳥格子の、はでな上衣のポケットから、タバコを一本とりだして、口にくわえただけだった。

しばらくいってから、啓子はふりかえってみた。間淵はこっちへ、からだをむけている。けれど、顔はうつむいていた。コンサイスの辞典みたいに、大きなライターで、タバコに火をつけているのだ。

「そろそろぼくから、離れたほうがいいんじゃないかな」

と、小さい声で、桔梗がいった。

「大丈夫？」

「大丈夫だよ」

桔梗は正面の木立ちのむこうに、そびえている鉄塔を、まぶしそうにあおいだ。塔のてっぺんには、人工衛星をかたどった鉄球が、角を二本はやして、のっている。その下から、からかさの骨のような腕が、四本つきでていた。そのさきにふたつずつ、空飛ぶ円盤みたいなかたちの座席が、ワイヤロープでぶらさがっている。ちょうどいま、いちばん高いところまで、つりあげられた円盤がたの座席が、ぐるぐるまわりながら、おりてくるところだ。

ミサイル塔という一種の観覧車だ。歩みよるにしたがって、塔のうしろのほうに、廻転木馬や、むかしながらの、上下に円運動をする観覧車のあるのが、目についた。

「まず、あれにのってみるかな」

「気をつけてね。あたし、なるたけ近くの、邪魔にならないところにいるから」

啓子は手をふって、まっすぐ歩きつづけた。桔梗は右へそれて、ミサイル塔を見あげるベンチに、腰をおろした。老人のひまつぶし、としか見えないのどかな姿勢だ。だが、桔梗の全身は、殺気をとらえようとするアンテナになっていた。

いつどこから、するどい刃《やいば》をひそめたカードが、飛んでくるかわからない。ゲイトを入った瞬間から、その危険はあった。だが、依頼人のひとり、つまり啓子が、そばにいるあいだは、やらないと考えてよかった。啓子のそばを離れることが、決闘のはじまる合図なのだ。

桔梗はカラーを、直すようなふりをした。首輪の位置をたしかめながら、同時にあたりを見まわしたのだ。間淵のすがたは、どこにもない。

空は翡翠いろに澄んで、大きな雲が、まばらに浮かんでいた。太陽がその雲のあいだを、射的の的みたいに、出たり入ったりしている。

あたりには、むろん子どもづれの夫婦もいるが、アベックがむしろ、多いようだ。それも、潑剌とした若いのよりも、婚期におくれた年ごろの、一種、殺気をただよわせたふたりづれや、既婚者らしいのが、目についた。いっぽうが、いっぽうの夫であり、妻であるかどうかは、わからない。若くて明るい声をあげていると思えば、男と女とりまぜて、みんな五、六人づれだった。

埃っぽくって、貧乏くさいが、やっぱり平和な風景なのだろう。桔梗は、右手をポケットにつっこんだまま、ベンチから立ちあがると、ミサイル塔の切符を買った。ちよう地上におりて、からになった空飛ぶ円盤にのりこんだ。座席をひとりで占領して、あたりを見まわす。だが、啓子のすがたも、間淵のすがたも、見あたらない。

やがて、上昇を知らせるブザーが鳴った。ワイヤロープを巻きあげる機械のうなりが、鈍重にひびきはじめた。

そのとき、小走りに急いでやってきて、となりの円盤に、ふとった男がのりこんだ。間淵憲介だった。

空飛ぶ円盤は、ゆらゆら揺れながら、地上を離れた。ふたつの殺意を、鉄のかごにおさめたワイヤロープは、しだいに巻きあげられていく。桔梗は右手をポケットに入れたまま、それとなく、となりの円盤を見つめた。

間淵憲介は、こちらを見てはいない。しかし、右手は桔梗とおなじように、千鳥格子の上衣の大きなポケットにおさまっている。廻転木馬が目の下で、だんだん小さく縮んでいった。もうひとつの観覧車も、目の下になった。

ミサイル塔の四本の鉄の腕は、ワイヤロープを巻きあげながら、廻転する。ロープが短かくなるにつれて、廻転速度は早くなる。座席は遠心力で、外がわにひっぱられ、風景がななめになる。

このとき、カードがとんできたら、そして、万一、狙いが狂って、首輪でまもった喉をそれたら、よけられたとしても、よけられなかったとしても、桔梗のからだは座席から投げだされ、二十m下の大地に、たたきつけられるにちがいなかった。

9

遊園地の外の、堤が見える。西陽《にしび》にかがやく多摩川が見える。コンクリートの長い橋。常緑樹のしげみ。グランドで野球をしている、小さな安全なひとたち。小さい廻転木馬にのっている、さらに小さな子どもたち。桔梗は左手で、座席の手すりをにぎりしめながら、それらのものを目に入れた。ポケットのなかの右手が、汗ばんできた。

そのとき、ふっと気がついた。間淵の座席は、となりといっても、廻転方向からいえば、うしろになる。八つの鉄のかごが、かたむくほどに、廻転している。そこに起る気流にさからって、カードをなげるようなことは、しないだろう。

そう思ったとたん、桔梗のからだは、冷汗にまみれた。ほっとして、ふりむくと、間淵憲介は、しきりに下界を見わたして、子どもみたいに悦に入っている。

「おれは、あがってしまったんだ。みっともないぞ。落ちつけ、落ちつけ」

桔梗は、小声でつぶやいた。いつの間にか、空飛ぶ円盤は、下降しはじめている。

やがて、鉄のかごは、どしんと地面についた。桔梗は立ちあがって、座席からおりた。わき目もふらずに、ローラーコースターのほうへ歩いていく。もう時間をかけたくなかった。

「こんどが勝負だ」

つぶやきながら、桔梗は、ローラーコースターをにらみつけた。

高く低く、うねうね曲ったレールの上を、疾走するコースターは、ここではフライング・コースターと名づけられ、遊園地のいちばん奥に、重畳たるレールの山脈をつくっている。

その鋼鉄の竜が、わだかまったような全容を、桔梗は立ちどまって、じっと見つめた。

カードにはさんだかみそりの刃で、どんなに近くから医者が駈けつけても、間にあわないような致命傷をあたえるには、そんなに遠くから、投げるはずがない。いまのミサイル塔でも、間淵はすぐとなりに、座席をえらんだではないか。

しかし、フライング・コースターでは、四人がけの小さな車輛が、四つ連結されているだけだ。こんどは距離がなさすぎる。間淵はのりこんでこないだろう。レールが急勾配になっている下で、待ちうけるにちがいない。コースターが急降下してくるところを狙えば、投げる手練と、走ってくる勢いが相乗される。それは、すばらしい死のカウンター・ブロウになるはずだ。

それに持ってこいのところが、つまり、地面すれすれに急降下してくるところが、このコースターには、三ヵ所ある。それを見さだめてから、桔梗は切符を買った。発着所に達する階段を、ゆっくりのぼった。

客はすくない。桔梗はいちばん前の、座席にすわった。明るい男女の六人づれが、うしろのほうに席をしめた。ブザーが鳴った。コースターは歯車に押しあげられ、単調な音をたてて、レールの頂上へのぼりだした。ゴトンゴトンというその音は、殺戮《さつりく》にあきはてた死神が、だらしなく鎌をひきずって、歩いてくる足音のようだった。

コースターは、レールの頂上へきた。桔梗ひとりだけをのせた赤い箱が、まず歯車をはなれる。無の空間へのりだしたような、ぶきみな感じだ。歯車の音がとまると同時に、コースターはレールの傾斜を、つっ走った。そこが、地上へ急降下する第一の場所。

だが、あたりには人影はない。コースターはたちまち、発着所の下をくぐると、勢いこんで、レールを駈けのぼった。かたむきながら、カーヴを曲って、二回めの急降下にかかる。

その左がわには、薔薇《ばら》のつるを、いちめんにからませたトンネルがあるのだ。花どきには、華麗な薔薇《そうび》の門になるだろう。だが、いまはつるだけが、わびしくからまって、それでも、人影をひそめるには、じゅうぶんであり、同時にカードを投げるに、じゅうぶんな空間もある。

はたして、ちらりと影が動いた。コースターは下降した。桔梗の喉に、なにかがあたった。と思ったとき、桔梗の右手も、ポケットを出て、宙に一閃した。刃をひらいた飛出しナイフが、その手から、薔薇のトンネルに打ちこまれたのだ。

すでにコースターは、レールをのぼっている。遊園地のむこうに、プールが見えた。背中のない水着を誇らしげにまとった少女が、手足をのばして、全身で水をうつ一瞬のすがたが、桔梗の目をとらえた。そのむきだしの背中に、桔梗は激烈な欲望を感じた。

コースターは、たちまち最後の下降にかかった。桔梗は、足もとに目をやった。喪服の女王と、道化師の絵札が、落ちている。鋭利なかみそりの刃も、光っていた。

桔梗は首輪にさわってみて、

「助かった」

と、つぶやいた。コースターは、スピードを落して、とまった。桔梗は階段を駈けおりて、薔薇のトンネルに走った。飛出しナイフは、間淵の心臓へ、柄の半分までめりこんでいた。いつの間にか、啓子がうしろに立っている。桔梗の腕をつかんで、いった。

「逃げるのよ、早く」

ふたりはゲイトへむかって、競歩選手のようなスピードで、歩きだした。

第二章　雨でなくても傘をさせ

1

赤い皮ジャンパーの襟を立てて、相撲の岩風みたいに、潜行スタイルであるいてきた男が、いきなり、スポーツ刈りのあたまをあげると、

「なんだ、兄きじゃありませんか」

「やあ、オートモ・ビル君か」

桔梗信治は、傘の列のなかで、立ちどまった。ネオンのともりはじめた新宿の空に、雨は明るい。ガラスのすだれを、おろしたようだ。

「兄きをさがしていたんですよ。あぶなく、見そこなうところだった」

若い自動車泥坊は、濡れて針鼠みたいに、逆立ったあたまを、大きなハンカチでふきながら、いった。

鳩いろのダッフルふうなレインコートの胸を、平手でたたいて、桔梗は笑った。

「いつまでも、ただいま産地から到着しました、という格好はしてられないからな。ぼくになにか、用があったのかい」

「黒いオースチンの女に拉致されて、兄きが消息をたってから、二週間。おれは商売そっちのけで、行方をさがしたんですぜ。その用ってのはね」

と、大友は耳鼻科の名医みたいに、桔梗の耳におもむろに顔をよせて、

「まだ殺し屋がご入用ですか。ひとり、カスタムカアなみのを、見つけたんですが」

「そりゃ、ありがたいな。このさきの喫茶店で、聞こう。立ち話をしてて、ポストとまちがえられるといけない」

桔梗は両手をポケットにつっこむと、さきに立って、あるきだした。ワシントン靴店のかどを曲る。ずらりと車のパークしている通りを、都電の線路へむかって、すすんだ。

「へえ、兄き、見なよ。めずらしい車が、あらあ」

うしろから、大友が手をのばした。ゆびさしたのは、スバルぐらいの小さな車だ。

「こりゃあ、スパッツといってね。西ドイツの車なんだ。兄き、『死刑台のエレヴェーター』って映画、見ましたか」

「見てないね。スパッツっていやあ、靴の上にはく白い短かいゲートルみたいなやつ

のことだな。そういや、スパッツをつけた靴みたいだ」

「スマートでしょう。いまいったフランスのスリラー映画に、チンピラがモテルの前で、この車を盗むところがあるんです。ドアが手前にあかない。上にひらくのが、特徴でね。両方のドアをひらくと、蜘蛛が立小便してるみたいな格好になる」

「みょうな車だな。はじめてだよ」

「どうも、ゆびがむずむずするな。なんとか、ドアをくどいてみますがね。ドライヴつきあいませんか、兄き」

「小さな子を誘惑するなよ。話があるんだろ?」

桔梗は二幸うらの横丁にむかって、通りを横ぎった。大友は未練たっぷりに、なんどもふりかえった。

「手をださないで、よかった。兄き、あいつのですぜ。あんまり、似あいの夫婦じゃねえな」

桔梗もふりかえってみた。マッチ棒で組みたてたみたいに、おそろしく瘠せて、背の高い男が、黒い絹の洋傘をつぼめながら、スパッツのドアを、押しあげている。顔からはみだしそうな太い眉と、ライオンの立て髪みたいな髪の毛が、目立った。

「兄き、早くいきましょうよ」

大友が、こんどは催促した。けれど、桔梗は動かない。背の高い男が、ナイフみたいに、からだを折りたたんで、腰からさきに、スパッツへすべりこむのを、じっと見つめていた。

あっという間に、ドアがおりる。そのあいだ、男の周囲には、防弾ガラスの衝立が、ひきまわされているような感じだった。もしも桔梗が、カードの殺し屋、間淵憲介をたおしたときとおなじ真剣さで、石ころを投げつけたとしても、男の片手につぼめた洋傘は、さっとひらくにちがいない。石ころは、見事にはねかえされることだろう。

「おどろいたな、こりゃあ」

桔梗は大きく目をひらいて、スケート靴みたいな車が、パーキング・スペースを離れ、角筈通りへ走っていくのを見おくった。

2

武蔵野茶廊の大きな窓には、季節の花の鉢植えが、高低をちがえて、宙吊りになっている。鶏頭《けいとう》とコスモスが、雨に濡れて、あざやかな色をしていた。

桔梗信治と大友が入っていくと、奥のテーブルで、鶴巻啓子が手をあげた。その前にすわりながら、大友がいった。

「なんだ、あんたが兄きを、金庫にかくしといたんだな。どうりで、見つからなかったはずだ」

「そんなことは、どうでもいいよ。どんな殺しかたをするやつを、見つけたんだい」

「あら、この坊やも、自動車泥坊を廃業して、殺し屋のスカウトになったの」

黒いスウェーターの腕を組んで、啓子がいった。大友は、濡れたあたまを平手でなでて、

「坊やはねえだろ。とにかくね。そいつは傘で、殺すんだそうです」

「傘で？」

桔梗は両方の眉を、衝突させた。

「ええ、こうもり傘で」

「こうもり傘って、雨がふるときにさすあの傘？」

啓子が、傘をひろげる手まねをした。

「うなぎを追っかけるみたいな手つき、しなくったって、いくらでも、きょうは見られるじゃねえか」

と、大友は窓のそとへ、顎をしゃくって、

「あの傘さ。あれですよ」

「あれで、どうやって殺すんだ」

五色のくらげの群れのように、通りすぎていく傘を見ながら、桔梗が聞いた。

「さあ、よくわからないんだけどね。おれの考えじゃ、さきの尖った傘を、大力無双、いきなり相手の口んなかへ、つっこむんですよ。腹までつきとおしといて、逆さにして、えいっと傘をひろげる。そうすりゃ、人間の干物ができるでしょう」

「馬鹿だな」

「ポパイの漫画じゃ、ないのよ」

桔梗と啓子は、いっしょに笑った。

「それじゃ、傘のさきで、相手の目玉をほじくりだすのかな。なんでも、出羽の山のなかにいる仙人から、おそわった秘術だそうでね」

「そいつに、あわしてくれ。男か、女か？」

桔梗は、目を光らした。その殺し屋は、山形県の山のなかで、先月、おそるべき告白をして死んだ父、桔梗信輔の弟子のひとりにちがいなかった。

「男でしょうね。知らないんですよ、おれは。女のマネージャーがいる。それになら、いつでもあわせますが、金がかかるんだ。契約金が五万円」

「ぼくはきょう、そんなにもってない。すぐあいたいんだが、困ったな」

「これをつかえばいいわ」

アタッシェ・ケースふうのハンドバッグから、啓子はふくらんだ横封筒を、とりだした。桔梗が封をあけてみると、五千円紙幣が十枚、入っている。

「緊急予算を組んでくれるとは、ありがたいな。あした、返すよ」

「いいの。それ、あんたのお金よ。薔薇のトンネルの下で、あんたが駈けつける前に、間淵から返してもらっておいたの」

「なんだ、ちっとも気がつかなかった」

「そんなに香奠《こうでん》、やることないでしょ? こういうときの用意に、あずかっといたのよ。かさばらないように、両替して」

「世帯もちがいいんだな、きみは」

「ためしに、結婚してみようか、なんていいださないで、自動車泥さんにつれてってもらいましょうね。マネージャー女史のとこへ」

「ひでえな、このひとは。大友とか、ビルとか、呼んでくださいよ。そうしたら、案内してあげますがね。でも、だめなんです、金があっても」

大友は首をふった。

「学校の内申書かなんか、いるのかい?」

「時間ですよ。まだ早すぎるんだ。八時か、九時にならないとね。だめなんです」

「それまで、待てばいいわけね」

と、啓子がいった。

「それまで待っても、あんたはつれていけないぜ」

「それじゃ、約束がちがうわ、大友さん」

「ロバート・フラーさんと呼ばれたって、つれていけないね。だめなんだよ、お女性は」

3

雨は九時をすぎても、やみそうで、やまない。母親におきざりにされて、泣きつかれた赤ん坊みたいに、しくしく降りつづけている。

大友は新宿区役所うらの、入りくんだ青線あとの露地へ、桔梗信治をつれこんだ。露地のなかには、蜂の巣みたいに、小さな酒場があつまっている。雨のせいで、どこの店もひまらしい。厚化粧した女たちが、首くくりの相談をしてるみたいに、軒下に立っていた。

「うかつに入っていったら、金切り声で、鼓膜をやぶられちゃう。ちょっと、ここへ入っててください、兄き」

大友は、中華そば屋と、色ガラスの看板をだした洋風酒場のあいだへ、桔梗をおしこんだ。ごみためのにおいを嗅ぎながら、立っていると、襟もとへ雨だれが落ちこんだ。しばらくすると、目の前の小さなドアがあいて、大友がスポーツ刈りのあたまをつきだした。

「兄き、こっちだ。二階へあがるんです」

ドアをくぐると、左手にまたドアがあった。酒場に通じているらしい。大友は店から入って、このドアから出てきたのだろう。正面には、便所の板戸がある。

そのわきに、狭くて、急な階段があった。幽霊がでそうなくらい、うす暗い。女がひとり、短かい服の下から、腿のうらがわを、気前よく見せて、のぼりかけている。

「ここの二階はね、兄き。いわゆるおさわりバアってやつなんだ。客がさわりやすいように、見なよ。女の子はおパンティとブラジァの上じかに、服をきてるんだ」

大友はあたまをよせて、階段をゆびさしながら、ささやいた。

「この雨でさ。二階へあがる客がないんで、寒がってたよ。ありゃあ、この店でいちばんいい子なんだ」

「ぼくは女に、さわりにきたんじゃないんだぜ」

「わかってますさ。じつはあの女こそ、お目あてのマネージャーなんでね」

「なんだ、そんなら早く、いやあいいのに」

桔梗は二段ずつ、階段を駈けあがった。暗い二階へたどりついた瞬間、あかりがついた。黒い棒のようなものをかまえて、女のすがたがふりかえった。桔梗は反射的に、椅子のうしろへ、からだを沈めた。
「あら、お金でも落したの？」
頭上で、女の声がした。顔をあげると、ビールのあき壜を片手に、女が笑ってい
る。
「いや、油虫がいたんだ。それが、メキシコにしかいないはずの珍種らしかったんで
ね。あわててつかまえようとしたんだが、逃げられちゃった」
桔梗は手の埃をはたきながら、立ちあがった。
女は汚れたテーブルの上から、もう一本、あき壜をとりあげて、
「うちの油虫は、みんな男嫌いなのよ。女の子はそうじゃないけど、そうじゃないの
を、もうひとり呼んでくるわね。大友さんが、淋しがるといけないから」
「そっちのお客さんは、特別なんだ、あき壜はおれがもってってやるから、そっちを
たのむよ」
階段のおり口をふさいで、大友がいった。その手に、女はビール壜をわたして、桔
梗をふりかえった。
「そうなの。じゃあ、こっちへどうぞ」
二階のおくに、ドアがある。女は、それをひらいて、さきに立った。大友は二本の
あき壜を大神楽みたいに手玉にとりながら、片目をつぶった。

「兄き、うまくやんなよ」

桔梗はうなずいて、ドアを入った。こんどは梯子段という感じで、ぎいぎい軋むのをあがった。女が唐紙をあけて、待っている。

三畳の和室に、大きなソファがひとつ、低い小さなテーブルがひとつ、ほかにはなにもなかった。女はソファの背をたおして、ベッドにすると、更紗模様の服の前に、ずらりとならんだボタンを、馴れたスピードで、あっという間に、ぜんぶはずした。

「時間がけちに区切られてるんだから、有効につかってよね」

畳の上に服が落ちると、肉づきのいい白いからだも、ソファ・ベッドの上に落ちた。服はべらべらものだが、黒いレースのパンティは、金がかかっていそうだった。乳房の下半分に、魔法みたいに貼りついているストラップレスの黒いブラジァも、寒ざむした部屋の様子とは、そぐわない。

「金をよけいに払えば、よけいにいられるわけだろう」

桔梗はレインコートをぬいで、ベッドのへりに腰をおろした。その腿に手をかけて、女がいった。

「よけいにお金、もってるの？」

「もってるさ。ほかに五万円のほうも、用意してきた」

「なんだ、そっちのお客さんなの」

「こうもり傘で、殺すんだって」

「そうよ。ぜったいうまくやるわ」

「どうやって、傘で殺すんだい」

「それはいえない。職業上の秘密ってやつよ」

「きみがやるわけじゃ、ないんだろ？」

「あたり前よ。残念ながらまだ、男を手にかけたことはないわ。お腹にかけて、殺したことはあるけれど」

「すごいらしいな、きみは。だが、それじゃ、五万円はわたせないね。心配だ」

「当人にあえば、きっと安心するわよ。これまでの被害者をあつめたアルバムがあるしね」

「それは、ぜひ見たいな。あした、あわせてくれるかい」

桔梗は五千円紙幣を十枚、女の腹の上にのせた。

「しまうところがないわ。用はそれだけなら、服をきるわよ。いい？」

「まあ、待てよ、きみの力量も、ためしておこう」

桔梗は、上衣をぬぎすてた。女は腹の上の紙幣束を、左手でつかんだ。その手は、十枚の紙きれをにぎりしめたまま、桔梗の首にからみついた。

桔梗のからだが、ベッドの上にかたむいた。女は、胸をそらした。ポンと小さな音がして、魔法みたいにブラジァがはずれた。

4

「兄きのいうとおり、女は裏口から出てきましたよ。いま、こっちへきます」

大股にあるいてきた大友が、小声でいった。区役所の塀によりかかって、信治と啓子は待っていた。

「よし、やりすごして、あとをつけよう。かならず、殺し屋と連絡をとるはずだ」

三人は、区役所の玄関へ、ひっこんだ。十二時すぎで、雨はあがったが、ひと通りはすくない。ここからでも、裏通りを都電の線路にむかって、あるいていく女のすがたは、はっきり見えた。

「あいつ、なかなか大したものだよ。女ってのは、夢中にさせると、なんでも喋るもんだが、あれは例外だ。雨傘でどうやって殺すか、ついに教えてくれなかった」

桔梗は、いまいましげにいった。

「くやしがっていないで、あとをつけましょうよ」

と、啓子がせきたてた。

女は、都電通りを歩いていく。三光町の交差点をこしてから、もういちど線路をわたって、映画館うらの通りへ入った。

「あすこのモダン・ジャズ喫茶へ入るらしいわ」

と、啓子がいった。桔梗は、眉をしかめた。

「困ったな。話を聞くにゃ、そばへよらなきゃならないが、ぼくと大友は女に顔を知られてる」

「大丈夫、あたしが店へ入るわ。あんたがたは、どこかで待っててちょうだい」

「このさきにもう一軒、朝までやってるモダン・ジャズの店がある、そこで、兄きと待ってるよ」

と、大友がいった。啓子はうなずいて、女のあとを追った。残されたふたりは、二丁目の遊廓あとへむかって、あるきだした。

新宿御苑のほうへ、大きく曲っている都電の線路まできて、急に大友が立ちどまった。

「兄き、ゆうがたの車に、またお目にかかれたぜ」

「なるほど、スパッツだな」

歩道ぞいにパークしている車のなかで、靴みたいな西独の車は、かなり目立った。

「さっきのと、おなじやつかな」

「こんなのは、めったに走ってませんからね。番号まではおぼえてないが、たしかにおなじものですよ」

「気になるな、なんとなく」

ライオンみたいな髪の毛の男を、桔梗は、思いだしたのだ。

ふたりは都電の線路をわたって、太宗寺よりにあるモダン・ジャズ喫茶へ入った。

桔梗はものめずらしげに、ジャズのひびきわたる店内を見まわした。

三十分ばかりすると、ドアがあいて、鶴巻啓子が入ってきた。

「もう女は帰ったわ。男のほうは残ってる。ボーイに聞いたら、常連なんですって。名前は、大竹というそうよ」

「どんな話をしてた？」

「お金をわたして、あしたお客に、つまり、あなたにあってくれって、たのんでたわ。あれ、亭主よ」

「どんな男だ？」

「名前のとおり、大きな竹みたいに、背が高くてね。絹ばりの傘をもって、憂鬱そうな顔してたわ」

「殺しかたのあたりがつくような、話はでなかった？」

「もっぱら、なにを喋ったと思う。おかしいの。いっしょに帰ろうって、さかんに女がせきたてるのよ。大竹のほうは、いよいよ憂鬱そうな顔になってね。きょうは三階へあがる客はなかったのかって。そんなにタフなの、あの女」

「けっきょく、大竹は逃げきったのかい」

「欲求不満そのものみたいな顔して、女は帰ったわ。男は朝までいる気らしい。ボーイの話では、よくあそこで夜あかしするそうよ。雨傘の上に両手をのせて、その上へ顎をのせて、端然と寝てるんですって」

「ふうん」

桔梗は腕を組んで、考えこんだ。やがて、うなずくと、啓子の耳に口をよせた。

「きみにたのみがあるんだが……」

5

桔梗信治は、柱のかげから、大竹を見つめている。啓子の話を聞いたときも、もしかすると、と思ったのだが、大竹はスパッツの持主だった。

いまは雨傘を前に立てて、姿勢よく居眠りをしている。桔梗は、腕時計を見た。午前五時になろうとしている。夜あけの五時に、このジャズ喫茶は、閉店するのだ。

桔梗は心配そうに、入り口のほうを見た。そのとき、ドアがあいて、大友を先頭に五、六人の客が入ってきた。みんな手に手に、絹ばりの傘をもっている。桔梗は安心して、椅子から立ちあがった。

「もう閉店なんですが」

と、ボーイが大友たちの前に立った。

「五時には二分も間があるぞ。それに、まだ客がいるじゃねえか」

大友は、ボーイを押しのけた。

「もうそろそろ、お帰りねがうとこなんですよ」

と、ボーイがいった。桔梗は大友に近よって、その肩を押した。

「おい、あんちゃん、モダン・ジャズってのは、芸術なんだ。態度わるいぞ。もっと静粛にしろよ」

「なんだと」

大友も、桔梗の肩をおした。ふたりはもつれて、大竹のテーブルを蹴とばした。大友の手から、雨傘が落ちた。大竹の雨傘が、いっしょになって、倒れた。大竹は、立ちあがった。

「なにをする」

「うるせいやい！」

大友がさけんだ。ほかの四、五人も、桔梗にとびかかった。ボーイが金切り声をあげた。雨傘が何本も、床にころがった。パトカアがくるぞ、とだれかが叫んだ。大友は床から、傘をひろいあげて、ドアへ走った。桔梗が、そのあとを追った。

「待て、この野郎！」

電車通りまで出ると、啓子のオースチンが待っていた。啓子があけてくれたドアのなかへ、ふたりはころげこんだ。

「よくやってくれた。感謝するよ」

車が走りだすと、桔梗はいった。

「骨を折ったわ。夜なかにいきなり、おなじ雨傘を何本もそろえてくれなんて、いいだすんですもの。人間をあつめるほうは、かんたんだったけれど。もうごめんよ、こんな難題」

と、啓子がいった。

「ごめん、ごめん。どうしても大竹の傘をしらべてみたかったんだ」

「これがそうですよ、兄き。気のすむまで、しらべてください」

と、大友が、どさくさまぎれにすりかえた傘を、さしだした。

「きっと、この傘になにか、しかけがしてあるんだ」

と、桔梗はいった。

「ライフル銃にでも、なってるのかな」

と、大友がいって、石突きをひねってみた。桔梗は首をふって、ばをのみこんだ。

「そうじゃなさそうだ。この握りが動くようだぞ」

桔梗は、目を近づけた。啓子も車をとめて、桔梗の手もとを見つめた。大友は、つ

6

こうもり傘というものが、日本に舶来されてから、ことしでちょうど、百五年になる。

ときは万延元年。オランダ製の木造軍艦、咸臨丸《かんりんまる》で、アメリカからの帰り、勝海舟がもってきたのだ。江戸っ子の新らしものずき、というやつだろう。

その最初の一本を、手にしたような熱心さで、桔梗信治は、大竹の傘をあらためた。

黒塗りのオースチンは、合羽坂の陸橋の下にとまっている。自動車泥坊のオートモ・ビルはとなりから、トオキョオ・インフォメイション・センターの鶴巻啓子は運転席から、顔をつきだして、桔梗の手もとを見つめていた。

「やっぱり、ここだよ。ひきぬけるようになってる」

桔梗は、握りの曲ったところをつかんで、ぐいっとひっぱった。太い飴いろの木

は、まんなかへんから、未練をなくした夫婦みたいに、ふたつにわかれた。

「なんだい、けっきょく仕込み杖なのか。ちぇっ、巌窟王じゃあるまいし、こういうリヴァイヴァルは、いただけねえな」

　大友が、顔をしかめる。

「モンテクリスト伯爵の愛用品にしちゃ、刃が短かいようだな」

　と、桔梗は握りを、そろりそろり抜きはなって、

「二十cmってとこか。それくらいしかないぜ」

「鋼鉄の編み棒を、とがらしたみたいね。女としての感想は、そんなところよ」

　啓子は手をのばして、ぎらつく鋼の棒を、おそるおそるつまんだ。

「おれの感想は、畳針ってところだ」

　大友が、催眠術にかかった驢馬みたいに、まじめな顔つきで、うなずいた。

「ほんとに、畳針かも知れないな。これをどうつかうかが、問題だ」

　と、桔梗はいった。

「やっぱり、目玉をほじくりだすんだぜ。きのう、おれがいったようによ」

「それより、下から鼻の穴へつっこんで、脳をつきやぶるほうが、効果的だわね」

「参考意見として、聞いておくよ。ところで、もういちど、難題をひきうけてくれないかな」

桔梗は、傘から視線をあげて、前の座席の上にのっている白い顔に、いった。

「銀座通りを、裸であるいてくれ、なんて註文でなければ、どうぞ」

「こいつとおなじものを、大至急、こしらえてもらいたいんだ」

「きょうじゅうに、といわれても、無理だけど」

「あさっての朝まででいい」

「それなら、なんとかやってみるわ。本物のほうは、どうするの？」

「大竹にかえしてやるさ。きょうの四時に、武蔵野館のすじむかいの喫茶店で、あうからね。例の女マネージャーが、紹介してくれることになってるんだ」

桔梗は太い針を、もとの握りの半分へ、ていねいにさしこんだ。

7

喫茶店の二階は、片がわがガラス張りになっている。新宿駅の中央口へいく道路が、水族館のように見おろせた。女はいちはやく、桔梗を見つけた。奥のテーブルで、手をふっている。

黒ビニールをクッションふうに、ふっくらと張りつめた奥の壁を背にして、大竹は、料理の見本みたいにすわっていた。なんとなく、落着かない様子だ。膝に風呂敷づつみをのせている。雨傘はもっていない。

桔梗は、軽くあたまをさげて、さしむかいの椅子に腰をおろした。

「仕事をするのは、このひとなの。きのうもいった通り、腕はたしかよ。約束のアルバムも、見せるわ」

女は大竹の膝から、風呂敷づつみをとりあげた。横長のアルバムが、なかから出てきた。表紙に桜の木が、ぼてぼてと張ってある。温泉場のみやげもの屋で、売っているようなやつだ。一階で待っている大友に見せたら、おでこをたたいてよろこぶだろう。桔梗は思わず、微笑した。

女は厚い表紙をひらいて、さしだそうとした。大竹が、それをとめた。

「ちょっと、お断りしておきたいんですが、契約金はたしかにいただきました。けれど、きょう仕事をしろ、あしたやってくれ、といった調子で、仕事をせかされると、困るんですが……」

鼻にかかった太い声だ。

「どうしてですか？」

「迂闊な話ですが、じつは商売道具の傘を、間違えられてしまって……」

「それなら、心配いりませんよ。ぼくをおぼえてませんか。もっとも、あんたは寝てたな、騒ぎが起るまで」

「それじゃあ――」

「これ、あんたの傘ですよ」

桔梗は両手の上に、雨傘を横たえて、さしだした。大竹は、ライオンの立て髪みたいなあたまをふって、うけとってから、にやりと笑った。

「すると、じゅうぶん、ご覧になったわけですか」

「ええ、拝見しました。こんどはアルバムのほうを、拝見しましょう」

「あたしが整理したのよ。きれいでしょ」

と、女がアルバムをさしだした。写真と新聞の切抜きが、縦にならべたり、横にならべたり、斜めにならべたりして、貼りこんである。ひとつひとつ、読みにくい赤インクの文字で、日づけが書きいれてあった。

桔梗は新聞の切抜きに、つぎつぎ目を走らせた。ぜんぶ殺人事件の記事で、共通点がふたつあった。ひとつは現場だ。ラッシュアワーの駅、劇場の廊下、野球場の出入口、盛り場のメイン・ストリート、みんな、ひとごみのなかでやられている。もうひとつは殺しかたで、どれも心臓をひとつき。

桔梗は思わず顔をあげて、大竹の雨傘を見た。太い眉を、ガイガー計数管の針みたいに、ぴくりと動かして、大竹はまた、にやりと笑った。

「相手の写真を、お渡ししといたほうがいいですね」

桔梗はアルバムを、女にかえしながら、いった。大竹が無言で、うなずく。桔梗は、内ポケットから、手札型の写真をとりだした。この二週間のあいだに、いろいろとメーキャップに凝って、啓子に撮ってもらったうちの一枚だ。

「ぼくの兄ですよ。大阪に住んでます」

「出張の場合は、三割ましよ。旅費はもちろん、そっちもちで」

アルバムを風呂敷につつみながら、女がいった。

「あさって、東京へ出てくるんです」

じっと写真を見つめていた大竹が、だしぬけに、

「もう店へいく時間だろ。アルバムはもってってくれ」

と、横をむいていった。

「わかっているわよ」

と、女は立ちあがってから、桔梗を見おろす格好で、パチンと音のしそうなウインクをした。

「よかったら、あとでお店へこないこと」

女のすがたが、階段で見えなくなると、大竹はため息をついた。

「あなたはゆうべ、三階へあがってくれたんですか」

「まあね」

「おかげで、家へひっぱっていかれずにすんだんだな。礼をいいますよ。あたしは蒲団のなかで、死にたくないんです。今夜もよかったら、店へいってやってください。毎晩かまってくれたら、後金のほうを、三万ぐらいに割りびきますよ」

「考えてみましょう。ところで、兄きはあさって、十五時五十三分に、第一つばめで、東京駅へつくんですが」

「いいですね、東京駅は」

「ほかに打ちあわせておくことは」

「その日の五時に、ここでお目にかかりましょう」

大竹は、写真をポケットにおさめて、立ちあがった。テーブルの左すみにおいてある伝票に、桔梗は手をのばした。だが、その手を下におろしたとき、伝票は消えていた。

いや、テーブルの右すみに、移動していたのだ。大竹の左手が、雨傘をつかんだまま、中指と薬指をのばして、それをつまみあげた。伝票のはしには、針でついたような穴があいていた。

「ここは、もたしていただきますよ。では、あさっての五時に」

大竹はほかに芸がないみたいに、にやりと笑って、内ポケットから、鰐皮の紙入れをぬきだした。

8

大友が一階からあがってきて、前にすわった。桔梗はまだ、右手を心臓にあてて、自動車で走りすぎた女に、ひと目ぼれしたような顔をしている。

雨傘の殺し屋は、桔梗が手をのばした瞬間に、針をひきぬいて、伝票を宙につきあげたのだ。それを反対がわのすみに落して、もとの握りに、針をおさめる。その動作が、桔梗の目に入らなかった。

あの信じられないほどの素早さで、すれちがいざまに、心臓をつかれたとしたら、どうだろう。その人間は三歩か、五歩か、ことによると十歩ぐらいあるいてから、倒れるにちがいない。服の上まで、血がしみだすには間があって、まわりのひとが騒ぎだすころには、完全に死んでいるのだ。

桔梗は思わず、身ぶるいした。

「どうしたんだよ、兄き」

大友が、心配そうな顔をする。

「あいつは、すごいやつだ」

と、桔梗はつぶやいた。

「兄きがそんなに感心するなら、おれも紹介しがいがあったってもんだ。それで、どこのどいつを、霊柩車へ招待しようってんです？」

「ここのこいつだよ」

桔梗は、自分の顔をゆびさした。

「冗談はいいっこなしだ」

「冗談じゃない。あさってになれば、わかるさ。それまでにひとり、探してもらいたいひとがいるんだがな」

「男ですか、女ですか」

「どっちでもいい」

と、いってから、桔梗は大友の耳に口をよせて、

「腕のいいすりをひとり、やといたいんだ」

「兄き、気はたしかなんでしょうね」

「失礼なこと、いうなよ。正気だとも」

「それなら、心あたりがないわけでもないけど」

「紹介してくれ。早いほうがいい」

「夜にならないと、だめなんですよ」

「きみの知ってるやつは、みんな梟の化けものなんじゃないか？」

「住んでるところを、知らないんです。今夜どこにいるかってことなら、いまから調べりゃ、わかると思うんだ」

「それじゃあ、わかったら、ぼくのアパートへむかえにきてくれ。いまから帰って、ひとねむりしておくから」

「どこです、兄きのアパートって」

「四谷の三栄町だ」

桔梗は紙ナプキンに、番地と電話番号を書いて、大友にわたした。

喫茶店の前で、大友とわかれたが、まっすぐアパートへは、帰らなかった。通りがかりの洋裁店へとびこんで、服を着せておく人台《じんだい》を、どこへいけば買えるか、聞いた。

教えられた店へいって、人台を一個、手に入れると、アパートへはこび、すぐまた部屋をとびだして、こんどは千枚通しの長いやつを一本と、手まわしのグラインダーを買いととのえた。

部屋へもどると、グラインダーをつかって、千枚通しを細くするどく、とぎあげにかかった。そこへ、鶴巻啓子が顔をだした。このアパートは、啓子の世話で入ったものので、桔梗の部屋は一階のいちばん奥。啓子の部屋が、そのまうえにある。

「雨傘の手配は、しといたわ。あさっての朝までに、かならず仕上げてくれるそうよ」

「それは、ありがたい」

桔梗は、とぎあがった千枚通しを手にして、人台の前に立った。人台は、部屋のまんなかに、おいてある。左の胸のところに、穴のあいた五十円玉が、セロファン・テープでとめてある。

桔梗の右手が、動いた。千枚通しが、人台をひとつきした。だが、穴は五十円玉より上にあいた。

「あ、そういうつかいかたするの」

と、啓子が口走った。桔梗はふりかえって、いった。

「そうなんだ」

「特製の雨傘をあつらえたのは、おなじ方法で対抗しよう、というつもりなのね」

「できてから、トレーニングをはじめたんじゃ、間にあわないからね。あさっての午後三時五十三分までしか、時間がないんだ」

桔梗は下から斜め上に、腕をふる訓練を、くりかえし、くりかえし、やりはじめた。

9

八時ちょっとすぎに、大友がむかえにきた。啓子が借りているオースチンを、また借りして、ふたりはでかけた。

「わりにおむかえが、早かったじゃないか」

と、桔梗がいった。

「もっと早くても、よかったんだけど、いまごろからのほうが、じき話ができるようになるから」

と、車を運転しながら、大友はいった。

「新宿を通りこして、どこへいくんだ」

「中野ですよ。相手は女でね。目下のところ、すりは開店休業で、賭博の壺ふりをやってる。どっちかっていうと、いまは花札ばくちのほうが多いんですがね。リヴァイヴァル・ブームの影響かな。近ごろ、また丁半がうけてるんですよ」

「女の壺ふりってのは、珍しいな」

「女がリヴァイヴァル・スタイルで、壺をふってるってところがうけてるのかも知れないな」

「しかし、それじゃあ、出かけていっても、話ができないんじゃないか？」

「胴元がえらく神経質でね。小さな自動車修理工場の二階でやってるんだが、これが三時半まで雑音を立ててる。その騒がしいあいだだけ、二階でもご開帳ってわけなんです。そら、あそこですよ」

大友がゆびさすほうに、熔接の火花が青く散った。

店の前に車をとめて、ふたりは裏へまわった。二階の戸をたたくと、話がしてあったと見えて、すぐ入れてくれた。四畳半と六畳をぶっこぬいた畳の上に、まっ白な盆ござが敷かれて、紙幣束がおもちゃの自動車みたいに、あっちへいったり、こっちへいったりしている。

壺ふりは、なるほどリヴァイヴァル・スタイルだ。きちんと膝をそろえて、および腰にすわった太腿を、まっ白なショート・パンツで、ぴっちりつつんでいる。晒の腹巻で乳房の半ばまでつつみ、目じりのつれるほど、髪をうしろにひっつめて、

「よござんすか、よござんすか」

と、客の目にさらした采《さい》ふたつ、片手の壺にほうりこめば、そこにたちまち、五月の薫風に矢車の鳴るような響きが起り、つづいて鼓の冴えた音を真似て、壺を伏せる手もとのあざやかさ。

細おもての白い頬も、肉づき豊かな白い胸も、白い腕も、桜いろに汗ばんで、桔梗

は目をはなすことができなかった。

「お竜さんって、呼びかたは古風だけどよ。まだ二十五だそうだ」

と、大友がささやいた。うなずきもしないで、桔梗は女の手もとを見つめている。

やがて大友の耳に口をよせると、桔梗はいった。

「あたまから、足のさきまで、気に入ったよ。ぜんぶとはいわないから、あの手さきだけでも借りられるように、骨折ってくれ」

10

時計の長針が、四十一回まわった。いよいよ、決闘の当日だ。午後二時半。啓子は桔梗の部屋のドアをたたいた。

「もう仕度は、すんだの」

「とっくにすんでる。役者はそろったかね」

桔梗は太いめがねをかけ、髪の毛をきれいになでつけていた。頰をいくらかふくらませ、三つ揃いの服に、つきでた腹をつつんで、だいぶ感じがちがっている。

「うめえもんだね、兄き。それなら、兄きのまた兄きに見えらあ」

と、大友がいった。

「お竜さんは、きてくれたか」

「あたしの部屋で、待ってるわ」

と、啓子がいった。

「呼んできてくれ」

「ビルさん、呼んできてよ。あのひと、なんだか虫が好かないわ。あたし、車の用意をする」

啓子は、スラックスの足を、大股にはこんで、玄関へ出ていった。大友は階段を、あがっていった。桔梗は、腕にかけていた雨傘をとりなおして、握りのぐあいをためしてみた。

「あら、いまからロケーションにいくんですの。あなた、素顔のほうが、すてきだわ」

桔梗は、目を見はった。蛇皮のハイヒールに、蛇皮のハンドバッグをさげて、テイラード・スーツを着たお竜さんのすがたは、一昨夜の印象と、ぜんぜんちがっていた。

「きみはどっちもすてきだな。きょうはご苦労さま」

「あたしは、なにすればいいんですの」

「車のなかで話すよ」

三人は、玄関へ出ていった。

アパートの前へ、オースチンがとまって、啓子がハンドルをにぎっている。桔梗はうしろのドアをあけてやって、お竜さんのあとから、のりこんだ。大友は、啓子のとなりにすわった。

「こういうスタイルじゃ、お竜さんと呼びにくいな」

車が走りだすと、桔梗はいった。

「父からくる手紙には、佐原竜子殿って書いてあるわ」

「あなたの役わりは、こうなんだ、竜子さん」

桔梗は桜貝のような耳に、口をよせてささやいた。

「内緒話って、気になるものよ」

と、啓子が前を見すえたまま、いった。桔梗は笑って、

「敵をあざむくには、まず味方から、というからね」

11

第一つばめは、時間表どおりに、東京駅へ、すべりこんだ。

プラットフォームの柱のかげで、啓子と大友はあたりを見まわした。大竹の長身

は、どこにも見えない。桔梗が、小さな旅行かばんと雨傘を手に、フォームのはずれから、第一つばめをおりる客に、すばやくまぎれこんだ。階段へむかって、ゆっくりと歩きだす。いつの間にか、その前を佐原竜子が歩いている。

「戦闘配置完了だ。兄き、お竜さんになにをやらせる気だろう?」

と、大友がいった。

「さあ、楯のかわりに、つかう気じゃないの」

啓子は、投げやりな返事をした。

桔梗は、大竹の鰐皮の紙入れを思いだして、女すり竜子をやとったのだった。左の内ポケットに、あれが入っていたのでは、心臓に致命傷をあたえることは、むつかしい。その邪魔物を、竜子にとりのぞかせるつもりだった。

いわば、竜子は掃海艇なのだ。桔梗は、竜子の背中を見つめながら、左手首に旅行かばんをかけ、おなじ手さきに雨傘をにぎって、階段をおりていった。

すでに決闘は、はじまっているのだ。桔梗は顔じゅう目にして、こちらへ近づいてくる人間に、気をくばっていた。大竹は、背が高い。ライオンの立て髪みたいなあたまは、目立つはずだ。

だが、その特徴のあるあたまは、どこにも見あたらない。竜子は階段をおりると、打ちあわせ通り、丸の内北口のほうへ、通路を曲った。

そのときだ。まだ階段をおりきっていない桔梗の前を、斜めに横ぎって、女がひとりフォームへ駈けあがっていった。肩がぶつかった瞬間、女の顔を見て、あっと思った。

例の女マネージャーだ。反射的に、桔梗は胸に手をやった。ない。左の内ポケットの、紙入れがない。紙幣一枚、入っていない紙入れだが、するどい針をよけるために、鏡が一枚入っている。

敵の作戦も、桔梗とそっくりおなじだったのだ。

「敵は近いぞ」

桔梗は竜子に、声をかけようとした。だが、そんなことをしたら、ぶちこわしだ。桔梗は竜子の肩ごしに、前を見つめようとした。

だが、竜子の背中は、邪魔物があって見えなかった。いつの間にか、ふたりのあいだに、わりこんだ人間があったのだ。その人間は、こちらへ歩いてくる。ライオンの立て髪みたいなあたまをゆすって。

啓子と大友は、階段をあと二段、のこしたところで、立ちすくんだ。ふたりの眼前で、大竹と桔梗がすれちがった。どちらの手も、動いたようには、見えなかった。だが、どちらかひとりは、倒れるのだ。

「アーメン」

大友は、目をつぶった。目をあけるのが、こわかった。だが、勇をふるって、目をあけた。ふたりとも、まだ立っている。ひとごみのなかで、大竹は立ちどまり、くるりとふりかえった。あともどりして、桔梗の肩に手をかけた。

「どうして、こんなことを！」

「なめくじに聞いてみろ」

桔梗は低くいいすてて、歩きつづけた。前を竜子が歩いていく。蛇皮のバッグのなかには、鰐皮の紙入れが入っているのだろう。うしろから、啓子と大友が追いついた。ふいに桔梗の足がもつれた。肩が痛む。服の下に手をさしこんだ。その手に、赤く血がにじんだ。啓子が顔いろ変えて、桔梗をささえた。

「大丈夫だよ、ぼくは」

ふりかえると、大竹はまだ、立っていた。

桔梗たちには聞えなかったが、大竹はこうつぶやいていたのだ。

「これで今夜も、家へ帰らずにすむな。蒲団の上で死ぬ心配も、なくなったわけだ。ふふん、なめくじに聞いてみろか……」

それから、膝を折って、前にのめった。

第三章　マッチ一本怪死のもと

1

蛇の皮というやつは、なんとなく、冷たい感じがする。したがって、蛇皮のハンドバッグなどをもっていると、持主まで、冷たい人間に見えがちだ。だが、佐原竜子は、そうではなかった。

まっ白なタートルネックのスウェーターに、ガン・クラブ・チェックのスカートで、蛇皮のバッグを膝に、竜子は枕もとにすわっている。舶来のオイル・ストーヴみたいに暖かそうで、スマートで、男まさりの女すりには、とうてい見えない。

「桔梗さん、変った殺し屋を、さがしてるんですって？」

「大友が、喋ったんだな。ああ、さがしてるよ」

桔梗信治は、天井をむいたまま、うなずいた。三栄町のアパートの、一階の六畳間には、桔梗が寝ている蒲団のほか、家財道具らしいものは、なにもない。

「殺し屋なら、あたしもひとり、知ってるけど」

「拳銃や、猟銃をつかうやつなら、用はないんだ。たとえ、二十m離れて、はえの目玉をうちぬくような名人でもね」

桔梗は枕にあたまをつけたまま、横をむいた。鼻のさきには、めがねになった白い撞球のボールのように、竜子のなめらかな膝が、ならんでいる。桔梗はあわてて、目をそらした。

「そんな月賦で買えるようなしろものじゃないの。マッチをつかって、しごとをするんですって」

「マッチだって?」

桔梗はとびあがるように、半身を起した。とたんに、顔をしかめた。四日前、東京駅の通路で、雨傘の殺し屋、大竹をたおしたとき、左肩にうけた傷が、痛んだのだ。

竜子は膝で立って、手をのばすと、桔梗のからだをささえてやった。

「だいじょぶ? まだ寝てたほうがいいわ」

「五日も寝てたんで、関節がさびついちまったらしい。いちど動かせば、あとは痛まないよ。マッチというのは、タバコの火をつけるときつかう、あのマッチのことかい」

「家に火をつけるときも、ダイナマイトに火をつけるときも、つかうわよ」

「それをひと殺しに、どうやってつかう？」

「あたしも、聞いてみたことがあるけれど、教えてくれなかったわ」

「そいつは、ズボンをはいてるのかい。それとも、スカートか」

「どっちでもないの。もっとすなおに聞けば、男よって答えられるんだけれど。残念ながら、いつも和服をきてるから」

「どこへいけば、あえる」

「渋谷のセレネっていう喫茶店へいけば、あえるわ。毎週月水金の午後、二階の小部屋で、うらないをやってるの。そっちのほうも、なかなか評判がいいらしいわ。紹介者がなければ、見ないくらいでね」

「きみにつれてってもらえば、あえるわけだな」

「ええ」

「それじゃ、いまから、案内してくれないか」

桔梗は立ちあがると、ハンガーにかけて、鴨居にぶらさげてある洋服に、手をのばした。

「だって……」

「きょうは月曜日だろう？」

「でも、そのからだで……」

「あんまり異性のからだを心配すると、気があるのと、間違えられるよ」

口では達者なことをいいながら、オイスター・ホワイトのシャツに、腕をとおそうとして、桔梗は顔をしかめた。

「やっぱり、痛むんでしょう」

と、竜子が笑った。

「ちがうよ。買ったばかりで、しつけのピンが、ぬいてなかったんだ。そいつが、手にささってね」

と、負けおしみをいいながら、桔梗は四日前にきていたシャツの、肩にしみついた血のいろを、思いだしていた。

2

「あのひと、出ていったわ。黒い三角巾で腕をつって」

と、鶴巻啓子が、部屋にもどってきて、自動車泥坊の大友にいった。

「お竜さんといっしょかい」

「そうなの。あんた、あとをつけてみてくれない」

「自分でつけたらいいだろう。お竜さんが毎日、兄きを見舞いにきたからって、おれはべつに妬けやしない」

「そんなんじゃないわよ。からだが心配だから」

「そりゃあ、おれだって、心配でないことはないけど、兄きは車にのるだろうな。おれはアベベ選手の弟じゃないんだから、二本の足で走ったんじゃ追いつけない」

「お金がないの？　うそつきなさい。あんた、大竹がのってたスケート靴みたいな車、あれをどっかへ、もってったじゃないの」

「知ってたのか、あのスパッツを処分した一件を。わかったよ。でも、おれは中立だぜ。お竜さんの味方もしないが、あんたの味方もしないからね」

大友は、啓子の部屋をとびだした。電車通りまで、走っていってみると、白っぽいダスターコートを羽織った桔梗のすがたが、タクシイのなかに、吸いこまれようとしている。そのタクシイが走りだしてから、大友は歩道のはしに出て、空車に手をふった。ドアをあけて、とびこみながら、運転手にいった。

「前の車を、尾行してくれ。青と白のトヨペット・クラウンだ」

「まかしといてください。警察の旦那ですね。前のふたり、なんなんです？　麻薬ボスと情婦かなんかですか」

「もっと大物だよ。上野の動物園から、象を二頭、盗んだんだ」

「象なんか盗んで、どうするつもりなんでしょう」

「とっつかまえて、それを聞こうというのさ。牙でパイプをこしらえる気なんだろうと、おれは推理したんだが」

運転手は呆れて、黙りこんだ。桔梗たちの車は、赤坂離宮のわきから、権田原へむかった。オートメーションのベルトにのった罐詰みたいに、車のかずは多かったから、尾行は簡単だ。

前の車は、道玄坂のなかほどで、とまった。大友も車をすてて、おりようとした。すると、桔梗が竜子をのこして、ダスターコートの片袖をぶらぶらさせながら、大股に近づいてきた。大友はあわてた。だが、まっ昼間の歩道だ。隠れる場所はない。

「ぼくたちは、大和田のセレネって喫茶店にいくんだ。ついてくるのはかまわないが、話しかけないでくれよ」

桔梗は笑いながら、いった。大友はおでこをたたいて、舌をだした。

「なあんだ。知ってたのか」

「おかげで、とちゅう、退屈しないですんだよ」

セレネは、玉川電車のガードを、くぐったところにあった。二階へあがると、水のグラスを盆にのせて、ついてきたウェイトレスに、竜子は聞いた。

「弓削《ゆげ》先生、あいてる？」

「いまひとり、お客さまのようですけど、うかがってきますわ。どちらさま?」

「佐原がひとをつれてきた、といってくださいね」

ウェイトレスは、すみのなにも書いてないドアへ入っていった。

「弓削っていうのかい。道鏡の子孫かな」

ウェイトレスは、すぐ出てきた。

「いまのお客さまが、おすみになったら、どうぞお入りください」

「ありがとう」

竜子と桔梗は、ドアの前のテーブルにすわった。そこから、いちばん離れた窓ぎわに、大友は席をしめた。ほかにはアベックがひと組、無理すれば六人さしむかいにかけられそうな椅子を、ひどく遠慮して、片すみだけをつかっている。

しばらくすると、ドアがあいて、和服の女が出てきた。竜子にうながされて、立ちあがりながら、どこかで見たような女だな、と桔梗は思った。とっさには、思いだせなかった。

ドアを入ると、まっ黒なカーテンが、目の前に垂れている。竜子はそれをかきわけて、なかへ入った。桔梗もつづいた。部屋のなかは、四方に厚いカーテンが垂れていて、自然の光をさえぎっていた。中国ふうの円卓の上に、古風な枝つき燭台がおいてあって、太い蠟燭が四本、部屋のなかを照している。照明はそれだけだった。

「これは、珍しい。よくきましたね」

円卓のむこうから、声がした。黒っぽい和服をきた白髪の男だった。しわがれた声なので、老人だろう、と桔梗は思った。だが、よく見ると、顔はまだ若わかしい。あたまが白いのは、若白髪らしかった。

円卓の上には、枝つき燭台のほかに、天体儀がひとつ、おいてあった。黒い針金であんだ球体の上に、銀で星座がとりつけてある。どうやら、この男のうらないは、占星術の一種らしかった。

3

「そちらのおつれが、わたしにご用らしいな」

と、弓削はいった。

「ええ、でも、この地球儀のへちまをまわして、お嫁さんが見つかるかどうか、聞きたいわけじゃないのよ。このひとは」

と、竜子は椅子にかけながら、いった。

「地球儀のへちまってのは、この天体儀のことかね」

「そうよ。へちまってのは、皮がとれて、なかがすけて見えるでしょ」

「へちまに用がないとすると……」

「弓削さんの本職のほうの、腕をかりたいの」

「それは弱ったな」

若白髪の男は、十曜星の紋のついた羽織の腕を組んだ。

「なにが弱ったの？」

「じつはもう、殺し屋は廃業したも同然なんだよ。お竜さん」

「どうして？」

「つまり、あと一回だけしか、しごとは引きうけられないんだ」

「それならば、このひとの依頼を、その最後のしごとにしてよ」

「そうはいかない。いま出ていったご婦人の客があったろう。あの客のしごとを、引きうけてしまったんでね」

桔梗は思わず、あっ、と小さく口走った。あの女がだれだか、思いだしたのだ。

東京へ出てきた最初の夜、桔梗は西大久保の♨マークへ、鶴巻啓子につれていかれた。啓子が殺し屋をさがしに出ていったあと、桔梗は帳場の女に、心中をもちかけられた。いっしょに死んでくれ、としつこく迫ったあの女が、いまの客だったのだ。

「どうしました？」

と、弓削が眉をひそめた。桔梗は首をふって、

「いや、なんでもありません。最後のしごとといったって、例外があるんじゃありませんか。ぼくにその例外を、適用してくれると、ありがたいんですが」

「お気の毒だが、そういうわけにはいきません。ほかの殺し屋をおやといになったら、いかがです？　ひとを殺して、箔をつけたがってる連中は、いくらもいますがね」

「そんな連中には、安心してたのめませんよ。信用できない」

「わたしだって、信用できないかも、知れませんよ」

「とんでもない。マッチで殺す、という方法だけでも、信用できます。よっぽどの腕がなければ、そんな奇抜なまねはできません」

「あたしからも、お願いするわ。例外をつくってよ」

と、竜子がいった。

「ほんとうのことを話さなければ、信じてもらえないかも知れないが、例外をつくれないわけがあるんだよ、お竜さん」

「どんなわけ？」

「このひとがいうとおり、殺し屋ってのは、信用がいちばん大切で、しかもなかなか、信用をつくりにくい商売だ。だから、たいがいの殺し屋が、ひとを殺すという、たいへんなしごとをくりかえしながら、たいした金もとれないでいる。これでなかなか、神経をつかうしごとだからね。ひとりにつき、二万や三万のはした金をもらったって、とてもひきあわない」

「ぼくはそんなギャラで、お願いしようとは、思っていませんよ」

「まあ、待ちたまえ。そこでわたしは、マッチで殺す、という独得の方法で、信用と高いギャラをかちえたんだが、お竜さんの前だから、白状するとね。わたしはべつだん、勇気も腕も、持っていないんだ」

「そんなご謙遜を……」

桔梗はけんめいに下手に出て、弓削の話をさそいだした。

「ほんとの話さ。わたしのつかうマッチは、ふつうのマッチじゃない。ただ、それだけのことだ。それをつかえば、だれにだって、ひとは殺せる。その殺人マッチを発明したのは、桔梗信輔というひとで、ヒトラーも舌を巻いたという、犯罪の天才なんだ」

佐原竜子は、はっとして、桔梗の顔を見た。信治はすこしも、表情を変えなかった。

「要するに、わたしは殺人マッチの独占使用権を買って、マッチの供給をうけていたんだが、その桔梗先生が死んでしまった。息子がひとり、いるはずなのだが、不肖の子らしくてね。先生のノートなんか、みんな焼いてしまった、という噂だ。マッチがなくなれば、なんの芸もないわたしとしては、殺し屋を廃業せざるをえない」

「もうマッチは、なくなったの？」

「あと一回で隠退ということは、もう一本のこっている、ということだ」

弓削は袂から、なにか小さなものをとりだして、円卓の上へおいた。西洋骨董店にでもありそうな、銀のマッチ・ケースだった。唐草模様の彫りのある銀の小箱を、弓削はゆびさきにつまんで、ふってみせた。

カラカラ、軽い音がした。

4

弓削は、マッチ・ケースの中函を、押しだしてみせた。軸木がまっ黒で、あたまがまっ白な、ちょうど弓削のすがたを思わせるような太いマッチが、一本だけ、なかに入っていた。

「この一本に、いくらの値をつけさしたんです？　いまの女には」

と、桔梗が聞いた。

「四十万円。世界でたった一本のこった殺人マッチだ。高くはないだろう」

弓削は胸をそらして、いいはなった。大燭台の蠟燭のあかりに、白髪あたまが、不気味にかがやいた。

「あの女、貯金をぜんぶ、吐きだしたんじゃないかな」

「あのひと、知ってるの？」

　と、竜子がいった。

「ああ、ちょっとね。四十万円か。それで、だれを殺させようというんでしょう」

　と、桔梗は半分で竜子に答え、半分で弓削に聞いた。

「職業上の秘密で、返事できないことだがね。じつはまだ聞いてないから、聞いてない、と返事するのは、かまわんだろう。お竜さんがきた、というので、話半分にして、出てもらったんだ。部屋のそとで、待ってるはずだよ」

「弓削さん、どうでしょう。ぼくは四十五万円だしますがね。手つけとして、きょう五万円、あした二十万、さしあげますが――」

　大竹の内ポケットから、竜子にすらせて、とりかえした五万円を、桔梗はもってきていた。あと二十万、わたしたところで、どうせ最後には、とりもどすのだから、いっこうにかまわなかった。

「四十五万か。悪くないな。しかし、いちおう取引きが成立している手前、わたしから返事はできない。ご婦人をここへ呼んで、相談してもらおうか」

　弓削は笑顔を隠そうとして、頰をぴくぴくさせながら、立ちあがった。銀のマッチ・ケースを袂に入れることは、わすれなかった。弓削はカーテンをあけ、ドアをあけて、小声で部屋のそとに、呼びかけた。すぐに例の女が、入ってきた。

女は桔梗を、わすれているらしい。軽く会釈しただけで、表情は動かさなかった。

「なんでしょうか？」

「いや、こちらのおふたりが、わたしの最後のしごとに、あなたより五万、多く値をつけられたのでね」

と、顔を平手でなでながら、弓削はいった。

「それは困りますね。あたしのほうが、先約です」

「それはそうだが、あすまでに二十五万、前金を出してくれる、というし……」

「あたしも四十五万、だします。全額前払いで」

「四十五万、いまおもちかな？」

弓削は、嬉しそうにいった。

「ええ、もってきました」

女は風呂敷づつみを、重そうにもちあげてみせた。

「ちょっと待ってくれ。こっちは前金の額はおなじだが、総額五十万だす」

と、桔梗はいった。女の頬が、ひきつった。

「四十五万よりは、いくらかよけいにあるはずです。しらべてください」

女は風呂敷づつみを、円卓の上においてから、言葉をつづけた。

「お金はそれだけしか、ありません。足りなければ、あたしのからだをつけましょう。そちらのかたみたいに、あたしは若くないけれど、それだけに経験もあるし、恥知らずにもなってますわ。男をよろこばせる工夫も、しつづけてきましたし……」

「まあ、そんなことは、どうでもよろしい。ちょっと、拝見」

弓削は、風呂敷づつみに、手をのばした。

「おさつで四十万あります。もし足りないときに、と思って、貯金玉をもってきました。割ってみてください」

と、女はいった。弓削は立ちあがって、風呂敷をひらいた。銀行からおろしてきたばかりらしい紙幣束の上に、大きな素焼のダルマがのっていた。まっ赤な絵具と、金粉をぬった福ぶくしい貯金玉は、女の表情が真剣なだけに、妙に悲しく、おかしかった。

「割ってもいいですな？」

「どうぞ」

弓削の片手が、さっとあがった。桔梗は、あっと思った。弓削の手刀は、無造作にふりあげられ、ふりおろされたが、たちまち分厚い貯金玉は、音もなくまっぷたつになった。とたんに百円硬貨が、ざらざらと円卓にこぼれた。

弓削のゆびが、百円玉のあいだを走りまわった。硬貨だけでなく、小さく畳んだ紙幣もあった。千円、五千円、一万円。弓削がそれを数えているあいだ、桔梗は、ダルマの半分をつまみあげて、その切り口を見つめた。

白く焼けた泥の切り口は、するどい刃物で、まだ焼かぬ前に切ったように、すぱっと絶たれている。弓削は、自分でいうような芸なしでは、なかったのだ。

「紙幣とあわせて、四十七万六千九百円ある。これだけ前払いでもらえると、先約でもあり、どうもこのご婦人のしごとをしてあげたくなるが」

と、弓削はいった。桔梗はダルマの半分を、コトリと円卓において、うなずいた。

「けっこうです。ついでにお教えしておきますが、このしごとは、わりあい簡単ですよ。なにしろ、被害者が納得ずみですからね。このご婦人が、殺してもらいたい相手は、このご婦人自身なんですよ」

弓削は、呆っ気にとられたようだったが、女は平然として、いった。

「あら、よくご存じね」

5

桔梗は竜子をうながして、弓削の部屋からでると、窓ぎわで待っていた大友に、ささやいた。

「さっき、あの部屋から出てきて、またいましがた入っていった女、顔を見ていたか」

「まあね。いやに色気たっぷりな中婆さんだ、と思ったもんで」

「あの女が出てきたら、目を離さずに、尾行してくれ。あさっての朝、ぼくが交替する。それまで、くいさがってくれよ」

「オーライです。電話で連絡しますよ、ときどき」

あさってというのは、あの女の誕生日なのだそうだ。その日に殺してくれ、というところまで話を聞いて、桔梗と竜子は、弓削の部屋を出てきたのだった。

戸外へでると、竜子が聞いた。

「あの女、なんなの？」

「自殺する勇気のない自殺狂さ。ぼくもいっぺん、心中しないか、とさそわれたことがある」

「変なひと」

「いざとなったら、悲鳴をあげて、逃げまわるんじゃないかな」

「でも、弓削さんの殺しかたってのは、相手がぜんぜん気づかないうちに、眠るように死んでしまうところが、特徴だそうよ」

「すると、あの女、ほんとに死んでしまうかな。賭けをしようか。きみは死ぬほうに、賭けるかい」

「賭けるわ」

「ぼくは、死なないほうに賭ける。ぼくが勝ったら、キスしてくれるんだぜ」

「いいわよ。あたしが勝ったら、命令を聞くわね」

「逆立ちでも、犬の鳴きまねでも、なんでもするよ。まあ、絶対にぼくの勝だがね」

「どうして？」

「ぼくが邪魔するんだ。弓削先生のしごとをね」

「まあ、ずるい。そんなのないわ」

返事はしないで、桔梗はタクシイに手をふった。

竜子はアパートまでついてきて、桔梗の部屋のドアをあけながら、

「まだ寝てたほうがいいんじゃない？　なんだか、熱っぽい顔をしているわ」

と、いいかけて、はっと息をのんだ。ドアのあいだに紙が一枚、はさんであったのが、廊下に落ちたのだ。そこに、マジック・インクで、『人質に女をつれていく』と書いてある。サインのかわりに、一本足の傘のお化の漫画が書いてあった。

「大竹の幽霊ってことか！」

桔梗は舌うちして、二階へかけあがった。啓子の部屋は、あらそったあとがあっ

た。そのかわり、啓子のすがたはなくなっていた。

6

年をへて、変化《へんげ》の相をあらわすものは、猫や狐のたぐいのみとは、かぎらない。近ごろはあまりお目にかかれない弦楽器の琵琶なんぞも、古くなると化けるという。

傘《からかさ》の古いのも、おなじく化けるとされている。

琵琶は立てかけてあるだけでも、グロテスクな顔みたいに見えるから、化けたところを絵にかく場合には、そのまま、手足をつければよい。傘のほうは一本足、たいがい高足駄を、はかせることになっている。油っ紙のはってある部分は、つぼめたままのかたちで、そこに大きな目がひとつ、鼻はないが、三日月がたに裂けた口からは、長い舌をぺろりと吐いている。

もひとつおまけに、毛むくじゃらの手が二本、ぬっと出ていることもある。だが、桔梗信治の部屋のドアに、はさんであった脅迫状の、サインがわりのお化け傘には、手がなかった。

「これじゃ、こっちも手のだしようがないな」

啓子が人質にされたことをたしかめて、二階からもどってきた桔梗は、いまいましげにいった。

「鶴巻さんみたいなひとが、誘拐されるなんて、ちょっと考えられないけど、相手はおおぜいだったのかしら」

佐原竜子が、眉をひそめた。

「とにかく部屋のなかは、ナチスの軍隊が荒してったらしい。しかし、おおぜいできたんなら、管理人のおばさんが、気づいたはずだな。きみが毎日、ぼくのところへ見舞いにくるのを、ちゃんと知ってたからね。聞いてみよう」

と、部屋をでかかったとき、豆腐屋のラッパみたいな声が、廊下にひびいた。

「桔梗さん、お電話ですよ」

このアパートの電話は、いわゆるダルマ。赤いやつよりひとまわり小さい、ピンクいろの簡易公衆だ。管理人室の受付窓のところにおいてある。桔梗が受話器を耳にあてると、聞きおぼえのない男の声が、

「桔梗さんだね。おれは傘のお化だが」

と、いった。ゴムのりのように、ねばねばした声だ。

「二階の女は、おれがあずかってるぜ」

「それで、ぼくにどうしろというんだ」

と、桔梗は聞きかえした。

「助けにきたくは、ないかね」

「ぼくは、千里眼じゃないし、魔法の鏡を持ってない。どこへ助けにいったらいいか、わからないな」

「女はどうなってもいい、というわけじゃあるまいね」

「もちろんさ。犯罪学的必然性からいえば、いずれそっちから、連絡があるだろう、と考えてたんだ。そっちで用があるのは、女よりも、ぼくのはずだから」

「それじゃ、教えてやるから、助けにこい。ところは青山南町、黒沼ビルの地下室だ。新しい四階建のビルディングだから、すぐわかる」

「いまから、すぐいってもいいのか」

「十一時以後にしてもらおう。となりの建物とのあいだに、通用門がある。鍵はかかっていない。そこから入って、露地のつきあたり、耐火鉄扉に呼びりんがついている。そいつを押してくれれば——」

「傘のお化が、とんで出てくる、というしかけかね。十一時きっかりに、いけるかな？」

「午前四時まで、待ってやる。いま女の口には、セロファン・テープが貼ってある。四時を一分でもすぎたら、鼻の穴へも貼るぜ。そうすると、生理学的必然性によって、人間は呼吸ができなくなるってこと、知ってるな？」

「きみはなかなか、教養があるんだね。しかし、彼女には、おへそで呼吸するという特技があるんだ」

「だったら、セロファン・テープがもう10ｃｍほど、よけい、いるってだけのことさ」

「その前に、いま貼ってあるやつをはがして、かわりに電話をあてがってくれないか。きみの話だけじゃ、信用はできないからな」

「ちょっと待ってろ」

ガタンと受話器を、固いものの上におく音がした。しばらくして、啓子の声がした。

「なんとかして、逃げだすつもりだったんだけど……ごめんなさいね」

「安心したまえ、四時までに、かならずいくよ。待遇はどうだい」

「手足が動かせないし、口もきけないけど、からだは無きずよ。強がりをいえば、退屈でしかたがないってとこ」

「安心したよ。大竹の女房が、だれかをやとったんだね」

「どうも、そうらしいわ。ひとくせありそうなやつだから、用心してかかってよ」

「あんたのガール・フレンド、なかなかお世辞がいいじゃないか」

と、受話器のなかの声が、いきなり、さっきの男と交替して、

「予告篇は、これでおしまいだ。じゃあ、待ってるぜ。よけいなお世話かも知れないが、晩めしは腹八分めにして、下着も新しいのと、取りかえてきたほうがいいな。昔流にいえば、さらしは一本、切ってきたほうが、いいってわけだよ」

「警察をたのむなよ、とはいわないのか？」

男は笑った。じっさい聞いたことはないが、ガラガラ蛇がしっぽをふる音というのは、きっとこんなだろう、と思いながら、桔梗はいった。

「なるほどね。では、後刻かならず参上しますよ、水野の殿さん」

「どうして、おれの名前を知ってるんだ？」

男は、ぎょっとしたようだった。

「こいつはいいや。和風パンツの話がでたからさ。こっちは幡随院長兵衛になった気で、あいさつを返したんだが、あたっちまったのか」

こんどは桔梗が、笑ってきかせる番だった。

7

「きょうは、壺ふりはおやすみかい」

自分の部屋の壁によりかかって、あぐらをかいたまま、桔梗信治がいった。

「あたしのことより、いいの？　こうやって、時間のくるのを待っていて」

と、竜子がいった。

「ぼくの待ってるのは、オートモ・ビルの電話だよ。もうかかってこなくちゃならないんだが……」

桔梗は腕時計を見た。午後九時になろうとしている。そのとき、廊下で声があがった。

「桔梗さん、電話ですよ」

「そら、きたぞ」

桔梗は、部屋をとびだした。受話器をあげると、若き自動車泥坊の声が、ラテン・ミュージックをバックにして、送られてきた。

「ああ、兄き、ひどいめにあったよ」

「若白髪の道鏡は、どうした？　女よりも、あいつのほうが、必要になってきたんだ」

「まだ女といっしょにいまさ。あれから間もなく、ふたりで喫茶店をひきあげてね。道玄坂上の♨マークに入りやがんの。しかたがねえから、女中につかませて、こっちもとなりの部屋へ入ったんだが、驚いたね。ありゃあ、騒音防止法にひっかかるな。レコーダーをもってたら、ひともうけできたとこさ。しかも、延長戦でドロン・ゲームときやがった」

「それは、あとでゆっくり聞くよ。いまは、どこにいるんだ？」

「阿佐谷の、スクスクっていう酒場。ふたりとも一時間ぐらい嚙みつづけたチューインガムみたいに、酔っぱらってらあ。こっちは、酔っちゃいけないと思ってね。水わり一杯、もたすのに大弱り。マッチの軸につけて、一滴ずつしゃぶってますよ」

「ぼくは大急ぎで、そこへいく。女には用はないから、若白髪にくいさがれ。ぼくがつかないうちに、やつが出てしまったら、次の連絡場所は、そのスクスクだ」

桔梗は電話をきって、部屋にもどった。押入れからひさしぶりにかばんをとりだすと、隠し底をひらいた。がたがたの古拳銃をとりだすと、六連発の輪胴に、三発だけ実包をこめて、切りちぢめた銃身のさきに、ぶかっこうな消音器をはめた。

すばやい動作に、竜子は目を見はっている。桔梗は拳銃の点検をおわると、黒いきれにつつんで、左腕をつった黒い三角巾のなかに隠した。銃の重みが、傷ついた肩にかかる。桔梗は顔をしかめながら、立ちあがった。

「ダスターコートを、きせてくれないか」

「大丈夫、そんな無理して？」

竜子は、眉をひそめた。

「啓子を助けだす前に、マッチの殺し屋をたおさなけりゃ、ならないんだ。こっちも変った方法でやるつもりだったが、そういっていられなくなった。きみ、阿佐谷って、どういったらいいか、知ってるかい」

「あたしも、いっしょにいくわ」

「ありがとう。それじゃあ、弓削が女からうけとった謝礼金を、できるだけ、とりかえしてくれ」

8

「女のほうは、さっき帰りましたぜ。道鏡先生は、まだあすこだ」

大友は、店のおくをゆびさした。貸し植木の大きな葉のかげに、大きな十曜星の紋をつけた黒羽織と、玄海灘みたいに波うった白髪が、見える。酒場スクスクは、かなり大きな店だった。

「あいつ、なかなかおしゃれだね、兄き。白髪ってのは、すぐ黄いろくなっちゃうから、まっ白にしとくのは、手入れがたいへんなんだそうだ。ありゃあ、美容院にかよって、漂白してるんですぜ」

「かなり酔ってるな」

「強いですよ。なんでも、強いやつなんだね。普通なら、とっくにつぶれてるころなんだが——ああいうのを、うわばみ、というんじゃありませんか」

「きみたちは、ここにいてくれ」

桔梗はバアを離れて、いま店へ入ってきたばかりみたいに、ぐるっと見まわしてから、弓削のいるテーブルへ、近づいていった。足もとがふらついて、かなり酔っているように見える。

「これは、これは、やっぱり先生か。さきほどは、失礼しました」

と、顔をつきだすと、女をひとり前におき、ふたり両わきにおいた白髪あたまが、起重機でくわえあげたように上むいて、

「おう、さっきの客人か。こりゃあ、いいところで再会した。まあ、すわりなさい。ソファはスプリングがゆるんどるから、女の膝へすわって、ちょうどいいぐらいだ。女ども、酌をして進ぜえ」

マッチの殺し屋は、火焔放射器みたいな息をはいた。テーブルの上には、二本めらしい角壜と、ミネラル・ウォーターの大壜と、ぶっかきの氷をいれたボールがおいてある。女のひとりが、

「はあい、心得ました」

と、芝居がかりにこたえて、角壜をとりあげた。

「先生、きょうは、ほんとに残念でした。先生に見放されちゃ、どうしようもなくっ

てね。今夜は、やけ酒ですよ」
「いやあ、申しわけない。こんどかならず、埋めあわせする。その地ならし、という
ところで、どんどん、お飲みなされい」
「しかし、埋めあわせといったって、もうマッチはないんでしょう？」
「マッチか。ははは あ、マッチ一本、怪死のもと、というやつか。あれはない。これ
が最後だ」
十曜星の紋つきの左袖から、銀のマッチ・ケースがとびあがった。カラカラと鳴っ
て、右手に落ちこんだかと思うと、もうふところへ消えている。
「だがな。わが輩はこの商売、廃業する気はないぞ。マッチがなくとも、ライターと
いうものがある」
「先生のライターっていうと、なんですか」
「よろしい。とくに無料で、ご覧に入れよう。これよ、女。あれなる椅子を、もって
まいれ」
「かしこまりました」
芝居がかりで女が立って、壁ぎわにおいてある補助の椅子を、ひきずってきた。四
本足の椅子で、木の背もたれがついている。
「そのもたれのところを両手にもって、四本足を前につきだして、さよう、そうやっ

て立っておれ」

弓削は羽織をぬいで、立ちあがった。

女は猛獣の調教師がするように、椅子を横にかまえて、立っている。弓削は、その前に近よった。

「わが輩のライターというのは、要するに拳法だ。拳法といえば、ダルマがあみだした徒手空拳の武術。少林流というのが有名だが、わが輩のは昭霊流という」

「初耳です」

「これは、肥った人間のための拳法だからな。見た目には、あまりよくない」

と、いいおわったとたん、弓削は両足をふんばって、腰を落し、がまがえるみたいに、ピョコンとはねた。

「やあっ」

低いが、するどい気あいだった。だが、女も、椅子も、なにごともない。

「それをおいて、腰かけるがよいぞ」

弓削は気どった調子でいって、もとの席にもどった。するどい気あいに、こちらをむいた客たちも、もとの姿勢にもどった。

とたんに、女が悲鳴をあげた。床において、腰かけたとたん、椅子は四本の足がばらばらになり、背もたれもとれて、女をあおむけにひっくりかえしたのだ。短いスカートから、二本の足が天井にむかって、にょっきと立った。それが、まっ赤なハイヒールの咲く、肌いろのふしぎな植物のように見えた。

なんとしても、弓削は殺さなければならない、と桔梗信治は思った。

9

自動車泥坊のオートモ・ビルと、女すりの佐原竜子は、中央線阿佐ケ谷駅下りフォームの柱のかげに立っている。

十二時ちかい。上りフォームには酒場スクスクの女四人にかこまれて、羽織袴に白頭の弓削が、異彩を放っている。そのそばに、ひどく酔ったふぜいで、黒い三角巾を目立たせているのが、桔梗信治だ。

「それじゃあ、さよなら。昭霊流ばんざい」

桔梗の声が、ふたりの耳にまでとどいた。右手をまっすぐにあげて、ふらふらゆすりながら、桔梗は弓削と女たちのそばを離れた。

前のめりに、跨線橋の階段をあがっていく。女のひとりが、弓削にうながされて、桔梗のうしろへ走りよった。

「大丈夫だ。大丈夫だ。ほっといてくれ」

大きな声でことわって、桔梗はのぼりつづける。下りのフォームからは、すがたが見えなくなった。上り電車の音が近づいてきた。

「いつやる気だろう？」

大友が、竜子の耳にささやいた。

「きっと、あの窓よ」

羽目板でかこわれた橋廊には、小さな窓があいている。いわゆるはめ殺しの、あかないガラス窓だ。その下りフォームよりのひとつが、こわれている。竜子はそれを、目でしめしたのだ。

上り電車がスピードを落して、フォームにはいりかけた。橋廊のこわれたガラス窓に、一瞬、青い火がひらめいた。大友と竜子は、あわてて上りフォームに、視線を移した。弓削のからだが、前にかたむいた。女たちが、いっせいに悲鳴をあげた。

まっ白なあたまは、くらげがダイヴィングしたみたいに見えた。弓削のからだは、停車しかけた上り電車の下に、吸いこまれた。車体が、がつんとのりあげて、浮きあがったような気がした。

桔梗は下りフォームへ、階段をおりてきて、ふらつきながら、改札口を通りぬけた。竜子は大友の袖をひいて、そのあとにつづいた。駅前広場はお通夜のように、陰気で暗い。桔梗は、一台のタクシイのわきに、立ちどまった。

竜子が走りよって、ドアをあけながら、

「青山まで」

と、運転手にいった。三人がのりこむと、運転手は車をスタートさせながら、

「駅でなにかあったんですか」

と、聞いた。

「上りフォームで、酔っぱらいが線路に落ちて、轢かれたのよ」

と、竜子がいった。大友が調子をあわせて、

「だから、先生も強情はらずに、青山へかえったほうがいいですよ。ぜったい、これ以上は、飲めませんから」

と、桔梗の顔をのぞきこんだ。桔梗は青ざめて、口をきくのも大儀そうだった。

「傷が痛みだしたんじゃないの？」

竜子も心配そうにいいながら、ハンドバッグをあけて、

「はい、これだけ残ってます」

と、紙幣の束を、桔梗の手におしつけた。

「いつ、とったんだ？」

「ひどいわ。さっきの店を、ひとかたまりになって出るとき、先生のコートから落ちそうだったから、おあずかりしたのよ。ずいぶん、つかったらしいわね」

「それは、きみがあずかってくれ」

桔梗はそれきり、口をきかなかった。

竜子と大友は、両がわから心配そうに、桔梗の顔をのぞきこんだ。

10

青山南町の黒沼ビルの近くで、タクシイをおりると、桔梗がいった。

「きみたちは、外で待っててくれ」

「大丈夫かなあ、兄き」

大友は、心細げだ。

「どうなるかわからないが、ひとりでいくより、しかたがないんだ」

桔梗は、暗い通用門をおした。ペンキ塗りの木の扉は、音もなくあいた。建物のあいだの、星がいっぱい詰ったせまい空の下を、せまい露地づたいにすすんでいくと、コンクリートの塀につきあたった。

右がわに、耐火鉄扉がある。桔梗は、呼びりんを押した。鉄扉がしずかにひらいて、そのあいだから、するどい針がつきだした。

水野という男は、大竹ほどではなかったが、やはり背が高く、顔が長かった。松葉杖をついている。桔梗の胸にさしつけられたのは、例の大竹の凶器だった。

「なあるほど、傘のお化だ。一本足だな。松葉杖をつかなきゃ、立てないのか」

と、桔梗はいった。

「くだらないお喋りはやめて、なかへ入れ。ガール・フレンドがお待ちかねだよ」

と、水野はいって、うしろへさがった。桔梗は三角巾に、右手をのばした。

「ちょっと、待った。どうも、その三角巾が気になるな。おれの松葉杖とおんなじで、カムフラージュじゃあねえのか」

水野は松葉杖を、壁に立てかけて、手をのばした。その手は、三連発を無理やり、ひっぱりだした。傷ついた肩をひっぱられて、桔梗はうめいた。

「やっぱり、こんなもの、もってやがる。断っておくが、おれひとりじゃあ、ねえんだぜ」

「もうひとりは、どこにいる？」

「地下室だ。その階段をおりろ」

「そこで、ぼくを殺す気か」

「そう思ってれば、間違いはないさ。まわりに聞える心配はないから、なんだってできるぜ」

「管理人はいないのか、このビルに」

「おれさ。内職に管理人をしてるよ。同時に、ここが仕事場だ。うまい考えだろう」

水野は、ガラガラ蛇のように笑った。

階段をおりきったところに、ドアがあいていた。がらんとして、なんにもない部屋だ。太いパイプが縦横に、壁を匍っている。その一本に、鶴巻啓子がしばりつけられていた。うしろ手にセロファン・テープで、パイプにとめられているのだろう。見ただけでは、いましめは目に入らない。着ているものも目に入らなかった。啓子は裸で、しばられていたのだ。口にはやはりセロファン・テープが、ななめ十文字に貼られていた。その乳房にナイフをつきつけて、立っているのが、大竹の細君だった。

「ひどいこと、されなかったかい」

と、桔梗は聞いた。

「大丈夫だよ。おれは女ときたら、そばへよるのも、いやなんだ。豚みたいに臭えからな」

と、ねばねばする声で、水野がいった。

「約束どおり、その女性、返してもらおう」

「そうはいかねえ。きさまをしばってからだよ。まず三角巾だ」

水野は手をのばして、三角巾をひっぱずした。桔梗は、目がくらみそうになった。

大竹の女房が、啓子の口からテープをはがした。

「こんどは、うしろのパイプに、手をまわしな」

水野は松葉杖と拳銃を床に横たえると、軽いびっこをひきながら、かわりに大きなテープの輪をひろいあげた。

桔梗の手が、テープでぐるぐる巻きにされると、大竹の細君が、啓子の手を自由にした。

「もういいだろう。女を返してやってくれ」

「まだいけねえ。そのまま警察へ、駈けこむかも知れねえからな。裸なら、逃げられめえ。きさまの最後を、ゆっくり見物させてやるよ」

水野は床から、傘のにぎりに植えたするどい針を、とりあげた。

「いちどに殺しやしない。ちくりちくり、全身をつっついて、じわじわと殺してやる。からだじゅうから、小さな血の粒が、ふきだしてよ。楽しい眺めだぜ。そういうのを見ると、女は性的に興奮するもんだ。きさまもそれを見て、楽しみながら死ねよ」

水野は手をのばして、桔梗のコートの胸をひらき、上衣の胸をひらき、シャツの胸をひらいた。なんとか、時間をかせがなければならない、と桔梗は思った。

「最後にタバコを、吸わせてくれ」

「あいにく、おれは切らしちまった」

「ぼくのポケットにある」

「これか。おれも一本もらうぜ。なんだ。マッチも最後の一本じゃねえか」

水野の手には、銀のマッチ・ケースが光っていた。竜子が弓削から、金といっしょにすりとって、桔梗のポケットにしのびこませたものだろう。ありがたい。おなじ死ぬなら、殺人マッチで、眠るように死んだほうがましだ。桔梗は、水野のさしだすマッチの火を、ためらいなくタバコに移した。けれど、なにごともない。いったい、このマッチは、どんな働きをするのだろう？

次に水野は、自分のタバコに火をつけた。その手から、とつぜん、ぽろっとマッチが落ちた。くちびるから、タバコも落ちた。つづいて水野のからだが傾いて、床にたおれた。桔梗は、さけんだ。

「拳銃を！」

裸の啓子が、大竹の女房をつきとばして、床の拳銃にとびついた。

水野はまず、自分のタバコに火をつけてから、桔梗にさしだすべきだったのだ。弓削がいつも、そうしていたに違いないように。

床に落ちた太いマッチは、軸木のうしろ半分が、細い金属の筒であることを示して、かすかに光っていた。筒のなかからは、死の臭うけむりが、いま最後のひとすじを、たおれた水野の鼻さきに、たなびかせている。

第四章　松葉杖も赤は危険

1

第二次世界大戦は、昭和二十年、すなわち、一九四五年におわった。

ヨーロッパでは、あたかも、ナチスがドイツ国民に読むことを禁じた詩人、ハインリヒ・ハイネの讃美した『美しき五月』に。

連合軍が、ベルリン総攻撃を開始したのは、四月の十六日であった。そのころ、戦勢挽回の望みをうしなったヒトラーは、ひとりの日本人科学者をせきたてて、ある発明の完成を、待ちこがれていた。

その発明というのは、ポマードだった。

髪をなでつけるのにつかう、練り油である。そのポマードが完成したら、ナチスの全将兵は、それで頭髪を光らして、ベルリン最後の市街戦に、参加するはずであった。戦いに、勝ち目はない。戦死者の山が、築かれるにちがいなかった。

　山とつまれた死体は、あわただしく焼かれるだろう。そのとき、熱をあたえられたポマードは、無色、無臭、猛毒のガスと化して、廃墟ベルリンのすみずみまで、悪霊のごとく漂い、連合軍の将兵を、ひとりあまさず、倒すはずであった。

　それが、おのれの壮麗な夢を、直接に泥靴でふみくずした人間たちに対する、ヒトラーの復讐計画だった。だが、計画を実行することは、できなかった。

　ポマードが、完成しなかったからではない。完成はしたが、ナチスの全将兵につけさせるだけの量を生産するまで、ベルリンはもたない、と計算した日本人科学者が、逃亡してしまったからだ。

　科学者の名は、桔梗信輔といった。

「ぼくのおやじだ。死ぬまぎわに、ぼくはその第二次大戦秘話を、聞かされたんだがね。これが、それなんだよ」

　桔梗信治は、右手につまんだマッチの燃えさしを、見つめた。弓削が四十七万六千九百円で売った殺人マッチだ。黒い太い軸は、なかがうつろで、金属の円筒らしい。

「とちゅうまでが木の軸で、自分のタバコに火をつけるときはなにごともない。相手に、どうぞ、とさしだしたとたん、それが、霊柩車への招待になるわけだ」

「不肖の息子が、ノートを焼いてしまったんで、あとができないんだって、弓削がいってたけど?」

佐原竜子が、桔梗の左肩の傷に、新しい包帯を巻きつけながら、いった。

「おやじが自分で、焼いたんだよ。これっぱかりの分量で、あっという間におとながひとり、酸素の吸入をやめてしまうんだからね。そんな毒ガスを、発明者の自分といっしょに、消してしまったってのは、おやじのした唯一の善行かも知れないな」

「そうねえ。おまけにマッチの最後の一本が、息子のいのちを救ったんですものね。さあ、おわったわ」

竜子は包帯を巻きおわって、桔梗のあたまに、アンダーシャツをかぶせた。

「もう、午前四時すぎだな」

左手を三角巾でつっていたあいだ、右手にしていた腕時計を、もとの左に巻きなおしながら、桔梗はいった。

「もし帰るのが億劫だったら、二階へ泊めてもらえばいい。オートモ・ビルはどうしたかな」

「裏通りの車のなかで、寝てるわ。畳の上より、性にあってるんですって。あたしは、帰ります。啓子さんの部屋は、まだ片づかないようだから」

竜子は、天井を見あげた。まうえの部屋で、重いものを動かす音が、かすかに聞える。青山南町の黒沼ビルから、ひっぱってきた大竹の細君に、鶴巻啓子が部屋を片づけさせているのだ。

「自分が荒していったんだから、朝までかかっても、しかたがないだろうな」

桔梗も天井を見あげて、微笑した。竜子は蛇皮のハンドバッグから、ふたつ折りにした紙幣の束をだして、畳の上へおいた。

「これ、弓削からとりもどした自殺狂女史の貯金。四十七万六千九百円よりは、だいぶへってるようだけど、あたしの手数料は、サービスしとくわ」

「きみが持っていって、返してやってくれないかな」

西大久保の♨マークの蒲団部屋で、心中をせまってきた年増女の目つきを、桔梗は思いだした。

「ぼくがいくと、ダイナマイトをぶつけられるおそれがある。その金のことは、すっかりわすれていたよ」

「ほかにも、わすれてることがあるわ」

「なんだろうな」

「あたしと、賭したこと」

「ああ、あれか。ぼくが勝ったわけだな。きみが勝ったら、ぼくはなにをしなきゃ、いけないところだったんだい」

「あたしとキス」

「なんだ。それじゃ、おんなじじゃないか」

「おなじじゃないわ。あたしが勝ったら、いままでも待っていないもの」

相手の左肩をいたわりながら、竜子は溶けるように、からだをかたむけた。

2

「あたしにしてくれたときより、四十秒だけ長いわ。もう四十六秒、四十七秒になるわよ」

ドアのところで、鶴巻啓子の声がした。竜子はゆっくり、くちびるを離した。

「まだ、よだれがつながってるわ。信治さんのくちびるは、口紅だらけだし、ハンカチ貸してあげようか」

「もってますわ。タイムを公認してくださすって、ありがとう」

竜子はあわてずに、ハンドバッグをひらいた。わたされたハンカチで、くちびるをぬぐってから、桔梗はいった。

「もう二階の片づけは、すんだのかい」

「あの女、まだ汗かいてやってるわ。罰として大掃除をさせるってのは、たしかに名案ね。こんなに部屋を荒してくんじゃなかったって、ぼやいているわよ」

「自業自得ってやつさ」

「それよりね。おもしろいこと、聞きだしたわ」

「どんなこと」

「あの水野って殺し屋も、やっぱりあなたのおとうさまの弟子なのよ。飢えた遺産のひとつらしいわ」

「ほんとうか」

「大竹のかみさんが、東京駅からもちかえったご亭主の雨傘で、あんたを殺してくれって頼んだら、最初はしぶったそうよ。おれは松葉杖で殺すのが、売りものなんだって」

「しまった。あれを持ってくりゃ、よかったな」

水野の死体のそばにころがっていた松葉杖を、桔梗は思いだした。

「松葉杖で、どうやって殺すのか、大竹のかみさんも知らないらしいけど、とにかく、これで四人、あなたのリストから消えたわけよ。殺し屋清掃運動の成績は、悪くないわね」

「まだあと、八人のこってる」

「飛入りがひとり、増えるかも知れないわ」

「どうして？」

「水野って男は、女ぎらいでね。男の恋人が、ひとりいるんですって。その男が、あなたを殺すだろうって、大竹のかみさんが、脅迫めいたことをいってるの」

「その男も、殺し屋なのか」

「水野にいろいろ仕込まれたそうだから、殺しのほうだって、エキスパートになってるんでしょうよ。油断はできないわ」

おどすように、啓子はくちびるをゆがめて、笑った。

「桔梗さん、ここを出たほうがいいんじゃない？」

いままで啓子に無視されて、おとなしくすわっていた竜子が、口をはさんだ。

「どうして？」

「いままでは、あなたが不意討ちしてたわけだけど、こんどはそいつに、不意討ちされるわけだから」

「ここを出て、どこへいこう」

「さしあたり、あたしの家でもいいわ」

「だめよ」

と、啓子がいった。

「あんたはすりのくせに、根が善良そうだから。信治さんの悲願を、さまたげるおそれがある。頼まれたことはすんだんだから、報酬もらって、さっさと帰ったら、どうなのさ」

「最初はとにかく、こんどのことは、お金がほしくてやったんじゃないわ」

「キスしてもらいたかったからなの？　財布はすれても、男ごころはすれないなんて、不器用なはなしね。そんなに男に飢えてるんなら、十ラウンドぐらい平気な、ゴリラみたいなのを、あした、さがしてきてあげるわよ」

「だれでもいいってわけじゃないわ」

「そんな目つきで、信治さんを見ないでね」

「このひとは、あなたのものなの。所有者の名前は、どこにも書いてないようだけれど」

「裸にして、しらべたっていうの？　それなら、いよいよゆるせないわ」

啓子は、相手の膝の前まで、近づいた。竜子はおそれげもなく、すわったままの顔をあげて、相手を見かえした。

「いいかげんにしてくれよ。喧嘩するなら、ぼくはもう、どっちにも頼まないぜ」

桔梗は古かばんに手をのばして、立ちあがった。

とたんにドアがあいて、自動車泥坊の大友が、ねむそうな顔をつきだした。

「兄き、妙なことがあるんだ」

「三本足の犬でも、通ったのか」

「四本足の人間が、通ったんだ」

「酔っぱらって、財布でもおとしたやつじゃないのか」

「四つんばいで、四つ足なんじゃない。松葉杖をついてるんだよ」

「松葉杖を？」

桔梗は、ふたりの女と、顔を見あわせた。

「ああ、松葉杖をついてね。そのくせ、たいして足が悪そうにも見えない男が、このアパートのまわりを、うろついてやがる」

「どんな男？」

と、啓子が聞いた。

「若いやつだよ。おれ、あんたのオースチンのなかで、寝てたんだ。そしたら、妙な音がしてね。目をさまして、のぞいてみたら、おどろいたなあ。すごくいい男なんだよ。女でもあんなきれいなのは、近ごろ、ちょいっと見つからないぜ」

「あたし、休戦条約に調印する」

と、啓子がいった。

「あたしも」

と、竜子がいった。

「念のために、二階を見てくるわね」

啓子は、ドアからとびだした。まわりの部屋に気がねして、あがっていく足音は聞えなかった。

だが、おりてくるときは、その配慮をわすれていた。

「大竹のおかみさんに、逃げられたわ。いちおう部屋は、片づいてたけど」

啓子は、心配そうな目をしていた。

3

佐原竜子の住居《すまい》は、下谷の二長町にあった。蝦夷菊《えぞぎく》が咲いている小さな庭を、板塀がかこんでいて、場所がらにふさわしい、ささやかな家だ。

あくる日の夕方、桔梗信治は、床のなかで夕刊を読んでいた。

「気分はどう？」

唐桟縞《とうざんじま》の和服すがたで、竜子が枕もとにすわった。

「よく寝たから、もう大丈夫だ。あしたあたり、包帯とってもいいんじゃないかな」

「無理をすると、左手がきかなくなってしまうわよ」

「オートモ・ビルは、どうした？」

「おひるまで寝て、どこかへ出かけていったわ。啓子さんが出かけるとき、蒲団の敷いてあるところへ、あんたとあたしを残しとくのは危険だから、見張っていてくれって、頼んだようだったけど。おれは中立だ、知っちゃいねえっていって」

「自分で見張ってれば、いいのにな」

「トオキョオ・インフォメイション・センターへ、一日いちどは顔を出さなきゃ、いけないんですって」

「ぼくに渡す請求書でも、つくりにいったんだろう。契約をしただけで、まだいちども金をはらっていないから」

「夕刊にゆうべのこと、出てる？」

竜子は、顔を近づけた。

「黒沼ビルの管理人、地下室で死体——だってさ。ビル荒し、凶行にあわてて逃走か、というのが、小さいほうの見出しでね。なんだか、かたことみたいな見出しが、近ごろ多いな」

「あたしたち、大丈夫かしら」

「大丈夫さ。車をおりたのは、ずっと離れたところだし、それにおかしなことがある」

「どんな？」

「水野の死体が、胸を切りさかれているんだ。血だらけになってたそうだよ」

「ということは、あなたが逃げたあとに――」

「だれかきた、ということだ。見当はついてるさ。松葉杖が、なくなってるんだからね。水野のかわいがってた男というのが、血でもすすって、復讐をちかったんだろう」

桔梗は夕刊を、わきへほうりだした。

「考えただけでも、ぞっとするわ。よくあなた、平気でいられるわね」

「平気じゃないさ。怖いから、きみのところへ、逃げてきたんだよ。しかし、相手が、おやじの考えだした殺人方法を、マスターしてるとあっては、放っておけない」

「警察にまかしたんじゃ、いけないの？」

「証拠がそろって、死刑になるならともかくも、生きてるあいだは、そいつのあたまのなかに、血に飢えた遺産がのこってるわけだ。だれかに、教えるかも知れない」

「あなたが悪いわけじゃ、ないのに」

「親の因果が、子にむくいさ。なめくじに聞いてみろ、というはずのところを、つい喋ってしまったね。わすれてくれよ」

「わすれるわけには、いかないわ」

「どうして？」

「どうしてかしら。なめくじに聞いてご覧なさいな」

竜子は顔を近づけて、微笑した。その首すじに、桔梗の腕が、からみついた。

「啓子さんに、怒られるわよ」

「公平を期しただけだ、といってやるさ」

と、桔梗は笑った。なにかいおうとした竜子のくちびるを、桔梗のくちびるがおおった。竜子の目が、熱をもったように、うるんだ。桔梗は蒲団をはねのけて、半身を起すと、やわらかな和服の背に手をすべらせた。

「肩は——？」

くちびるを離して、竜子がいった。

「大丈夫。この通り、痛まないよ」

「でも、こんなに明るいのに」

「明るいもんか。もう電灯をつける時間だ。玄関には鍵がかかってるんだろう？」

「ええ、このへんは押売りが多いから」

「お竜さんらしくない言葉だな」

「あたし、そんなに気の強い女じゃないわ」

桔梗の胸に顔をうずめて、消えいりそうな声がいう。

「壺をふっているすがたを見たときから、手をのばしてさわってみたい、と思っていたんだ、きみの肌に」

目の下で、竜子のうなじが、紅をさしたように、美しくなった。

「おやじはぼくに、いろんなことを教えてくれたけど、帯のときかたは教えてくれなかったな」

桔梗の胸に顔をあずけたまま、竜子は自分の背に手をまわした。

座敷のなかはうす暗くなって、障子だけがまだ明るい。畳の上へ、帯がかすかな音を立てて、のびていった。

桔梗の胸で、竜子はからだをくねらせた。藻のなかから、ぬけだそうとする人魚みたいに。

人魚はやがて、藻からぬけだした。月に濡れたような、白い、しなやかな裸身が、さざ波立った敷布の海の上に、揺れうごいた。

4

もう障子も、暗くなっている。桔梗は、蒲団の上にあぐらをかいていた。

「帯をしめおわるまで、あかりをつけないでね」

部屋のすみで、竜子のしあわせそうな小声がいった。

「暗いなかでも、目が見えるのかい、きみは」

「猫のとしの生れじゃないわ。ただ、恥かしいの。でも、もういいわよ。あかり、つけても」

竜子は近づいてきて、天井に手をのばした。袖がすべって、うす闇に白い腕が浮いた。

とつぜん桔梗は、その腕をつかんで、激しくひいた。ふたりのからだは、蒲団の上にたおれた。桔梗の手が、竜子の口をふさいでいる。耳もとで、小声でいった。

「動いちゃいけない。庭からこの座敷を、狙ってるやつがいる」

ふたりは動かなかった。重苦しいくらがりのなかで、竜子は桔梗の手を、しっかりにぎっていた。たちまち、空気に大きな断層ができたような、ひびきとはいえないひびきが、庭で起った。

桔梗は蒲団ごと、竜子のからだを部屋のすみに押しやった。すばやく立ちあがって、障子をひらいた。庭にはだれもいない。ただ縁さきの柱に、小さな光るものが、つきささっている。

それは、一本のするどいメスで、一枚の紙をぶらさげていた。

「もう大丈夫だ。あかりをつけてくれ」

桔梗は、大きな息をつきながら、いった。

座敷が、あかるくなった。竜子は、桔梗の手もとを見て、息をのんだ。

「そんな顔するなよ。歯医者へいったことないのかい。これが、ぼくの胸につっ立ったら、なんてことは考えちゃいけないね」

「これ、歯医者さんのつかうメスなの？」

「刃がすごく、小さいだろう。しかし、柄が短かく、削りおとしてあるな。これじゃ、投げられない。たぶん、空気銃みたいなもので、射ったんだ」

「その紙は？」

「果し状だろうね。こんなものを、縁がわに射ちこんでいくなんて、古風なことをするやつだ。ぼくは旗本退屈男か、むっつり右門になったような気分だよ」

「なんて書いてあるの？」

「これから読むところだ。お家流かなんかの、達筆で書いてあったら、どうしようか、と思ってさ」

桔梗は電灯の下へ、あぐらをかいた。

とたんに、勝手口の戸をたたく音がした。

「お竜さん、あけてくれ。おれだよ」

「お喋りの伝六らしいぜ」

と、桔梗がいった。

5

「どうしたんだよ。玄関にあかりもつけないで。第三次世界大戦にそなえて、灯火管制の練習かい」

オートモ・ビルが、座敷へ入ってきた。桔梗は、顔をあげた。

「露地で妙なやつに、あわなかったか」

「妙なやつって?」

「わからないが、おそらく、けさ、きみが見かけた松葉杖の美青年だろう」

「いや、あいませんでしたよ」

「あいつ、なかなか大したやつらしい。もう追いかけてきやがった。これを見たまえ」

桔梗は畳の上へ、メスと紙片をすべらせた。鋼鉄の刃が、電灯の光をあびて、つめたくかがやいた。

「こりゃあ、歯の手術につかうやつだね」

「うかつにつまみあげると、手を切るぞ。すごくとぎすましてある」

「こんどのやつは、ナイフ投げの名人なのかな」

「そんな単純なやつじゃ、なさそうだ」

「こっちの紙きれは——こりゃあ、挑戦状じゃありませんか、兄き」

「いまから、冷や酒をあおって、高田馬場へ駈けつけなけりゃならないのか、と思ったら、いいあんばいに、あしただったよ」

一枚の白紙には、少女趣味な紫インクで、小さな文字がならんでいた。


わたしにとって、この世でいちばん大切なひとの命を、あなたは奪った。わたしの大切なひとの霊をなぐさめるためには、あなたの命を、ささげなければならない。この儀式は純粋なものだから、うすぎたない警察や、女どもの介入は、ゆるしたくない。ふたりだけの決闘に、あなたも同意する義務が、あると思う。同意されない場合には、予告なしに命をいただく。わたしが礼儀ただしくしたいのは、あなたに対してではなく、わたしの大切なひとに対してなのだから、容赦はしない。

あす午後四時、多摩動物園であいたい。雨天順延。

赤い松葉杖

読みおわって、大友がいった。

「いやに気どった文句だな」

「最後の雨天順延ってのが、いいじゃないか。この男には、ユーモアのセンスがあるよ」

と、桔梗はいった。

「よろこんでる場合じゃないぜ、兄き。あした、決闘にでかける気なんだろう?」

「いかなきゃ悪いだろうね」

「あたしも、いっしょにいくわ」

と、竜子がいった。

「この相手は、たいへん女ぎらいらしい。きみみたいな美人の顔をみると、悲鳴をあげるかも知れないぜ。場所が動物園だけに、悲鳴を聞いたライオンが、下痢でも起すと困るからな」

と、桔梗がいったときだった。襖があいて、鶴巻啓子が入ってきた。

「玄関でさんざ声をかけたのに、不用心ね。復讐鬼がおどりこみでもしたら、どうなるの」

「もう、おどりこんできたよ」

桔梗は果し状を、啓子にわたした。

「まあ……どうして、ここが知れたのかしら」

と、啓子は首をかしげた。

「わからない。水野の霊に、おうかがいを立てたのかも、知れないぜ」

「さもなきゃ、大竹の女房が逃げたふりして、おれたちを見張ってたのかな」

と、大友がいった。

「あしたの決闘も問題だけれど、あたし、妙な話を聞きこんできたのよ」

と、啓子がいうと、大友もおでこをたたいた。

「そうだ。おれも知らせなきゃならないことが、あったんだっけ。おどろきのあまり逆立ちして、天井をふみやぶるなよ、兄き」

6

「ぼくが、おどろきのあまり、逆立ちして、天井をふみやぶりそうなことか。なんだろうね。東京じゅうの殺し屋が前非をくやんで、そろって坊主にでもなったかな」

桔梗信治は首をかしげた。山羊皮のハーフコートをまだ着たままの鶴巻啓子と、オートモ・ビルの顔を見くらべながら。

若い自動車泥坊は、スポーツ刈りのあたまを大きくふった。

「殺し屋を消してあるいてる、消しゴムのお化みたいなのが、現れたらしいって、噂が立ったんです。やくざのあいだでね。あわてた連中が、兄きのことを、さがしはじめやがった」

「そうなると、ぼくは目も鼻もないお面でもかぶらなきゃいけないかな。正義の使者、消しゴム仮面、とかなんとか名のってさ。さがしはじめたのは、どんな連中だ？」

「いちおう、なになに組の幹部、といったやつらでね。なにかあるってえと、ハジキをちらつかせて、すごみたがる手あいですよ」

「そんな、大量生産で売りに出てるやつらに、用はないのにな」

「先方じゃあ、てめえたちも狙われてる、と思ってるんだ。勝手に色めき立ってるんだから、どうしようもねえや」

「放っておけば、いいだろう」

「そうもいかねえわけがある」

大友は、柄にないため息をついて、スウェーターの腕を組んだ。なんにでも、自動車と縁がなければ、気がすまないらしい。濃いオリーヴいろのタートルネックの胸には、ベンツのスリイ・ポイント・スター・マークが、白く編みだしてあった。

「いちばん最初のカードの殺し屋、おぼえてる？」

口をはさんだのは、鶴巻啓子だ。

「間淵憲介のことか。ぼくは健忘症じゃないよ。酒場の二階に、ビルがつれてってくれたんだ。それがなにか、関係があるのかい」

大友は、うなずいた。

「はじめ間違えた男が、いたでしょう」

「ああ、あのカードさばきのうまいやつか」

「あいつがなにか、よけいなことを喋ったらしいんだ。おかげで、おれが取っつかまっちゃいましてね。なんとか誤魔化して、逃げてきたけど。こんど取っつかまったら、おっかないことになりそうなんで」

「そりゃあ、気の毒だった。お竜さん、ぼくのかばんを出してくれないか」

桔梗は、この家の世帯主に声をかけた。和服すがたの佐原竜子は、押入れをあけた。おしめ袋みたいな古かばんを、取りだす。信治はそのなかから、一万円紙幣の束をつかみだした。

「これは、旅費だよ。しばらく東京を離れてくれ、ビル。おやじがヨーロッパから持ってかえった貴金属を、処分してつくった金さ。気にすることはない。いままで、無料奉仕させた埋めあわせだ」

「でも、この期におよんで、兄きを見すてるなんて……」

「いやに古いな、きみは。そんなセンチメンタリズムは、ごめんだよ。これを報酬としてうけとって、ぼくのいう通りにしてから、東京を離れるんだ。旅がいやなら、どこかへ潜るだけでもいい」

「そりゃあ、車が好きなくらいだからね。旅もきらいってわけじゃ、ねえけどさ」

「出かける前に、そいつらのところへいって、正義の消しゴム仮面は、あしたの午後四時に、多摩動物園に現れる、といってくれ。目じるしは……そうだなあ」

桔梗は、座敷のなかを見まわした。細い鉄の筒の一輪ざしが、柱にとりつけてある。猫の顔みたいに大きくひらいた薔薇が、重たげにさしてあった。あざやかなクリームいろの薔薇だ。

「ちょっときざだけれど、服の胸に黄いろい薔薇をつけていくことにしよう」

「そんなことしないでも、やつら、大竹のかみさんを、つれてくるわよ。あたし、あの女の動きを追ってるうちに、大友さんとおなじ話、聞きこんだんだから」

と、啓子が口をはさむ。竜子もいった。

「でも、あしたのことを知らせてやって、大丈夫なの？」

「にぎやかになって、いいだろう。ちょっとした思いつきがあるんだ」

「けどよ。やつらはひとりじゃないんだぜ、兄き」

大友は、心細げだ。

「やつらって日本語が、三人称複数だぐらい、ぼくだって知ってるさ。きみはその三人称複数のところへ、出かけてくれ。鶴巻君にも、お竜さんにも、やってもらいたいことがある。すこしばかり、忙しくなるぞ」

桔梗信治は、立ちあがった。

7

あくる日は、晴れてはいなかった。だが、雨天順延というほど、始末のわるい天気でもない。

多摩動物園の上には、灰いろの雲が、綿ぼこりみたいに、垂れこめている。立川のフィンカム基地におりる米軍機も、ひくく大きく、特大のプラモデルのように見えた。白色セメントの熊と山羊がのっている大きな門の前には、紙くずが風に吹かれて、スクエア・ダンスをおどっていた。

午後三時をまわっても、風はまだ冷たいというほどではない。がらんとした有料駐車場へ、黒塗りのダッジが入ってきた。のっていた人間が、ぜんぶおりた。男が五人。女がひとり。

五人の男は、そろって黒い服をきている。靴も黒い。おんなじ帽子をかぶっている。それも黒い。シャツまで黒い。ネクタイだけが、みんな白かった。

もちろん、顔はそろって、おなじではない。でも、似かよったところがある。いやにみんな、気むずかしそうな顔つきだ。常識的な殺し屋スタイルも、ひとりひとりで見れば、すごみがあるかも知れないが、こう並ぶと、なんとなく滑稽だ。

ひとりだけまじった女は、大竹の細君だった。

「こんなくだらねえとこに、なんの用があるんだろう」

ひとりが、がらがら声で、あたりはばからず、いった。だれも答えるものはない。六人は前かがみになって、門にすすんだ。ひとりずつ、ターンスタイル（回転柵）に五十円玉を入れて、園内に入った。

ひろい道は、すぐ三つにわかれている。左がわの道は、白鳥のいる池ぞいに、のびている。六人は池のへりの、ベンチの列までいくと、そろって門をふりかえった。ひとりが、がらがら声でいった。

「ここがいい」

こんどは、もうひとりが、かすれ声で、返事した。

「なるほど、門を入ってくるやつは、ひと目で見わたせるな」

池には、砂糖細工のような白鳥だけではない。さまざまな水鳥が、泳いでいる。けれど、六人は目もくれない。大竹の細君だけが、短かいスカートの足を、これ見よがしに組んで、ベンチにかけた。六人の男は、両手をポケットにつっこんで、ずらっと並んだ。

右の道のはしにある売店の売り子が、しきりにこちらを気にしている。たしかに五人の男のすがたは、葬送行進曲でも聞えてきそうな、不吉な風景をつくっていた。

しばらくして、門の前に大きなバスがついた。京王電車の高幡不動駅からきた直通バスだ。終点だから、客はぜんぶおりる。水曜日の午後だけに、子どもづれの客はすくない。男ばかり、六人づれの客がおりた。

六人とも、顔に大きな白マスクをかけている。風邪をひいているのかも知れない。だが、それにしては、外套をきているものがない。服のいろは、まちまちだ。けれど、みんなそろって、胸に黄いろい薔薇をつけている。

六人が無言のまま、門にむかって歩きだしたときだ。BMW《ベーエムヴエー》のオートバイが一台、すさまじい勢いで、有料駐車場へとびこんできた。のっているのは、若い男だ。

男はヘルメットをかぶり、埃よけのめがねに、マスクをしたまま、BMWからとびおりて、門へ走った。黄いろい薔薇の六人につづいて、ターンスタイルを通った。

池のほとりの五人の男は、目を見はった。大竹の細君も、立ちあがった。

「あれだ!」

がらがら声が、いった。

「あとからくるのも、黄いろい薔薇をさしてやがる」

かすれ声も、いった。

「みんな、薔薇をさしてるわ。六人もいる」

大竹の細君が、うわずった声で、いった。

「ちぇっ、消しゴム仮面だなんて、ふざけやがって、どれが本物なんだ」

三人めの男が、早口にいった。

「み、み、み、みんな、とっつかまえて、マスクをはがしてみりゃあいい」

四人めの男は、どもりだった。

「馬鹿いえ。こんな目につくところで、そんなまねができるかよ。ぜんぶで六人か」

最後の男は、いちばん落着いている。

六人の黄いろい薔薇は、思いおもいの方向に、歩きだした。たがいの顔を、見かえりもしない。ひとりは、こちらへやってくる。

いちばん落着いた男が、小声でいった。

「こっちも、ちょうど六人だ。ひとりずつ、あとをつけようぜ」

「と、と、とちゅうでみんな、ば、ば、ばらすのか」

「馬鹿いうな。おどかして、公園のいちばん奥まで、つれていくんだ。そこで、かみさんに首実検をしてもらおう」

「わかった」

がらがら声が、代表して答えた。

黒い五人と女ひとりは、六人の黄いろい薔薇を、つけはじめた。いままで目立っていたふたつのグループは、たちまち、目立たなくなった。

ＢＭＷの男が、道のはしに立ちどまって、それを見送っていた。やたらに金モールの飾りをつけたジャンパーの腕を組んで、白いヘルメットをかしげている。

「ちぇっ、妙なことになりやがったぞ」

つぶやいた声は、大友だ。

「ありゃあ、鶴巻女史が、兄きにたのまれて、かりあつめたエキストラだ、と思うんだが……兄きがまじってねえともかぎらねえ。どうしよう？」

決闘の時間は、せまっている。

門のところには、四時半閉園、と書いてあった。見物人を入れるのは、四時までだ。

ひとびとが帰りを急ぐ閑散の時間を、赤い松葉杖は、ねらったのだろう。

「しょうがねえ。大竹のかみさんを、つけてみるか」

大きな防塵めがねと白い布で、顔をかくしたまま、大友は歩きだした。

8

黄いろい薔薇のひとりは、梟のおりの前で立ちどまった。やがて、せまい小道をのぼりだした。あいだをおいて、大竹の細君も、ついていった。

しばらくいくと、道はふたつにわかれた。右手の道は、森のなかへ入っている。あたりは静かで、山のなかに迷いこんだような気がした。左手の道を、だれか歩いてくる。特徴のある足音だ。

大竹の細君は、口をあいて、立ちどまった。松葉杖をついた男も、立ちどまった。両方の脇の下にかった松葉杖は、赤黒く光っている。まだ若い。皮膚は白い。くちびるは、血を吸ったみたいに、紅かった。

「だれに聞いてきた。邪魔をしないで、帰ってくれ」

美青年は、低い声でいった。

「邪魔しにきたんじゃないよ。あいつは、黄いろい薔薇を胸につけて、ここへ現れるはずになってたの。ところが、おなじようなのが六人も、やってきた」

「あれが、そのひとりか」

松葉杖のさきが、右の道をのぼっていく男の背に、むけられた。大竹の細君は、うなずいた。

とたんに、二本の松葉杖が、大地を蹴った。美青年のからだは、宙をとんだ。黄いろい薔薇のひとりは、ぎょっとして、ふりかえった。松葉杖が一本、さっとはねあがる。

「あっ」

黄いろい薔薇の男がさけんだ。大きなマスクは、松葉杖のさきに、ひっかかってぃた。その下の顔は、桔梗信治のものではなかった。

「邪魔をするな。どこへでも、消えうせろ」

美青年がいった。男は胸の薔薇を投げすてると、もときたほうへ、走りだした。美青年は、それを見送ってから、大竹の細君にいった。

「あんたも帰れ。女のつらなんか、見たくもない」

「でも、まだあと五人もいるのよ。それを、五人の殺し屋が、つけてるんだから」

「みんなで、邪魔をする気なのか。よく見ろ。この松葉杖には、水野さんの血が塗ってある。こんなことをしなきゃならない羽目になったのも、だいたい、あんたの責任なんだぞ」

片方の松葉杖が、水平にあがって、大竹の細君の胸をさした。

「この上まだ、よけいなことをしてくれる気か」

「だって、ここで逃げてかえったら、こんだ、あたしが殺されるよ」

「逃げなくたって、殺されるさ」

空気の截《た》たれるするどいひびきが、一瞬、聞えた。しげみにかくれて、様子をうかがっていた大友の目には、松葉杖の尖端から、白い光がひらめいたように、見えただけだった。だが、大竹の細君のからだは、風圧試験をされたみたいに、うしろにはねて、あおむけに倒れた。その胸には、柄を切りちぢめたメスが、埋っている。声もあげずに、殺し屋の女房は死んだ。

美青年は表情も変えずに、死体を崖に蹴こんだ。それから、おそるべきメスを発射する松葉杖をついて、すばやく歩きだした。

9

美青年ののぼっていく道は、大きく弧をえがいて、アイベックスの島の前にでる。そのあたりの地形は高い。道のはしに立つと、動物公園の森が、幾層にもなって、見わたせる。

その高い地形に、さらに高く、コンクリートの岩山が築かれて、そこが高山《こうざん》やぎのアイベックスの、すみかになっていた。いまは岩のいちばん高いところに、顔の一部と大きな曲った角だけが、見える。

黄いろい薔薇のひとりが、鉄柵によりかかって、それを見あげていた。黒い服の男が近づいて、ががら声で呼びかけた。

「おい、ちょっと顔をかしてくれねえか」

白いマスクが、ふりむいた。だが、返事はしない。そのまま、歩きだそうとした。

「待てったら」

ががら声が、追いすがった。道の反対がわから、松葉杖の男が、すがたを現した。松葉杖が一閃し、白いマスクがはねとんだ。

「こいつもちがうな。消えちまえ」

「この野郎、なにをしやがる」

ががら声が、さけんだ。その片手が、上衣の下にすべりこんだ。同時に、松葉杖がはねあがった。一瞬のうちに、黒い服の男は、右手を上衣の下へつっこんだまま倒れ、美青年は松葉杖を鳴らして、歩きだしていた。倒れた男の喉には、メスがつきさって、その周囲に血の粒が、ぷつぷつと吹きあがりはじめた。

松葉杖をついて、歩いていく青年の表情は、いくらかゆるんでいた。血のにおいに、恍惚としているようだった。風がつめたさを増して、吹きつのりだした。

青年は頰を赤らめながら、その風にさからって、歩いていった。どこまでいっても、だれにもあわない。空に米軍機の爆音だけが、ひびいていた。前方に、猿の山が見えだした。その前に、四人の男が立っている。白マスクの男がふたり、黒い服の男がふたり。

閉園時間の迫ったことを知らせるマイクの声が、遠く聞える。青年はとぶように走りだした。松葉杖は、スキイのシュトックのように、うしろへはねあげて、走っていく。足はぜんぜん悪くないのだ。

青年は四人に、体あたりした。マスクがふたつ、宙にとんだ。黒服のひとりは、柵をこえて、まっさかさまに堀へ落ちた。もうひとりは、とびのいて、その手に拳銃が黒光りした。

「な、な、なにしやあがる」

黒服がどもりながら、さけんだ。その横つらに、さっと松葉杖がおちてきた。黒服の口から、悲鳴があがった。さすがに悲鳴は、どもらなかった。その大きくあいた口に、もう一本の松葉杖が、さしこまれた。

青年が、ぞっとするような声で笑った。黒服の後頭部に、メスの尖端がつきぬけて、血まみれに光った。マスクをはずされたふたりは、とうに逃げだしていた。コンクリートの岩山で、猿がおびえたさけびをあげた。

「あの野郎、気ちがいだ」

青年の恍惚とした顔を、遠くから見て、大友がつぶやいた。防塵めがねが曇るほど、顔に汗をかいている。

10

森のなかに、お伽噺のお城のような建物が、そびえている。その前は象や犀のいる島で、城の一階が寝小屋になっているのだ。二階から上は、昆虫館だった。屋上のとんがり屋根の塔は、小鳥の遊び場所になっている。

その屋上への階段を、黄いろい薔薇のひとりが、のぼっていった。黒服の殺し屋が、それに追いすがった。またそのあとを、松葉杖の男が追って、のぼっていった。

三人は、塔の下にでた。

白いマスクが、塔にのぼる鉄梯子をあおいだ。その肩を、黒服がつかもうとした。そのあいだへ、松葉杖がさしこまれた。

「邪魔だ。どいてくれ」

青年の声は、かすかにふるえていた。

「てめえこそ、邪魔だ」

かすれた声で、黒服がいった。それを無視して、青年は、黒服に背をむけると、

「マスクをとれ。いったいなんで、こんな手のこんだまねをするんだ」

と、手をのばした。マスクが外れた。青年は、やけどしたみたいに、手をふってさけんだ。

「女か！　帽子なんかで、誤魔化しやがって」

女は、鶴巻啓子だった。啓子は、身をひるがえして、鉄梯子をかけのぼった。黒服が、それを追おうとした。その前に、美青年が立ちふさがった。

「もうひとりは、どこにいるんだ」

「知るもんか、どけ」

「どこにいるんだ、もうひとりは」

松葉杖のさきが、黒服の肩をついた。男はよろめいて、胸壁に背をぶつけた。

「畜生。命がいらねえのか」

「いらないのは、そっちだろう」

青年は夢みるような目つきをして、松葉杖を水平にかまえた。かすれ声の男が、拳銃をホルスターからぬこうとしたとき、メスはその手につきささり、さらに心臓をつらぬいた。

「もうひとりは、どこにいる？」

青年は、微笑をうかべながら、恍惚とくりかえした。

「ここにいるよ。しかも、本物だ」

すぐうしろで、声がした。青年はあわてて、ふりかえった。

桔梗信治は、胸にクリームいろの薔薇の造花をつけて、すぐ鼻さきに立っていた。

「きさま！」

青年はあせって、うしろへさがろうとした。しかし、うしろはすぐ、死体と胸壁だった。

「拝見したよ。おそろしい松葉杖だが、近づけば役に立たない。そこへいくと、ぼくの武器は、もっと便利だ」

「なにも持っちゃ、いないじゃないか」

「これだよ。この薔薇がそうだ」

桔梗は、造花に手をふれた。すると、そこからひとすじの水が、水鉄砲みたいにほとばしった。

青年はあえいだ。顔じゅうに水をあびて、口をあいた。またひとすじ、薔薇の花から水が走って、その口のなかへとびこんだ。

「昔のドタバタ喜劇に、こんなギャグが、あったそうだ。もっとも、ぼくのは喜劇じゃないから、口のなかへ水が入ると、死ぬがね」

桔梗信治は、たおれかかる青年をささえてやりながら、低くいった。

青年の顔は、みにくく歪んでいた。たおれながら、松葉杖を宙にふった。ひゅっと空気が鳴った。

「わっ、おどろいた」

メスは、階段をあがってきた大友のヘルメットにあたって、コンクリートの床に落ちたのだ。

「ひどいもんだわ。ヘルメットが凹んでるじゃないの」

鉄梯子をおりてきた啓子が、メスをひろいあげながら、いった。

「きみたち、来るな、といったのに、やっぱりきたのか」

と、桔梗がいった。

「兄きひとりじゃ、だめですよ。アベックがアイベックスの島んとこで、死体を発見してね。大さわぎになりかけてるんだ。早いとこ、逃げましょうや」

と、大友はいった。

「塔の上に、二時から待ってたんだから、もうあきた。いつでも、逃げるよ」

「裏門に、車がとめてあるわ。お竜さんが、なかで待ってるの」

「よし、逃げよう」

三人は、階段をおりた。ひろい道を、標示板が裏門をしめすほうへ、小走りに急いだ。

三人の前を、黒服の男が歩いていく。そのまた前を、白マスクの男が歩いていく。

駈けぬけざまに、啓子がいった。

「もう役はすんだわ。解散よ」

男は白マスクと黄いろい薔薇を、地面に投げすてると、猛然、走りだした。

「待たないか、おい」

と、黒服がいった。その手が、拳銃をぬいたのを見て、大友は走りながら、首をちぢめた。

「あんたなんかに、用はないわ」

走りながら、啓子はからだをひねって、さっきのメスを投げた。

銃声も、落着いた声も、それっきり聞えなかった。裏門が見えると、三人はなにごともなかったように、歩調をゆるめた。門外の車のなかから、竜子が手をふっているのが、見える。

第五章　人殺しのお時間です

1

日本橋の浪花町に、時計専門の骨董屋がある。目立たない店だが、朝の十時から、夜の九時まで、はんぱのない時間に、小さなショオウインドウをのぞいたひとは、きっと目を見はるにちがいない。

そこには、置時計がひとつだけ、おいてある。ぜんたいが、手すりのない十三段の、階段のかたちをした時計だ。文字盤は、横っ腹についている。階段のいちばん上に、小さな道化師の人形が、逆立ちしている。その人形が、一時にはひとつ下の段へ、四時には四つ下まで、十二時にはいちばん下の段まで、とんぼ返りで、おりていく。一段おりるたんびに、なんともいえない澄んだ音いろで、鐘が鳴るのだ。

それが見たいばっかりに、この店をたずねるときには、時間をきっちり見はからって、まずウインドウの前に、立つひとが多い。倉持部長刑事も、そのひとりだ。

　道化師の人形は、鐘を四つ鳴らして、階段を四つおりると、またいちばん上まで、逆とんぼで、ひょこんひょこん戻っていった。戻るときには、鐘は鳴らない。ちょうど、午後四時だった。

　ウインドウには、もうひとつだけ、時計が飾ってある。蒔絵の印籠にはめこんだ和時計だ。倉持部長刑事は、ため息をついてから、ガラス戸をあけた。店のなかには、十九世紀イタリアの、珍しい箱時計のオルゴールや、ありふれたイギリス製置時計の、ウエストミンスター・チャイムが、まだひびいている。

「おや、珍しい。しばらくお見えになりませんでしたね」

　白髪あたまの主人が、ショット・グラスみたいな修繕用のめがねを外して、笑顔を見せた。ガラスのカヴァのついた仕事机の上のかべには、時計塔のある異人館の錦絵が、額におさまっている。

　倉持は三年間に、ただの一度しか、この店で金をつかったことがない。盲人用の懐中時計を、買ったことがあるのだ。盲人用といっても、たいがいは、蓋つきの懐中時計のガラスを外して、手さぐりで、時間を見るようにしてあるだけのものだが、高級品には、スイッチをおすと、小さく鐘が鳴って、そのときの時間を告げるのがある。

　それを買ったわけだが、姓は倉持でも、ほんとうの倉は持っていない公務員だ。だから、ずいぶん無理をした。それでも、ひまさえあれば、部長刑事はこの店をおとずれて、時間のゆるすかぎり、お喋りをしていった。

主人はいつも、愛想がいい。倉持が警官だからではなく、主人とおなじ時計気ちがいだからだ。

「このところ、忙しくてね」

かわいい子どものあたまを、なでるような手つきで、七宝で飾った箱時計にさわりながら、倉持はいった。捜査一課の部長刑事だから、忙しいといえば、事件にきまっている。だが、どんな事件か、主人は聞かない。

「どうです？　こないだのは、動きましたか」

と、べつのことを聞いた。

「ああ、目ざましつきの懐中時計。まだ、動かないんだ。直してるひまが、なくってね」

「たしか、おたくのおとなりの方が……」

「いなかに不幸があって帰ったとき、さがしてきてくれたんです。ぼくの時計気ちがいは、近所でも有名だから」

「まだあるんですね。いなかへいくと、掘りだしものが」

「ここにだって、あるじゃないですか。ひと月ご無沙汰しているあいだに、すごいのが入ったな」

部長刑事は、店のおくをゆびさした。大きな時計が、黒光りして立っている。縦長の箱型時計で、大きな西洋館の階段の下なんかに、ぬしみたいな顔をして、おさまり返っているやつだ。

「そのグランド・ファーザ・クロックですか」

「グランド・ファーザ？　おじいさん時計か。こういう時計を、そういうのかい」

「どうしてだかは、知りませんがね。この手の大物時計は、戦争で焼けちまったのが多うござんして、なかなか、われわれのところへは、入らないんですが……」

「これは？」

「たいへんな道楽のつもりだったら、あんがい、すぐ売れちまいました。おっつけ、取りにみえるところで」

「どんな客だい。うらやましいな。といったところで、ぼくの家あたりじゃあ、こいつはとっても、おさまりきらないがね」

「ご自分で取りにくるとおっしゃってるんで、どういうお宅かわからないんですがね。若いひとですよ。せいぜい二十八、九かな？」

主人は、首をかしげた。

「いいよ。いいよ。べつに聞きたいわけじゃないんだ。つい刑事口調になってしまって……」

と、倉持は苦笑した。

「ああ、ちょうど、お見えになりました」

ふりかえると、店の前に大きな黒塗りの細長い車が、とまるところだった。ドアがあいて、まずモカシンの靴がおり、折りかえしなしのグレイのズボンがおりた。みごとに長い足だった。腰から上は、まっ赤なスウェーターだ。ひどく派手だが、顔まで見えるようになると、そんなにいやみではなかった。

目つきが、ちょっと気になった。だが、それはいわゆるタフ・ガイ・スタアという手あいの、だれかを気どっているせいかも知れない。

若い男は、わき目もふらず、大股に入ってきた。

2

「きのうの柴崎です。これが、残金。ちょっと、調べてください」

ガラスのカヴァ越しに、青年は手をのばして、仕事机の上に、紙幣をおいた。

「時間がないんでね。すぐ持っていきたいんだ」

「どうぞ、どうぞ。手つだいましょう」

立ちあがりかける主人の肩を、倉持はたたいた。

「ぼくが、手つだってあげるよ」

「すみません。でも、運転手とふたりで、なんとかあつかえるでしょう」

柴崎という男は、ガラス戸をふりかえった。細長い大きな車のまうしろのドアを、運転手がひらいている。

「しかし、丁重にあつかうには、ふたりより三人のほうが、いいかも知れませんよ。まあ、とにかく、手つだわせてください」

ひとごとながら、運転手が雑にあつかいはしないか、心配だったのだ。部長刑事の手だすけで、グランド・ファーザ・クロックは、ことなく車内に横たわった。

「ちょうど、いい車があったもんですな。さっきから、考えてたんですがね。これはたしか……」

「死人に縁のある車じゃあないか、とおっしゃるんでしょう?」

と、柴崎は笑って、

「ええ、寝台型の霊柩車ですよ。カトリックの葬式や、病院から死人をひきとるとき、つかうやつです。これなら、寸法があうだろうと思って、たのんできたんですが、われながら名案でした。じゃあ、どうも」

あたまをさげると、前の座席にのりこんだ。黒い霊柩車は、走りだした。霊柩車と、大時計と、赤いスウェーターの男、という取りあわせは、なんとなくおかしい。ことに柴崎は、店内のほかの時計に目もくれなかった。それも、倉持には気に入らない。

首をかしげながら、店のなかへもどろうとした部長刑事のわきを、和服の女がひとり、すりぬけていった。

「ちょっと待った」

「なにすんのよ」

倉持部長刑事の手が、女の手首をつかんでいたのだ。

「どうもお前さんに、からだをぶつけられると、こうしたくなってね。しばらくだな、お竜さん」

女は、佐原竜子だった。

「よしてくださいよ。あたし、とっくに商売がえしてるんですから」

「こっちも、とっくに、係りがちがってたっけ」

「だったら、邪魔しないでくださいね。あたし、急いでるんです」

「商売がえして、私立探偵にでもなったのかい」

「冗談じゃないわ」

「柴崎とかいう、いまの男をつけてるんだろ。それなら、大丈夫だ。あの男は家に帰った」

「とにかく、離してください。往来なかで、みっともないじゃありませんか」

「そんなに、つけたいところを見ると、家を知らないのか。簡単に知る方法があるんだが、教えてやろうかね」

「よござんす」

「強情はるなよ。こっちにも、教えてもらいたいことがあるんだ」

「そら、本性《ほんしょう》をあらわした」

「有馬家とも、鍋島家とも、無関係だよ、ぼくは。昔なじみを、あんまりきらうな」

「おまわりさんと、とろろこんぶは、大きらいなんです、あたし」

「いいから、そのへんで、お茶でものまないか」

倉持部長刑事は、うしろ手にガラス戸をあけると、首だけねじまげて、骨董店の主人に声をかけた。

「本職のほうで、ねじを巻かなきゃならないことが、できたもんでね。いまきたばかりで残念ながら、振り子みたいにひきあげますよ」

3

「柴崎という男がのってきた車は、あれは霊柩車の一種なんだ。棺桶のかわりに、時計をはこんだなんてためしは、めったにあることじゃないだろう。だから、車をだした会社をしらべれば、どこへ運んだかすぐわかる。ところで、知っているかな、お竜さん。東京じゅうに、いくつぐらいあると思うね。霊柩車の会社が」

「さあ、そんなに多くはないでしょう？　六つか、七つぐらいかな」

「とんでもない」

「もっとあるの、たくさん？」

「ぜんぜん、すくない。東礼自動車株式会社、というのがあってね。ここに霊柩車が、六十一台ある。あとは助葬会という社会福祉団体が、三台ほどもってるだけなんだ。だから、都内を走っている霊柩車を見たら、まず東礼の車と思って、間違いない。六十一台が、本社と九つの営業所に、分散配置されててね。それが、東京で死ぬ人間の八割までを、火葬場へはこんでいるんだよ」

「ほんと？」

「だからさ、東礼へいって問いあわせれば、あのじいさん時計がどこへ持っていかれたか、つきとめるのは、わけもない」

「といったって、運がわるかったら、本社と営業所あわせて、十軒あたらなけりゃあ、だめなわけじゃない」

「そこは、きみの腕しだい。いや、舌しだいさ。九軒は、電話ですむ」

人形町の電車通り、前座《ぜんざ》のたたく一番太鼓が、ひびいてくる末広亭のならびの、小さな喫茶店だ。

倉持部長刑事と佐原竜子は、すみのテーブルに、むかいあっている。ほかには、商売の話でもしているのだろう、中年の男同士が、ひと組いるきりだった。

「それで、交換条件はなんですの、警部さん」

「まだ部長刑事《でかちょう》だ。あんまり早くえらくなると、早くやめなきゃならないからな。聞くことに返事してくれるかい、お竜さん」

「なんでも、とはいわないけれど」

「あんた、新宿はくわしかったね」

「くわしいところもあるし、くわしくないところもあるわよ」

「じつは、このふた月ばかりのあいだに、未解決の殺しが五件もあった。現場はあっちこっち、とびはなれているんだが、共通点といえば、いえるようなものがある。被害者がねえ。みんな、かたぎじゃないんだよ。ことに先月末、多摩動物園で起った事件なんか――新聞で読まなかったかね」

「七人も殺されたって、事件でしょう？」

「七人のうち、五人までが、新宿かいわいの暴力団なんだ。そろいもそろって、上衣の下にショールダー・ホルスターをつけて、堂々とハジキをぶちこんでたんだからね。日本もたいへんなことに、なったもんだよ」

「でも、その五人を殺したのは――」

「はっきり断定されたわけじゃないが、身もと不明の男がね。足がわるくもないのに、松葉杖をもって死んでた。その杖が空気銃になってて、あとの六人を殺したメスは、そいつで発射されたものなんだ。松葉杖の男だけが、青酸カリを飲んで死んでるんで、あとの六人を殺して、自殺したんじゃないか、という見かたもあるわけなんだが」

「女のひとの身もとは、わかったの？」

「これがやっぱり、新宿に縁があるんだよ。その前のビルの管理人殺しは、なんの毒で死んだか、いまだにわからない。解剖はしたんだがね。なくなった松葉杖ってのも、気になるんだが、多摩動物園のやつと、おんなじだったら――なんて考えはとっぴすぎる。とすると、これは新宿と縁がない。おなじ晩の易者殺しの縁は、もっぱら渋谷につながっている」

「それで、あたしに聞きたいのは、なんなのよ」

「その前のふたりは、住所不定で、職業もあいまいだが、新宿に縁がある。しかも、フリイの殺し屋だったんじゃないか、と考えられるふしがあるんだ。松葉杖のアドニスも、そうだろうな。あんな新兵器を、持ってあるいてるんだから……」

「アドニスって？」

「もとは、ギリシャ神話かな。美青年のことを、そういうじゃないか」

「ギリシャの神さままで、つきあっとかなきゃいけないなんて、警察《さつ》の旦那も、たいていじゃないわね」

「マスコミのおかげで、刑事《でか》ことばだけ、喋らせられてると、たまには変ったことも、いってみたいさ。五つのやまで、被害者《がいしゃ》は十一人。こういわなきゃ、いけないんだからな。そのうち八人が、殺し屋らしい。新宿に縁があるのも、八人だ。残りのふたりにも、前科がある」

「だから？」

「心あたりはないかね。たとえばだよ。殺し屋の新興勢力でも、起ってだな。一種の粛清みたいなことが、おこなわれてるとか――」

「さあねえ。なめくじに聞いてみたら」

「なんのことだ、そりゃあ」

「あたしはなにも、知りませんっていう意味。悪いけど、ほんとうに知らないんです」

竜子は立ちあがった。柴崎のことで、鶴巻啓子に電話をしなければいけない。それで、気がせいている。ふたりで手わけして、柴崎という殺し屋が、どんな殺しかたをするのか、さぐっているところだった。

「残念だなあ、ほんとうに知らんのかね。それじゃあ、なにか聞きこんだら、ぜひ教えてくれよな」

倉持は、ため息をついた。無意識にコートのポケットから、盲人用懐中時計を、スイッチをおしながら、取りだして、耳にあてた。

4

倉持部長刑事は、目を見はった。

おなじものにちがいない。浪花町の骨董屋にあったグランド・ファーザ・クロックだ。

柴崎という男が、一週間前に霊柩車ではこびさった大時計なのだ。

それが新宿一丁目の、都電通りの古道具屋に、大きな顔で立っている。倉持部長刑事は、大戸をしめようとしている店主に、声をかけた。

「ちょっと、あの——大きな時計のことだが——あれは、いくらだろう？」

「あれですか」

トタン張りの大戸を、ガラス戸の外がわにはめながら、店主は答えた。

「惜しいんですよ、あれは。ちゃんと動けば、大したものなんですがねえ」

「こわれてるのかい」

そんなはずはなかった。動かないものならば、骨董店の主人はそのことを、倉持にも残念がって話したはずだ。

「ええ、ゼンマイがないんですよ。でも、あれだけのものですからねえ。一万円は、安いでしょう。ご覧になりますか？」

「ゼンマイがないのか」

「ほかはちゃんとしてるだけに、残念なんですが。正直なところ、直らないかも知れません。でも、うまく改造して、ホーム・バア・セットにでもつくったら、すごくしゃれてますよ」

「もしかしたら、こいつ、柴崎さんってひとのところから、出たものじゃないか」

「そういうことは、申しあげられないことになってるんですよ。警察の旦那ででも、ないかぎり」

「その警察だよ」

倉持は、警察《さつ》手帳をしめした。

「そうでしたか。ご苦労さまです。実はおっしゃる通りなんですがね。あれ、なんか曰くつきのものなんですか。べつに品ぶれ、きてなかったようだけれど」

「そんなんじゃないんだ。ちょっと柴崎さんに、聞きたいことがあってね。どこに住んでるか、わかるかな」

「いま、十時ちょいすぎですね？」

古道具屋のおやじは、腕時計を見た。新宿は不眠症にかかっているそうだが、二丁目からこっちは、例外だ。あらかたの店が大戸をしめて、歩道は暗い。

「この時間だったら、うら通りのジュクっていう酒場に、たいがい、いますよ。顔はご存じなんですか」

「ああ、知ってる。うらっていうと、御苑の通りだな。その酒場にいなかったら？」

「いなくても、そこで、住所がわかります」

「ありがとう」

倉持部長刑事は、軽くあたまをさげて、歩きだした。そのうしろすがたを見おくってから、道具屋はそそくさ、店内にかけこんだ。

二階へあがる階段の上から、待ちかまえていたように、顔がひとつのぞいた。赤いスウェーターをきた柴崎の若わかしい顔だった。

「いまのやつ、警察か？」

「あんたに聞きたいことが、あるそうだぜ」

と、おやじが眉をひそめる。

「やっぱり、けちな考えださずに、時計はぶっこわしちまやあ、よかったな」

柴崎は、舌うちした。

5

倉持部長刑事は、舌うちした。御苑の塀そとの暗い道を、いくら歩いてみても、ジュクという酒場は、見つからないのだ。ほかの名前の酒場もない。

二丁目のほうまで歩くと、バアも、飲み屋も、たくさんある。けれど、ジュクという名の店はなかった。だれに聞いても、知らないという。見おとしのないように、もういちど確かめてから、古道具屋にもどるつもりで、倉持は歩きだした。

「どこかおさがしですか」

うしろから声をかけられて、部長刑事は立ちどまった。

「ああ、柴崎さん。あんたをさがしてたんですよ。ジュクという酒場にいる、というから」

「古道具屋に、聞きましたね。ジュクってのは、あの男の二号だったかな。いや、三号さんか、四号さんの店なんです。二号は歌舞伎町で、ナイトクラブをやってましてね。新宿だけで女が十人、あの男の資本で、店をやってる」

「たいした働きものですな」

「じっさい、想像だけはよく働かしてますよ。だから、いくら探しても見つからない」

「じゃあ、空想なんですか」

「ときどき、混同しちまうことが、あるんですよ」

「十人の女が、十人とも、空想の産物なんですか」

「たったひとりのおかみさんにだって、逃げられたくらいですからね」

「でも、あの時計は、本物でした」

「あのことですか、ぼくに用があるってのは。まあ、すこし歩きながら、話しましょう」

ふたりは御苑の塀そとを、ゆっくり歩きだした。

「時計のゼンマイは、どうしました、柴崎さん」

「はずしましたよ」

「どうして、あとの機械と外がわを、売ったんです？」

「いらなかったからです。ほかに答えようがない」

「すると、あんたはゼンマイがほしくて、あのグランド・ファーザ・クロックを買ったんですか」

「正確にいうと、中古のやや柔らかくなったゼンマイがほしくて、です」

「ゼンマイを、どうする気です？」

「どうしようと、ぼくの勝手だと思うけど――ご希望ならご覧にいれましょうか？ ゼンマイのつかい道」

「見せてもらおう」

「じゃあ、こっちです」

この通りには、かなりの車の往来がある。たいして広くもない道に、大きな観光バスが駐車してあって、歩道はそこでは、バスのベッドになっていた。御苑の塀とバスのあいだは、やっとからだが入るくらい、あいている。

柴崎はそのあいだへ、入っていった。

「ゼンマイに刃をつけると、すごく切れるってこと、ご存じですか」

「聞いたことがある」

「それが、つかい道ですよ」

「刃をつけて、どうするんだ？」

「こうするんですよ」

柴崎は、まっ赤なスウェーターの裾を、ひょいと折りかえした。うしろむきのままで、顔は見えない。だが、声にぶきみな笑いが、ふくまれていた。

「暗くて見えないかも知れないが、仕立屋のいうループ、つまり、ベルト通しです。それが、このズボンには、ついていない。ベルトはただ、腰に巻きついてるだけだ。よく見てろよ」

倉持部長刑事は、生れてはじめて、殺気というものを、現実に感じた。逃げようとしても、からだが動かない。目の前で、赤いスウェーターが、火の玉みたいに踊った。

「これが、きさまの死にざまだ！」

声が聞えたときには、もう柴崎は走りだしていた。腰のベルトが一瞬はずれて、宙にはね、たちまち、もとどおり巻きついたのは、見えなかった。だが、その鰐皮は、二枚張りあわせたもので、あいだにするどく刃をつけたゼンマイが、はさんであったことを、倉持部長刑事は、自分のからだで知ったのだった。

バスの車体と塀のあいだを、血にまみれてずりおちながら、倉持部長刑事は、ついに動くようにはできなかった目ざましつきの、古い大きな懐中時計のことを、なつかしく思った。とつぜん、頭上で声がした。

「しっかりしたまえ。すぐ救急車がくる」

見あげると、若い男の顔があった。ひどく真剣な顔をしている。部長刑事には、わからない。けれども、それは次にたおすべき相手の、凄絶な技をはるかに見て、闘志にもえた桔梗信治の顔であった。

6

「まるで、かみそりで切ったみたいなんだそうですよ。横一文字に、喉をやられてましてね。救急車がきたときは、もう完全に死んでたっていいます」

「やられたのは、なんでも、捜査一課の部長刑事だっていうじゃないか」

「ですからね。警察もやっきになってるらしいんですよ。うちあたりへ、すぐあと、聞きこみにきましたから」

まる顔のバーテンダーと、ベレ帽の客が、ポータブル・テレヴィをおいたバアのはずれで、話をしている。ドアよりのバアのはじには、ピンクいろの電話機が、おいてあった。

桔梗信治はその前の泊り木にかけて、コニャックのグラスを、手のひらであたためている。電話のかかってくるのを、待っているのだ。

時計のゼンマイを凶器とする殺し屋、柴崎は、新宿一丁目の古道具屋から、七時ちょっとすぎに、出ていったという。そこからは目と鼻の新宿二丁目、都電通りのニュー・フロイデという酒場だ。桔梗は六時半から、待機している。

そろそろ八時半。柴崎を尾行している鶴巻啓子から、その後の報告があっても、いいころだ。と思うそばから、電話が鳴った。若いバーテンが、受話器を、すくいあげた。

「はい、お客さんで桔梗さん。ちょっとお待ちください。おたくでしたね。桔梗さんは？」

「ああ、ぼくだ。ありがとう」

信治は、受話器をうけとった。啓子の声が、早口にしゃべりだす。

「今夜はしごとじゃなくて、遊びらしいわ。いま銀座のバアにいるの。どこだと思う？」

「あいにく、水晶の珠《たま》はわすれてきたよ」

「ゴモラっていう店、おぼえてる？　あなたとはじめて、あったところよ」

「おぼえてるとも、むこうさまには、つれがいるのか」

むこうさま、というのは、もちろん柴崎のことだ。啓子は、声をひくくした。

「ひとりよ。ウォッカ・ギムレットを飲んでるわ」

「それじゃ、腰をすえる気かどうか、わからないな」

「シェイクしないで、こまかい氷を敷いたシャンペン・グラスにつがせてね。上海《しゃんはい》ギムレットみたいにして飲んでるから、時間はじゅうぶん、ありそうよ」

「きざな飲みかた、してやがる」

ギムレットは、シェイカーで振ってひやし、カクテル・グラスにつぐのが、普通だ。いわゆるショート・ドリンクというやつで、あまり時間をかけては、飲めない。だが、氷を入れたグラスについで、ロング・ドリンクふうにすれば、いっぱいで時間がつなげる。

「――とすると、宣戦布告をしても、いきちがいにはならないな」

「大丈夫だと思うわ。でも、急いでね」

「いや、面とむかっていうよりも、電話のほうがいいだろう。番号を教えてくれ」

桔梗は、受話器を肩にはさんで、万年筆のキャップを外した。

7

「もしもし、柴崎さんですか」

「ええ、そうですが、どなたでしょう？」

「名のるほどのものじゃ、ありませんよ。一介の武芸者です」

「一階に芸者さんなんか、住んでたかな。もしもし、どこの一階です？」

「新宿御苑ですよ。塀そとでね。見事なお手なみ、感服しました」

公衆電話のボックスのなかで、桔梗信治は、ひくく笑った。万年筆を、頰の内がわにさしこむようにして、口にくわえている。地声を、聞かせたくないからだ。電話の声を、かえる方法としては、受話器にハンカチをかぶせるよりも、このほうが効果的なのだ。

「おどろかなくてもいい。警察に出頭する気は、ありませんから」

「聖徳太子の肖像画がほしいのかね」

「飾るところがないから、けっこう。拝見したところ、あなたは桔梗信輔先生の、お弟子さんじゃありませんか」

「だったら、どうする？」

「真剣勝負が、ねがいたい」

「信頼できる神経科の医者を、紹介してやろうか、きみ」

「気もちのほうも、真剣ですよ。あなたが日本橋浪花町の骨董屋で、グランド・ファーザ・クロックを買ったことも、そのなかのゼンマイだけに、用があったことも、こちらは知っている。知識は万人のものだって、百科事典の編纂者が、いってるからね。勝負に応じてくれなければ、この知識を、警察にもわけてやることにしますよ。柴崎君」

「日どりは、いつだ？」

「あした。正確にいうと、明後日の午前一時、というのは、どうです」

「いいだろう。場所は？」

「後楽園球場。シーズン・オフのあんなところに、泥坊に入る馬鹿はいないから、守衛はふたりだけ。もっぱら、外まわりを見まわっている。その隙をねらって、スコアボードの下の、外野席の門をのりこえれば、入れるはずです」

「ナイターか。照明でもつけて、派手にやるかね」

「残念ながら、照明塔の水銀電球は、シーズン・オフには、外してある。それでなくても、電力のわりあてがなくなるから、つけられない。闇試合ですよ」

「下検分は、すんでるらしいな」

「こちらはひとり、得物はあなたに倣って、刃物をつかいます。ことによると、くさり鎌かなんか、持っていくかも知れない。ただし、飛び道具はぜったい、つかいません。野暮な音は、立てたくないから」

「わかった。いやだ、とはいえないようだな。実益のともなわないエネルギーの消耗は、さけることにしているんだがね」

「これだけ、紳士的にお話しているのに、こちらの申し出を、あなたが歓迎してくれない、となりますとね。警察が歓迎してくれることに、なるわけですよ。くどくは、いいたくないけれど」

「もういい。わかった。きみはいったい、だれなんだ?」

「さあね。なめくじに聞いてみろ」

桔梗は、受話器をかけた。電話ボックスのドアをあけると、夜空をあおいだ。空は曇っている。雲が風邪をひいて、熱があるみたいに、紅らんで見えるのは、ネオンの反映だろう。天気予報によれば、東京地方は、あすも曇りのはずだった。

8

桔梗信治は、まっすぐ、下谷二長町の家へいった。あがりこんで、三十分ほど待っていると、竜子が、細長い風呂敷づつみをかかえて、もどってきた。

「見つかったかい」

「こんなので、いいかしら」

竜子はコートをぬぐと、和服の膝をついて、風呂敷をひらいた。ステッキが二本、ころがりだした。

「ほかに、なぎなたを持ってるひとが、あったわ。千段巻のところで切って、刀みたいにつかえるように、なってるの。切れそうだったけど、なんだか、青竜刀みたい。とても持ってあるけない代物よ。だから、よしちゃった」

桔梗はうなずきながら、ステッキに手をのばした。一本は紫檀で、やや細い。洋風な珠のかざりが、握りのはじについている。もう一本は赤がしの、やくざの親分でも持ちそうな、太いやつだ。

「くさり鎌は、どうだった？」

「とてもすぐには、見つからないわ。あしたも、さがしてみるけれど。くさり鎌なんか、ならったことあるの？」

「ないさ。しかし、問題なのは、柴崎の手だからね。分銅ぐさりで、手の自由をうばってやろう、と思ったんだが、まあ、いい」

桔梗は、膝をそろえてすわると、紫檀の一本をとりあげて、白木づくりの刀をぬくように、すらりとぬいた。

「仕込み杖というやつは、あんまり鞘走りが、よすぎてもいけない。といって、悪かったら、役に立たないしね。柄と鞘のつぎ目が、目立ってもいけない。こいつは、金の輪をはめてごまかしてある。なかなか、いい出来だよ、こいつは」

「持ってたひとも、自慢していたわ。でも、問題は中身でしょう？」

「うん、それもこれなら、まずまずだろう。一度つかうだけだから、よく切れさえすれば、いいわけだ」

「こっちのは、どう？」

竜子は、赤がしの杖を、ゆびさした。桔梗は、それをとりあげて、ぬいてみた。

「これはだめだ。なまくらだよ」

「じゃあ、それ、返してしまうわ」

「そうしてくれ。あした、くさり鎌が手に入ったら、三栄町のほうへ持ってきてくれないか」

水野の恋人は死に、大竹の細君も死んだ。オートモ・ビルは旅にでた。だから、しいて、身をかくす必要はない。桔梗は四谷のアパートへ、もどっていたのだ。

紫檀のステッキをついて、信治は立ちあがった。

「もう帰ってしまうの？」

竜子は残りの一本を、風呂敷につつみながら、うらめしげに、桔梗を見あげた。

「帰って寝るよ。あすにそなえて」

「もしかすると、このまま、あえなくなるかも知れないのに……」

「どこかへ、いくのかい」

「あたしはどこにもいかないわ。でも、あなたといっしょに、あたし、柴崎の腕前を見たいのよ。不吉なことは、いいたくないけど」

「ぼくが勝てないんじゃないか、と心配してるのか」

「あなたが強いのは、知ってるわ。でも、あのゼンマイ・ベルトと、仕込み杖じゃあ……」

「刀とは縁のない男に、見えるかね。それじゃあ、ひとつ、居合抜きの腕をご披露して、安心さしてあげようか」

「おねがい」

「あき俵なんてものは、ないだろうな、この家には」

「なんでも、切れるの？」

「できるだけ、切ってみせようよ」

「この帯、切ってみせて」

竜子は、立ちあがって、胸をそらした。

「そんなのはわけないが、いいのかい」

「こうして締めてるままで、切るのよ。下じめまでそっくり。着物に疵をつけたら、あなたの負け」

「帯がもったいないな」

「もったいなくないわ。あなたが勝つ、という自信が、それで持てるんだったら」

「それじゃあ、両手をたらして、立ってごらん」

桔梗は、仕込み杖を左手にさげて、あとじさりした。襖のきわまでさがると、ちょっと微笑してから、すうっと近づいてきた。そのまま、竜子の左わきをすりぬけて、うしろへまわった。

「さあ、こちらをむいて」

と、桔梗がいった。竜子はくるっと、からだをまわしながら、

「どうしたのよ。待ってるの、息がつまりそう……」

と、いいかけて、あっと口走った。帯じめが、結びめのまんなかで、むすんだかたちを半分ずつ残したまま、ふたつに切れて、足もとに落ちたのだ。帯は、ゼンマイがゆるんだみたいにひろがって、畳に落ちた。しょいあげも、下じめも、ふたつになっていた。

着物と長襦袢の前がひらいて、激しくふるえる豊かな胸に、風があたった。それで竜子は、われにかえると、くちびるをふるわせながら、畳に膝をついた。

「帯には、疵をつけまい、と思ったんだけど、まずいな。すこし切れてる」

帯のはしをしらべながら、桔梗がいった。その肩に、竜子の手がかかった。

「いったい、どうやって……」

「二度、ぬいただけの話さ。前で一度、うしろで一度、これで安心したかい」

「安心しすぎて、あたし、気をうしないそうだわ」

竜子は、男の腕のなかに、たおれかかった。

「こんどは、こっちが心配する番か」

桔梗の目の下に、白くなめらかな喉があった。喉のまるみは、美しい傾斜をつくって、胸のまんなかの凹みに、落ちこんでいる。かすかにひらいたくちびるのあいだから、小さな声がもれた。

「こんなかっこうのまま、あたしをおいて帰るつもり？」

9

予定どおり、翌日の夜は、曇っていた。後楽園球場のまうえの空は、そこだけネオンの反映もなく、ひときわ暗いように見える。

桔梗信治は、紫檀のステッキをついた手の、腕時計をのぞいた。一時五分前だ。桔梗はスコアボードの下の、外野席入り口に近づいた。ラバソールの靴は、音を立てない。細く仕立てたズボンに、分厚い黒のスウェーター。そのすがたは、実体を遠くに残して、影だけが歩きだしたみたいだった。

外野席の入り口は、高さ二ｍぐらいの板の扉だ。さらにその上に、五十ｃｍぐらいの金網がついている。桔梗は、あたりを見まわしてから、スコアボードを支えている鉄の柱に手をかけた。

靴の底が、地面を蹴った。桔梗のからだは宙に浮いて、長い足が門にかかる。

ステッキをつかんだ左手の肘関節が、金網にかかった。そのときだった。門の内がわから、ステッキをぐいとひいたものがあった。

「しまった」

桔梗は、胸のうちで叫んだ。つかんでいたのが、ステッキのなかほどだった。門の内がわの手は、握りをつかんで、ひいたのだ。

たちまち、靴音が、外野席へでる階段の上に消える。仕込み杖のかんじんの部分は、うばわれてしまったのだ。

桔梗は、残った鞘をつかんだまま、門をのりこえた。階段をかけあがる。芝生のひろがりが、暗い海のようだ。内野スタンドにおどりこむ人影が、かすかに見える。ベンチの並んだコンクリートの階段が、ぼんやり白い。その上を、影がかがんで走っていく。桔梗はそれを、目で追いながら、芝生に立ちはだかったままだ。左手の鞘を、足もとに落す。両手で、スウェーターのすそを、つかんだ。くるっと、上へ持ちあげる。

白い裸の上半身が、標的のようにむきだしになった。うらがえしになったスウェーターの左右の手首をひとつにして、左手でつかむと、桔梗はそれを、だらりとさげた。かがみこむと、仕込み杖の鞘を、右手でひろいあげた。

そのまま、ネットをにらみつけて、静かに歩きだす。ただネットに視線をこらして、内野席の人影は気にしなかった。水道橋の通りから、自動車のクラクションが、ときおり聞える。

桔梗の足が、マウンドにかかった。そこで立ちどまると、大きくあたまをまわして、内野、外野を見まわした。

闇に馴れた目にも、柴崎のすがたは見えない。

裸の上半身に、夜気がつめたい。スウェーターを左手に垂らし、ステッキの半分を右手に握って、両足をひらいたまま、桔梗は一個の立像と化した。

しかも両眼を、静かにつぶって。

出羽の山のなかで、鍛えたからだには、鳥肌も立っていない。まわりの闇も、おそろしくない。大地が沈んでいくような静けさも、平気だった。

桔梗は、全身を耳にして、じっと立っている。

あたりに動くものはない。ただ時間だけが、動いている。腕時計の音が、はっきり聞えた。

あたまのなかから、すべての考えを追いはらって、桔梗信治は待っていた。やがて、待っていたものが、やってきた。芝生をふむ、かすかな靴音。それでも、桔梗は目をあかない。次にくるものを、待っている。それは、声だ。柴崎はかならず、声をかけてくるはずだった。はたして、

「きみか、なめくじの親類は?」

ひくい声が、前方で起った。

桔梗はゆっくり、目をあいた。今夜もまっ赤なスウェーターをきた柴崎が、前方に立っている。へだたりは、五mぐらいだろう。右手にさげた白刃を見て、桔梗の頰にかすかな微笑が、一瞬、走った。

「もう名のっても、いいだろう。だれだ、きみは?」

と、柴崎がいった。

「なめくじに聞いてみろ」

と、桔梗はいった。

「ふざけるな。聞いておかないと、死体の配達さきがわからない」

「心配はいらない。歩いて帰る」

「なぜおれに、決闘を申しこんだんだ」

「桔梗信輔の弟子だから」

「それだけじゃ、わからない」

「なめくじに聞いてみろ」

「こう聞いたら、返事をするのか。なぜ、おれに殺されたいんだ？」

「なめくじに聞いてみろ」

「鞘だけの仕込み杖で、おれと勝負する気なのか」

「そうらしい。刃のほうを、返してくれやしないだろう」

「あたり前だ。卑怯だなんて泣きごとは、通用しないぜ。ギャラなしで、殺すんだからな。かすり傷ひとつ負っても、こっちは大損だ」

「声が高くなったぜ。邪魔が入るといけないな」

「くそ」

柴崎の右手が、あがった。

10

柴崎は、体をひらいて、刃を立てた。

桔梗の右手も、あがった。仕込み杖の鞘を、石突きを前にのばして、反対のはしを逆に握っている。出刃包丁かなにかをふりかざすときのような、逆手の握りかただった。

柴崎には、なぜそんな構えをするのか、見当がつかない。白刃を立てたまま、だんだんからだを低くしていった。膝がバネになって、いつでも相手にとびかかれる姿勢だ。

桔梗信治は、動かない。見物人のいない、大きな球場のまんなかに、ふたりは声なく相対して、動きといえば、刀身を立てたいっぽうのからだが、じりじり沈んでいくだけだった。

柴崎の口から、声とはいえない声がもれた。

その瞬間、桔梗の右手から、仕込み杖の鞘が、柴崎のひたいへ、風を切ってとんだ。同時に、柴崎のからだは、おどりあがっていた。仕込み杖の鞘が、白刃にはねかえされたらしい。短かい冴えた音がひびいた。

ふたつのからだは、一瞬ぶつかりあい、また離れた。柴崎の白刃には、黒いスウェーターが、まつわりついていた。

桔梗の右手には、一本のベルトが握られている。ふたりのからだが、触れあった瞬間に、柴崎の腰から、ひきぬいたベルトが。

大きな時計のゼンマイに、するどい刃をつけて、鰐皮のあいだに挾んだ死のベルトだ。

「これで立場は、対等になったわけだな」

と、桔梗はいった。

「畜生!」

柴崎は、腹立たしげに、刀身から、スウェーターをはらいのけた。

「こんどこそ、命をもらうぞ」

柴崎の足が、大地を蹴った。だが、横にはらった白刃は、むなしくベルトに、はねかえされた。

桔梗はすべるようにして、うしろへさがりながら、重いベルトを頭上でふりまわした。風を起して、ベルトは宙に輪をかいた。

柴崎の顔が、とつぜん恐怖でゆがんだ。と思うと、身をひるがえして、外野席の門のほうへ走りだした。

「待て!」

桔梗は、追った。

柴崎は、外野席の芝生から、門へおりる階段の上までくると、ぱっと身をおどらした。

そのすがたは、血に染まった大きな猫みたいに、扉の上にはねあがった。白刃を片手に、片手で金網につかまりながら、柴崎は背後を見かえった。

目の下に、桔梗が立っていた。ベルトをだらりと、地に匍わして、

「このまま、警察へ駈けこむぞ。このベルトが、なによりの証拠品だ」

と、静かにいった。

柴崎は、目を光らせて、いきなり軽業師のように、門の上に立ちあがった。と思うと、そのからだは、両手に握った白刃をつきだして、桔梗のまうえに落下した。

階段の下の闇に、桔梗のからだが、横たおしになった。ベルトは斜めに、宙にはねた。

柴崎のからだは、一瞬前まで、桔梗の立っていた位置に、たたきつけられた。そのからだの下から、流れだす血は、はっきりとは見えなかった。

桔梗信治は、砂ぼこりにまみれたからだを、はね起した。柴崎のからだのそばに、白刃がころがっている。それをひろいあげると、もとのフィールドへ、走っていった。

ステッキの鞘をひろって、白刃をおさめると、スウェーターをさがして、汗ばんだ肩にかけた。

それから、ベルトの指紋をぬぐって、くるくる巻くと、

「これがウィニング・ボールってわけだ」

つぶやいて、外野のほうに投げた。ベルトは宙でほぐれて、矢のようにおどった。

桔梗は、微笑しながら、暗いダッグアウトにむかって、歩きだした。

第六章　手袋をぬぐ女

1

「大友さんから、手紙がきたわ」

「へえ、大地震でも、あるんじゃないかな」

「ひらいてみたら、あなたあてなの。あたしのところに、まだ潜伏してる、と思ったのね」

「オートモ・ビルが、全国ラリイに出かけてから、もうふた月か。いまどこらへんを、走ってるんだい」

三栄町のアパートの、桔梗信治の部屋だった。

後楽園球場でたおした柴崎のすまい、新宿一丁目の道具屋をさぐりにいったとき、買ってきた頑丈なちゃぶ台の上で、桔梗は、おもちゃの拳銃を十丁ばかり、分解しているところだった。畳の上には、大小のやすり、ねじまわし、金属用の電気のこぎり、はんだ鏝などが、ちらばっている。

もう五時ちかい。窓ガラスはがたがたふるえながら、暗くなりかけている。ふるえているのは、風のせいだ。こがらし、というやつだろう。つめたい風が、午後から東京を駈けめぐっていた。

「どうやら浜松で、エンストを起したらしいわ」

佐原竜子は、ちゃぶ台のはしに取りつけてある万力の上に、封筒をのせた。

「あんがい、近いところにいるんだな」

桔梗は、封筒をさかさにした。膝の上に、手紙がこぼれ落ちた。

兄き、ごぶさたして、申しわけない。

あれから、大阪へいった。だが、どうも東京が気になって、しょうがない。はじめのうちは、関西版の新聞でも、あのことをさわいでいたが、すぐ消えちまった。ということは、兄きは安全だってことなんだろうが、離れていると、心配になるもんだ。

「あのこと、というのは、多摩動物園の一件だな」

と、桔梗はいった。竜子が、うなずく。

「そうらしいわ。あなたのことが、よっぽど心配なのね。わりあい誠意があるじゃない。あたしたちの悪口が、書いてあるでしょう？」

「なるほど『鶴巻女史とお竜さんがついている、とは思えども』か。思えどもは、よかったね。古典的素養もあるんだな。『あのふたり、やきもちやきっこしてたんじゃや、頼りにならない。おれがいないで、不便を感じてるだろうね、兄き』か。あいつらしくて、いいや」

「ところが、あとがよくないのよ。それも、ビルさんらしいけど」

「ええと、『それで、名古屋までひっかえしてきたんだが、名古屋というところは、なかなか女の子のおもしろいところでね。つい、のんびりしちまった』か。ひどいやつだな」

それから、浜松ってとこも、おもしろい、という噂を思いだして、ふらっとやってきた。名古屋でできた友だちの口ききで、いまは吉崎という親分の家に、厄介になっています。

この親分、清水一家で有名な小政の子孫だそうだ。小政はたしかに浜松の出身だと、おれも記憶しているが、そのほんとの子孫かどうかは、わからない。

ここはなかなか、派手な町だ。オートレースや競艇がさかんなのは、おれも大いに気に入ったが、車のほうはさっぱりさ。どこへいっても、ここの連中が、ポンポンといってるバイクばかりで、おれの食指が動くような車には、一台もお目にかかれない。

いわゆる国道一号線、東海道が豊橋方面へむかうところに、なかなか立派な陸橋がある。そのたもとに立っていると、おなじみ長距離輸送のトラックにまじって、ときたま、いかす車が走ってくる。スーパーマンでない身の悲しさ。走ってる車にとびつくわけにはいかないから、眺めるだけのなぐさめだ。本職のほうは、だから、休業中。もっぱら兄きにもらった金で、食いつないでいる、という次第なり。

ストリップとステッキ・ガールと、うなぎがここの名物だそうで、おれもひと通り、ためしてみた。ストリップは、しごく律義にぜんぶぬぐ。ぬいでから、ひっこむまでの時間もかなりあって、そのくせ見ているお客が、息をひそめたりしないところはいい。

けれど、肉眼で黒点が観測できる、というだけのことで、動きの妙にはいたってとぼしい。だから、かんじんのエロティシズムは、感じられない。学のあるところをひけらかせば、ストリップとは、正確にはストリップティーズだ。ティーズとは、悩ます、からかう、という意味だよ。けっきょく、その悩まし、からかう技術が、いちばん問題であるはずなのに、ぜんぜんお粗末でね。若い娘がお風呂へ入るときみたいに、類型的な裸になる動作を、類型的にやってるにすぎない。

警察も、やかましくいわないはずだよ。ありゃあ、せいぜい学生が見るものだ。ヌード・スタジオというやつが、浜松にはないようだから、あれでも持ってるんだろう。おれは二十日ばかりかよっただけで、あきちゃった。

「ビル君、いっぱしの批評家だな。けど、二十日もかよったら、だれだってあきるよ」

桔梗は笑って、将棋の駒みたいに、大きな字のならんでいる便箋を、めくった。

2

休業中の自動車泥坊の手紙は、まだつづいている。

ステッキ・ガールも、あまりいい女はいない。寝てからつまらないのは、あきらめるとしても、話をしててあきがくるんだ。

芸者のきれいなのは、よく見かけるが、あいにく趣味にあわないし、うなぎの味も、おれにはわからない。

そんなわけで、名物にはがっかりしたが、町ぜんたい、なんとなく陽気で、悪くいえば殺気立ってるようなところは、気にいった。おれの性にあってるんだね。飲むところも、たくさんあって、午前一時までやっている。兄きも息ぬきにきませんか。もっとも、女の子のべたべたしすぎる店が多くって、気に入らないかも知れないが、兄きがきたら、蘭亭という酒場へ案内するよ。

おれの歩いたかぎりじゃ、いちばん程度が高い。女の子があっさりしてるから、落着いてのめる。名のとおった画家のわかりやすい絵が、やたらに飾ってあって、マッチにも酒場と書かずに、美術展と書いてあるところまで、つきあいきれないが、壁なんぞ、見ないでもすむ。ここなら、兄きにも気に入ると思うな。

ぜひ、きてくださいよ。というのは――そろそろ本題に入ってもいいだろう。じつは、妙なやつに出くわしたんだ、ここで。

浜松は、ギャンブルがさかんなくらいだから、やくざも多い。小さな市に、なになに一家とか、なになに組というのが、目ぼしいだけで、五つもある。したがって、もめごとも多い。さいきんも、なにかあった。おれはなるたけ、そういうことには、鼻をつっこまないようにしてるから、くわしくは知らない。だが、その一件で、東京から殺し屋がやとわれるっていうんだよ、兄き。

おれが厄介になってる吉崎一家の、幹部に聞いた話なんだが、その殺し屋、女だというんだ。しかも、ひどく変った殺しかたをするらしい。

「お竜さん、押入をあけると、どこかに汽車の時間表が、ころがってるはずだ。さがしてくれないか」

「浜松へいくの？」

「汽車の時間をしらべてから、鶴巻女史を呼んでもらおうかな」

おまけに、すごい美人でね。きのう浜松にのりこんできた。やばいことが東京にあるんだそうで、とうぶん、こっちにいるらしい。いつも手袋をはめていて、めったにぬいだことがない。手袋をぬいだときは、ねらわれた相手が死ぬときだ、というから、なかなか、いきな話じゃないか、兄き。

電報をくれれば、いつでも駅まで、お出むかえに参上しますよ。

「手袋をぬぐ女か」

桔梗はつぶやきながら、ちゃぶ台の上を見た。分解したおもちゃの拳銃が、小さなスクラップの山みたいになっている。

四、五日前、上野御徒町のアメヤ横丁で、買いこんできたものだ。ヒューブリ。マテル。ニコルズ。拳銃では有名な、アメリカのおもちゃ会社の製品が、ひと通りそろっている。

だが、いまでは分解されて、見わけがつかない。ただ金属部のいろに、特徴のある

デイズィ社の製品だけは、すぐわかる。電気のこぎりで切断して、ころがしてあるセ

ピアいろの銃身が、それだ。

「いまから、間にあうのは、特急が二本。六時発のおおとりなら、三時間と一分でつくわ。六時半発のあさかぜなら、三時間二十七分。あと急行が何本かあるけど、みんなつくのは、夜中すぎよ」

「鶴巻女史にたのんでみてくれ。トオキョオ・インフォメイション・センターの力をもってすれば、いまからでも、特急券の一枚ぐらい、手に入るだろう」

桔梗はちゃぶ台の上の、デイズィの銃身に手をのばした。

「あら、あたしはつれてってくれないの？」

「こんどは、ひとりでいくよ。相手は女だそうだから」

桔梗は、セピアいろの銃身を、万力にはさんだ。

3

浜松駅を出て、ひろい通りを左へいくと、日興証券のビルと松菱デパートが、左がわにならんでいる。それをすぎると、浜松座通り、というにぎやかな通りが、左に入っている。

浜松座といっても、いまはパチンコ屋だ。それが、通りのなかほどにあって、二階の浜松座小劇場というのが、名物のストリップ小屋なのだ。

このパチンコ屋のすぐむかいを、入ったあたりが千歳町で、露地のひとつに酒場、蘭亭がある。夜は十時をすぎたばかりだ。小さなドアをあけると、すぐ斜めにバア・カウンターがある。その泊り木のひとつに、珍しく背広すがたの、大友がすわっていた。

「そら、落ちるわよ」

「しっ、そばでさわがれちゃ、うまくいかないぜ」

「あとふたつよ。がんばってね」

ビールの入ったグラスを、バア・カウンターの上に、一ダース、積みかさねているところなのだ。

最初のグラスのへりに、次のグラスの底をのせ、そのへりにまた、三つめのグラスの底をのせて、ようやく十まで積みあげた。

あぶなっかしく、均衡をたもっているその上へ、大友は両手にひとつずつ、グラスを持って、最後のしあげをしようとしている。

「カウンターをゆするなよ。きみたちもあたまから、ビールをあびることになるんだからな」

両わきで、見まもっている店の女たちも、息をつめた。六分めほど、ビールの入ったグラスを重ねて、大友はうまくつりあいをとりながら、十のグラスの上に積んだ。

「そら、できた」

そっと手をはなすと、ビールの泡に、光をきらめかせて、グラスの斜塔ができあがる。

「まあ、すごい」

「ほめてくれるのはいいが、手はたたくなよ。くずれるからな。なにしろ、ビールがついであるんだから、たいへんなもんだ」

「ついであるから、積めるんだろう。ビールで重さを、調節するわけだ」

いきなり、うしろで声がした。と思うと、いきなり肩ごしに手がのびた。一ダース積んであるうち、下から六番めのグラスを、さっとひったくったのだ。

「あっ」

大友は、首をちぢめた。女たちもびっくりして、なかには両手を、顔にあてたのもいる。

だが、斜塔はくずれなかった。下から五番目のグラスのへりに、七番めのグラスの底が、すとっと落ちた音がして、一段ひくくなっただけだった。

大友は、目を見はった。女たちも、あっけにとられて、塔を見つめている。

大友は、ため息をついた。おそるおそる、両手をのばして、グラスをひとつずつ、慎重にカウンターへおろしながら、いった。

「こんな真似のできそうなやつを、おれはひとりしか知らねえ。こんなに早く、兄きがきたんじゃないだろうね」

「さっそく、とんできたよ」

と、うしろの声がいった。

大友はふりむいて、目をかがやかした。

「兄き！」

「しばらくだったな、ビル。手紙をありがとう。きょう受けとった。元気らしいね」

桔梗信治は、まっ白なトレンチ・コートの片手に、ビールのグラスをささげながら、うなずいた。

「兄きも、変りはないらしいな。乾杯だ。乾杯だ」

大友はカウンターから、グラスをつかむと、泊り木をすべりおりた。

「乾杯！」

桔梗も、グラスをさしだした。

「乾杯するには、おふたりとも、中身がすくなすぎるわ」

若い女が、カウンターからビール壜をすくいあげて、さしだした。短かい髪に、目鼻立ちが明るい。黒いスウェーターとタイトスカートが、よく似あって、タバコのけむりに曇った店のなかでも、ひときわ目立った。

「こちらが大友さんの、ご自慢の兄きね」

「そうだとも。あとでよく見せてやるから、奥の部屋を偵察してきてくれないか、やっちゃん。テーブルがあいてるか、どうか」

「ええ。あいてると思うけど、見てくるわ」

女のすがたが、カウンターの横のアーチに消えると、大友は声をひくめた。

「ちょうど、よかったんだ、兄き。いま奥の部屋に、例のがきてる。手袋をしてるから、すぐわかるはずだよ」

「なるほど、ここはなかなか、いい店だな」

のみほしたグラスを、カウンターにおきながら、桔梗はいった。

4

カウンターの横のアーチをぐぐると、バアのうしろにあたる小部屋は、洋風の衝立でしきって、テーブルの席が、ふたつある。桔梗信治とオートモ・ビルは、出口にちかいテーブルにすわった。衝立のむこうは、客が四、五人。なかに女の客がまじって、その黒い手袋が、ときどき、桔梗の席から見えた。黒いスウェイドに、金糸で凝ったステッチがほどこしてある。

「ほかの連中は、やくざか」

店の女がそばへこないうちに、桔梗は小声で、大友に聞いた。

「さっき入ってくるときに見たけど、ちがうね。ここへはあんまり、変な客はこない。まあ、変なのは、おれくらいのもんですよ」

それから、もう一時間の余になる。

となりのテーブルからは、にぎやかな笑い声があがっていた。こちらのテーブルでは、桔梗と大友が、静かにグラスを重ねている。大友までがおとなしいのは、となりの話を聞くためだ。

「それじゃ、あたしはこのへんで、失礼しますわ」

手袋の女の、立ちあがる気配がした。

「それじゃあ、わしらで送っていこう。きみたちはのんでなさい。まだ一時には間があるで」

桔梗と大友のいるテーブルの前を、女をさきに立てて、年配の男がふたり、通っていった。

女は黒い毛の、小さなコワッフ帽をかぶっている。肩の張った毛皮のコートに、背は高く、瘠せぎすに見えた。面長で、たしかに冷たく、美しい。

「あんたは広沢だったな。わしは名残《なごり》だから、ご婦人をお送りしてから、あんたのところへまわろう」

いちばんあとの肥った男が、前の男にいっている。桔梗は、大友に目くばせして、立ちあがった。

「ぼくも、もう帰ろう。十二時半に東京から、電話があるはずなんだ。旅館のほうへね」

「それじゃ、おれの車で送ってきますよ」

勘定をすませて、ドアをあける。前の三人は、店の前を右へ、遠ざかっていくうしろすがたが、見えた。夜ふけの町に、風が強い。

「しめた。平田町《なめだちよう》の通りに、車がとめてあるんだな。おれの車も、そこにある」

と大友がいった。

「ろくな車がない、といってたが、完全休業でもなかったらしいな」

「とんでもない。これはほんとに、字引にある意味どおりの、借りものなんだ。浜松ってとこは、夜がふけると、タクシイはいちいち営業所から、呼ばなきゃならない。兄きがきて、こんなことになるといけないから、先見の明で、借りといたんです」

ひとけのない大通りへ出た。前の三人づれは、灰いろのフォードにのって、走りだした。間をおいて、あとのふたりは、黒いダットサンにのりこんだ。

街灯は明るいが、ひっそりと通りは静かで、車の数もすくない。走るには楽だが、尾行するには骨が折れる。灰いろのフォードは、細い坂道をのぼりかけてとまった。女だけが、おりた。

「どうします、兄き」

「あのふたりをつけたって、しょうがない。ここでしばらく、様子を見よう」

坂の下のダットサンのなかで、桔梗はいった。エンジンの音が、坂のとちゅうでひびいたのは、それから、五分とたたないうちだ。

「おい、あの女だぞ。別の車が用意してあったんだ」

「どこへいく気だろう、兄き」

「さっきおりた車を、追いかけるんじゃないかな。うまくつけてくれよ」

ダットサンは、走りだした。

5

道がアスファルトでなくなって、こまかい砂利になった。街灯もほとんどない。そのかわり、木立ちが多くなった。

星あかりだけの空は暗く、風のひびきが耳につく。幅のひろい坂道を、前の車が一気にのぼっていった。そのヘッドライトに、歩いてのぼっていく人影が、浮かんで消えた。

「ここでとめてくれ」

と、桔梗がいった。

「この坂をのぼると、寺が二軒あるんだ。奥のほうの寺は、すごくモダンでね。教会みたいに、椅子席なんだよ。墓地には、築山殿の墓がある」

「広沢ってのが、ここらじゃないか」

「そうですよ、兄き。住宅地だ。なかなか高級な家もあってね」

「じゃあ、ここで待っててくれ」

桔梗は車をおりると、小走りに坂をのぼった。闇に馴れた目に、人影が見える。肥りかげんが、さっき蘭亭であった男に似ていた。

坂の上から、もうひとつ、人影がおりてきた。女だ。手袋の女にちがいない。桔梗は、片がわの石垣に身をよせて、足を早めた。

「なんだ。あんた、どうしてこんなところに？」

前の男が、おどろきの声をあげた。

「おたくに用があったのに、すっかりわすれちゃってましたのよ、あたし」

女は、笑いをふくんだ小声で、いった。

「だから、追いかけてきたんです」

「わしに用というと……」

女は無言のまま、右手で、自分の左手首をにぎった。

桔梗は、目を見はった。女の左手が手袋ごと、肘のところから、すっぽりとぬけたのだ。あとには、毛皮のコートの袖口から、鈍く光る棒のようなものが、つきでているだけだった。

その尖端から、青い火花がひらめいた。さるぐつわをかけられたみたいな、貧弱な銃声が、つづけざまに聞えた。肥った男は、ゴムまりみたいに、石垣にあたって、はずんでから、あっけなく倒れた。

女の左腕は、義手だったのだ。義手ぜんたいが、消音器つきの連発銃になっていたのだ。女は左手の肘からさきを、もとどおりにはめこむと、いきなり活潑な大股で、こちらに近づいてきた。

片がわは下まで石垣、片がわは大きな家の塀だ。闇がなければ、隠れる場所は、どこにもない。闇に馴れた目があれば、やっぱり、隠れる場所はなかった。

「見たね?」

と、女がいった。氷のように、冷たい声だ。

「拝見したよ」

度胸をきめて、桔梗はいった。

「あんた、さっきの酒場にいたわね」

「知ってるなら、聞くことはないだろう」

「東京の人間ね」

「いちおう、標準語を喋るようにしてるよ」

「ことによると、あんたはあたしを、東京から離れさした人間かも知れない」

「おたがい、さっきが初対面だと思うがな」

「桔梗信輔先生の弟子を、殺してあるいている、というのは、お前さんじゃないのかい」

「あんたも、桔梗信輔の弟子なのか」

「あたしが、手袋をぬぐのを見たあと、いちばん長く生きていたのは、お前さんだよ。新記録をだしたご褒美に、もういちどよく、見せてやろうか」

「ぼくは珍しいものが、大好きなんだ」

女は、左手をさしだした。右手で、その手袋をとった。こんどは、ちゃんと手があった。だが、つるつるした人形みたいな手だ。

「よくできてる、と思わない？」

「思うよ。連発銃だけじゃ、ないようだな」

「便利なものさ。ひとさし指のさきからは、注射針がとびだすようになってるしね。薬指は、ほら――」

さける間は、なかった。薬指のさきから、冷たい霧が、桔梗の顔にかかった。たちまち、天地がひっくりかえった。桔梗の背が、石垣から離れた。桔梗の鼻が、砂利のにおいをかいだ。

「噴霧器になってるのさ。香水じゃないから、ひと吹きくらいで、お金はとらないわよ」

女は、足もとにたおれている桔梗を見おろして、嘲笑《あざわら》った。

6

十二時四十五分、オートモ・ビルは、つめたいコンニャクで、逆さになでられたような顔をして、千歳町の蘭亭へもどってきた。

「おれのつれが、帰ってきていないかな？」

「いいえ。でも、女のひとがお待ちかねよ」

さっきの黒いスウェーターの女が、下ぶくれの顎を、かわいらしくしゃくって、ドアの右わきの凹所《アルカヴ》を、さししめした。

じゅず玉のすだれをたらした奥に、小さなテーブルがある。マティーニのグラスを前に、山羊皮のカアコートを羽織ったまま、すわっているのは、鶴巻啓子だ。

「信治さんは、どこにいるの？」

「そいつが、妙なことになっちまってね。話をする前に、ちょっと、やっちゃん、サントリイをスリイ・フィンガーだけ持ってきてくれ。ストレート・ノーチェイサーで」

「ゆび三本って、なんのこと？」

さっきの若い女が、右の目がしらよりの鼻すじに、小さなほくろが印象的な顔を、玉すだれのあいだから、のぞかした。

「三杯分さ。駈けつけ三杯というだろう。ストレートで、水はいいから」

「なにかあったのね？」

顔にかかる長い髪を、はらいのけながら、啓子が聞いた。

「兄きが、行方不明になっちまったんだ。まさか、さらわれたんじゃないだろうが」

「くわしく聞かして」

「ここじゃ、まずいよ」

「あたしの車のなかで、話そうか」

「車できたのかい」

「ええ、信治さんを、おおとりにのせといて、すぐ追いかけたの。もっと早くつくはずだったんだけれど、長距離トラックにいやがらせをされてね」

「例の幅よせってやつか」

「サンドイッチね。二台のあいだに、はさまれちゃったの。ぜんぜんスピードは出せないし、ぬけだせないし、あたまにきたわ」

「ハムにされちまったわけだね。運ちゃんたち、よく中毒《あた》らなかったもんだな」

「洋モクをひと箱ずつ進呈して、かんべんしてもらったの。おとなしいものよ」

黒いスウェーターの女が、タンブラーをはこんできた。それをうけとって、ひと口のみこんでから、大友は聞いた。

「ここから、そんなに遠くなくて、さびしいところ、というと、どこだろう?」

「いまごろの時間なら、たくさんあるわ。浜松城公園だって、さびしいしね。東海道はだめだけど」

「銀座通りって、いうくらいだからな。いまごろは深夜食堂の前に、トラックが列をつくってるだろう」

「中田島の砂丘なんかも、この風じゃあ、だれもいないでしょうね」

「このからっ風は、遠州名物だそうだからな。どうも、ありがとう。出かけましょうか、女史」

ワン・フィンガーほど、残っているウイスキイをのみほして、大友は立ちあがった。

啓子も、マティーニをあけて、立ちあがった。

「出かけるのはいいけれど、こんど女史なんて呼んだら、おしゃもじでひっぱたくわよ」

7

鶴巻啓子とオートモ・ビルは、蘭亭をでると、灯のまばらな大通りへいそいだ。そこに、トヨペットがとめてあった。啓子が、ドアをあけた。

「早くのって、話を聞かせてよ」

「おれが手紙でいってやった女ね。あいつのあとを、いまの蘭亭から、おれの車でつけたんだ」

「あら、オナドラ（自家用族《オーナー・ドライバー》）きどりの外套なしか、と思ったら、あんた、ここでも車を手に入れたの」

「ほんの借り車さ。それでつけてったら、とちゅうで、兄きがいなくなっちまったんだよ」

「あんたが、運転席にすわってね。あたしはぜんぜん、地理がわからないんだから。その手袋の女ってのは、いまの店にひとりでいたの？」

「帰るときは、男ふたりといっしょだったんだ。そのうちのひとりが、車を持っててね。名残《なごり》に住んでるとか、そいつがいってた。静岡大学の工学部があるとこで、いちばん遠いんだ。もうひとりの男は、広沢町という住宅地の住人で、女がさいしょにおりた。ところがね。すぐ別の車で、前の車を追いかけたんだよ」

「そのあとをまた、あんたが追ったわけね」

「もちろんさ。広沢町でおりた男が、大入道でも出そうな暗い坂を、いい機嫌でのぼってくのを、女は車で追いこした。車の月賦屋に、追いかけられたみたいな勢いでね。ルノオのお古だからって、あの運転じゃ、かわいそうだよ」

「それで、あんたがたは、どうしたの？」

「坂の下で、車をとめたのさ。待ってろ、と兄きがいうんでね。急いでずらからなきゃならないときの用意に、ものかげに尻《しり》から車をつっこんで、おれは待ってた。あたりは風の音ばかり」

「聞ゆるものは松風の、というわけね」

「松だかなんだか、でかい木がやたらにしげってて、坂は暗い。東京だったら、甲州街道も、烏山へんまでいかないと、あれだけの木立ちはねえな。そのうち、木の葉のさわぎにまじって、妙な音がした。マフラーをかけた銃声だ、とは思ったが、いつなんどき、兄きが駈けてきて、それ走れってなことに、ならないともかぎらない。だから、心配だったが、動かずにいた。するてえと——」

「どうしたの？」

「坂の上で、エンジンの音がしたんだ。それでも、兄きはもどってこねえ。じっとしていられなくなったから、車を徊いださせて、坂を照してみると、ひとがたおれてる。広沢に住んでる、といった男さ。すり鉢みたいな穴が、背中にあいてて、ひでえもんだった」

「信治さんは？」

「いない。どこにもいないんだ。ずいぶん、さがしたよ。まさかあんな女に、兄きがやられるはずはねえ。どこかでいきちがいになって、蘭亭にでも帰ってるんじゃないか、と思ってさ。念のためにひっかえしてきて、あんたにあったってわけさ」

「わかったわ。その坂へまず、つれてって」

「パトカーにでも、もう死体が発見されてやしないかな。せまい町だし、こっちはふたりとも、よそ者だろう。市内をうろついてて、非常警戒にひっかかったりしたら、めんどうだぜ」

「ビルさん、あんがい気が小さいのね。つれてってくれなきゃ、あんたのきらいなパトカーを、ここへ呼ぶわよ」

イグニション・キイから、ぶらさがっているホールダーの飾りを、啓子はつまみあげた。小指半分ほどの大きさの、鋼《はがね》いろした決闘用単発拳銃だ。小さな撃鉄は、ちゃんとあがっている。

「マウスっていう名の、オーストリア製のおもちゃだけど、ミッキイ・マウスなんかより、ひょうきんものよ。知らない？」

「知ってるよ。すごくでかい音が、するんだろう」

「信治さんも、はじめてあったとき、これで困らしてやった記憶があるけど、ここで引金をひいたら、音がよくひびくでしょうね」

啓子は左手で、ドアについたハンドルをまわした。窓ガラスがおりて、吹きこむ風に、長い髪の毛がみだれた。

「まだ起きてる家もあるようだから、景気よくぶっぱなしましょうか」

「わかったよ。いきゃいいんだろう、いきゃあ。窓をしめてくれないか」

指のつけ根に、穴のあいた運転用の皮手袋を、上衣の内ポケットから、大友はひっぱりだした。

「妙なところに、手袋を入れとくのね」

「左の内ポケット。なぜだか、わかるかい」

と、車をスタートさせながら、大友がいった。

「ナイフで心臓をさされたときの、用心でしょう」

「笑うなよ。役に立つんだ。座蒲団たったの一枚で、三八口径の六連発を、六発ぜんぶ、みんごと受けとめたやくざの親分が、実際にいるんだぜ。ナイフでねらわれるのは、胸と腹だからな」

「すると、おなかには？」

「ワイシャツの下に、オートバイ用の皮の腹巻をしてるよ。コルセットのかわりになって、スタイルもよくなる」

トヨペットは、ひろい道路をひとりじめにして、走っていた。右前方に、市役所の三角形の車よせが、小さなピラミッドみたいにみえる。

「それで、なんどぐらい、暴漢におそわれたの？」

おもしろそうに、啓子が聞いた。

大友は、すまして答えた。

「まだ一度も」

8

桔梗信治は、重い目蓋《まぶた》をひらいた。

大きな黒板が、顔にのっている。黒板には、小さな字がいっぱい、書いてあった。水をすった海綿みたいに、あたまも重い。耳には、風のひびきが聞える。もうひとつ、聞えるものがあった。

波の音だ。桔梗はあたまをふった。すると、顔の上の黒板が遠のいて、空になった。いっぱい書いてある字は、星だった。神経質な先生の黒板拭きみたいに、雲が星を消そうとしている。

「気がついたようね」

女の声がした。桔梗はあたまの位置を、ずらした。手袋の女の顔が、たちまち大きな月のように、空に浮かんだ。

「ここは、どこだ?」

「砂丘よ。市内から南へ、六kmばかりきたところ。中田島っていうらしいわ。あの波の音は、遠州灘でしょうね」

女の声は、妙にやさしい。桔梗はからだを、起そうとした。とたんに、目まいがした。

「どうやら、ビニルエーテルかなんかを、嗅がされたらしいな、ぼくは」

「気分はすぐ、もとどおりになるはずよ」

「どうして、すぐ殺さなかったんだ」

「聞きたいことが、あったの」

桔梗はようやく、半身を起した。背後に巨大な、砂の高まりがあった。見あげると、まっ白ないただきの砂が、風に吹かれて、銀粉のように舞い立っている。灰いろの傾斜に風をさけて、トレンチ・コートを敷いた上に、桔梗のからだは、横たえられていた。

砂の山のあいだには、風よけの垣根が、こわれた櫛みたいに、わびしく立っている。ここからは、海は見えない。

「ここなら、だれにも邪魔されないわ」

「ぼくを運ぶのに、骨が折れたろう」

「車を奥まで入れると、タイヤを砂にとられて、動かなくなるの。悪いけど、ひきずってきたわ」

「ご苦労さまなことだ」

桔梗は、立ちあがった。はげしい風が、顔を打つ。あたまが、はっきりしてきた。砂丘のあいだに、海のきらめきが見える。

「どうしても、聞きたいことがあったから——」

「なめくじにでも、聞くんだな」

「あなたはどうして、桔梗信輔の弟子を、殺してあるいてるの？」

「なめくじが、そんな告げ口をしたのか。桔梗信輔ってのは、殺し屋学校の校長さんかね」

「しらばくれないで。あなたのお父さまでしょう」

ぎょっとして、桔梗はふりむいた。灰いろの砂の上に、毛皮のコートの裾をひろげて、横ずわりしていた女が、静かに立ちあがった。黒い手袋の右手が、ゆっくりと桔梗をゆびさした。

「その顔でわかるわ。皮膚に皺をよせて、髪を白くすれば、先生にそっくり」

「おやじを、知ってるのか」

「あなたに殺されたほかの連中は、ローン・ウルフ（離れ狼）を気どっていたから、なんにもわからなかったでしょう。でも、あたしは先生にあってるの。三年前に」

「そのころ、おやじが珍しく、ひとりで仙台まで、旅行したことがあったっけ」

「そのときよ。先生のほかのお弟子たちのことは、あたしも聞いてたわけじゃないわ。殺されてから、相弟子だとわかったの」

「横の連絡が、悪かったんだな。同窓会でも、ひらいておけばよかったのに」

「あたし、なんとなく怖くなって、こんどの仕事をさいわいに、東京を離れてきたんだけど、あなた、どうしてあたしたちを殺すの？」

沈む砂を踏みしめて、手袋の女は、桔梗のそばに近づいてきた。右手ですくいあげてきたトレンチ・コートを、桔梗の肩へかけながら、女はくりかえした。

「どうして、殺すのよ」

「きみこそ、どうして殺すんだ」

「左手がなくなったから。あたしの美しさも、しあわせも、左手といっしょに、キャディラックにもぎとられてしまったの」

「交通事故にあったのか」

「そうじゃない。あたしを轢きころそうとしたのよ、あたしの夫は」

女は風に背をむけて、歩きだした。足もとの砂が、狂ったように走っている。桔梗もならんで、歩きだした。砂の丘が、あるいは高まり、あるいは沈み、はてしなくつづいているだけの、白と灰いろの夜なかを。

「いわば、クーデターだったの。あたしは女王の地位から、片輪の道化役に、ひきさげられてしまった。女王の地位をとりもどすには、左手をとりもどさなければ、と思って、あなたのお父さまにあいにいったの」

「その左手は、おやじがつくってあげたんだね」

「おかげで、あたしは反乱軍を鎮圧できたわ。でも、それで、めでたし、めでたしには、ならなかったの。どうしてだか、わかる？」

「わからないね。旦那さまは、うまくあの世へ、送ったわけだろう」

「あんまりうまく送りすぎて、あたしが女王に復位したってこと、だれにもわからなかったらしいわ。夫は事業に失敗して、自殺したことになったの」

「金もなくなっていたわけか」

「お金のために、ひとを殺すようになったのは、それからよ。あたしが手袋をぬいだとき、ひとはあたしが、女王であることに、気がつくの」

女は手袋ごと、左腕をひきぬいた。肘をあげると、コートの袖がすべって、そこに異様なメカニズムが、銀いろにかがやいた。

「見事だな」

「あなたには、この美しさがわかるでしょう。この美しさを、相手の目にさらした瞬間、世界はあたしのものになるのよ」

女の目は、酔ったようにかがやいた。もとどおり、左の手首をはめこんでから、女は低い声でいった。

「あなたには、わかるわね？　ひとを殺す瞬間の、あのダイアモンドがぎっちりつまったような充実感を、あなたは知ってるはずだもの」

桔梗は、答えなかった。ただ女の顔を、見つめている。女の顔は、空には見あたらない月の光を、盗みとって貯えたように、青白くかがやいていた。

「あたしは、その瞬間のために、生きているの。この世でいちばん、すばらしい麻薬だわ。あなたには、わかるわね。おとうさまの子だもの」

「わからないね」

「嘘おっしゃい」

「もういうことは、それだけかい」

「それだけだったら、殺すというの、あたしを？」

「ああ」

「武器をなんにも持たずに、どうやって、あたしを殺すつもり？　悪いけど、あなたが眠っているあいだに、身体検査をしたのよ」

「寒いな。ここなら、風がこない。腰をおろさないか」

桔梗はトレンチ・コートをぬいで、灰いろの砂の傾斜へひろげた。

「きみの殺人美学は、傾聴したよ。だから、どうしろ、というんだ、ぼくに」

女は、右の手袋をとった。つづいて、左の手袋をとった。黒いスウェイドの手袋は、投げだされて、砂をつかんだ。

「そこに、足あとがあるな」

と、桔梗がいった。

「あたしたちの足あとでしょうよ。さっき、ここを歩いたわ」

「ぼくには、よくわからない。砂丘というのは、どれもおなじに見えるから」

桔梗は、コートの上に横たわって、星空を見あげた。女は横ずわりになって、その顔を見おろした。

「これで、ぼくらの位置は、ふりだしにもどったわけだ。そろそろ話にきりをつけよう」

静かな声で、桔梗はいった。

9

「あたし、先生が死んだとき、泣いたわ。先生を尊敬していたの。愛していた、といってもいいわ」

「ありがとう」

「はじめてあなたを見たときに、あたし、奇蹟が起ったのか、と思ったわ。先生が、あたしの愛をうけるために、若くなって、この世にもどってきたような気がしたの」

女は桔梗の胸に、顔を伏せた。

「どうも、きみの話は、神がかりだな」

「あたしのナイトに、なってくれるわね？」

「いやだ、といったら？」

「殺すわ」

「東京に、ぼくを待ってる女がある」

「棄ててしまいなさい」

「ほんとに、きみは女王さまだな。しかたがない。殺されよう。その前に、待ってる女に、手紙を書かしてくれ」

「ここで？」

女は顔をあげた。桔梗は内ポケットから、万年筆をとりだして、キャップを外した。

「紙をもってないか」

「こんなに暗くて、書けるの？」

「それじゃ、あきらめよう」

「そんなに、命が惜しくないの。あたしの美しさも、見ないうちに」

「おやじの作品だ。美しくても、好きになれない」

「あたしが、誇ってるのは、左手のことじゃないわ」

女の肩から、毛皮のコートがすべりおちた。襟のきれこみに、宝石が青く光った。

「こんなところで、裸になる気じゃないだろうな。風邪をひくぜ」

「あたしを車まで、だいてって」

「誇大妄想狂だけかと思ったら、きみには色情狂という病気もあるんだな」

女の顔が、すぐ上にあった。その目に、炎が熾《も》えている。桔梗は、目をとじた。

「あたしの顔を見て」

女はうめくようにいって、赤いくちびるを、桔梗のくちびるに重ねた。両手が、桔梗の首をだいた。桔梗は、万年筆をひそめたままの右手を、女の肩においた。

とつぜん、砂丘のむこうで、銃声がひびいた。

女は、顔をあげた。桔梗の右手が、その鼻さきにひらめいた。女は無言のまま、のけぞって、あたまからさきに、傾斜をすべりおちた。桔梗は、大きな息をついて、立ちあがった。

右の手にある万年筆は、セピアいろをしている。切断したデイズィ拳銃の銃身だ。なかにしこんだ強力なバネは、するどくとぎすました釘を、女の鼻の穴から、脳めがけて、たったいま発射したばかりだった。

「兄き、大丈夫か」

砂丘のかげから、大友と啓子が、走りよってきた。

啓子はミニチュア・ガンをつけたキイ・ホルダーを、くるくるふりまわしながら、女の死体をのぞきこんだ。

「まったく、見ちゃいられなかったぜ。こっちは浜松じゅう走りまわって、やきもきしてたのによ。砂丘のかげで、女といちゃついてるなんて」

「しかたがなかったんだ。こっちの武器は、おもちゃを分解してつくったジップガン(手製拳銃)。釘を一本、射てるだけだから」

「あぶないところだったわ」

啓子は、死体の左手を、ゆびさした。その中指のさきからは、注射針が一本つきだされて、むなしく砂に、薬液をしみこませていた。

「ああ、くちびるを離したときが、こっちは、この世のわかれだったんだ」

トレンチ・コートをひろいあげながら、桔梗がいった。

「鶴巻女史が、やきもちやいて、おもちゃの拳銃を射ったおかげで、助かったわけだね」

と、大友がいった。

「やきもちで、射ったわけじゃないわよ」

「喧嘩はあとにして、逃げだしたほうが、よさそうだな。足あとは、風が消してくれるだろう」

桔梗はもう一度、女の顔を見おろした。あたまを下にして、傾斜にたおれている死体の鼻からは、あふれた血がひとすじ、鼻ばしらにそって、流れだしていた。

10

トヨペットは、午前三時すぎの東海道を、東京へむかって、走っている。ハンドルをにぎっているのは、大友だ。桔梗信治は、うしろの座席で、目をとじていた。

「ビルさん、ねむいでしょう？　かわりましょうか、運転を」

と、啓子がいった。

「心配ご無用。東京へ帰れると思うと、目がさえて、ねむれやしないさ」

車は安倍川の長い橋を、わたろうとしている。橋の手前に、二台のトラックが、前部のつぶれたひどい格好で、とまっていた。

「事故があったな」

大友は速度をおとして、すれちがいながら、つぶやいた。すると、啓子が笑いながら、

「いまのトラックよ」

「えっ」

「さっき、あたしにいやがらせをしたトラック。天罰てきめん、というところね」

「ほんとの天罰かね」

うしろの座席で、ねていると思った桔梗の声がした。

「なんのこと？」

啓子が、ふりかえった。桔梗は、首をふった。

「なんでもないさ。そんなことより、ちょっとうしろを見てごらん。妙な車がついてくるぜ」

第七章　ブルー・クリスマス

1

桔梗信治にいわれて、大友は、バックミラーをあおいだ。とたんに、あっといって、アクセルから足を浮かした。

啓子と桔梗と大友をのせたトヨペットは、長い橋のまんなかで、とまりかけた。東海道は安倍川にかかる橋だ。

大友は、窓ガラスをあわてておろした。うしろの車が、急に右に出てきたのだ。左ハンドルで、左の窓があいている。ライトよけの黄いろいめがねをかけた運転手が、追いこしていきながら、こちらに声をかけた。

「あのトラックは、タバコが爆発して、追突したんだよ」

バックシートの窓には、カーテンがしまっている。リアウインドウのすみへ、内がわから、吸盤でとめたフレンドシップ・サインに、ランプがついて、DANKE《ダンケ》(おさきに失礼)というドイツ語が、浮かびあがった。と思うと、車はみるみる遠ざかった。

「カスタムだよ。すげえなあ。なんだろう」

大友はうなって、首をひねりながら、トヨペットを走りださせた。

「さすがのおれにも、見当がつかねえ。こんなにうなったのは、天皇陛下がのってるロールズ・ロイスのファントム・フィフスに、お目にかかったときいらいだ。いちどでいいから、あんな車を、運転してみてえなあ」

「いまの運転手、妙なことをいったな」

バックシートから、桔梗がいった。

「タバコが爆発したってね。そういや、運転手に洋モクをやったとか、あんた、いってたじゃないか」

大友がとなりを、ちらっと見た。いたずらを告げ口された、小学生みたいな顔を、啓子はしている。

「花火をしこんだやつ、進呈したのよ。運転妨害されて、あんまり癪にさわったから。まさか、事故を起すとは、思わなかったわ」

「セロファンづつみのやつに、花火がしこめるかね。ピースや、光なら、わけないだろうけど」

　と、桔梗が聞いた。

「アメリカのケントか、イギリスのロスマンズとか、クラッシュ・プルーフ・ボックスって、かたい函に入ってるやつが、いま日本には六種類、輸入されてるわ。それをつかえば、簡単よ。銀紙をやぶらないでも、すむから」

「でも、ひっぱってセロファンをあける赤いとこ、あれに手をつけないわけには、いかないだろう」

「もとどおりにしとくの。そこが、みそなのよ」

「どうやって？」

「アメリカ製のトランプも、あれで封がしてあるわね。奇術で、セットはしてありませんって証拠に、新しいカードの封を切って、つかうことがあるでしょう？」

「セットって、なんのことだい」

　と、大友が聞く。桔梗が、答えた。

「一定の順序に、あらかじめ、カードを揃えとくことだ」

「でも、じつはセットしてあるって場合は、いっぺん封を切って、カードを揃えてから、封をしなおすわけね」

「うん」

「だから、奇術用品として、あの赤いところがついたセロファンを、売ってるの。それを、流用しただけの話よ」

啓子はふりかえって、得意げに笑った。だが、すぐまじめな顔つきにもどって、

「でも、いまの運転手、なんだってわざわざ、あんな告げ口、してったのかしらね」

「タバコをやったのが、きみだってことを、知っていた。そう考えられないかな」

「とすると、あの車、あたしのあとを、ずっとつけてたのかしら」

啓子は、眉をひそめた。大友が、いった。

「兄きはどうして、妙な車だなんて、いったんだい」

「運転席と、バックシートのあいだが、ガラスでしきってあったんだ、あの車。うしろにのってる男がね、うつむいて、手を動かしているのが見えた。それが、タイプを打ってたらしい」

「いよいよ、天皇なみだな。外人かい、兄き」

「顔は見えなかったから、わからない。髪は黒かったよ」

「ちょっと、気になることがあるの」

と、啓子がいった。

「なんだい」

「いまの車が、そうだ、というわけじゃないんだけれど、やっぱり、すごい車をのり

まわしてるっていうから」

「だれが？」

「さいきん、噂を聞いたのよ。いままで見つけた殺し屋は、変ってはいても、スケールはそんなに大きくないわ。もっと国際的な大物が、いるんですって。ラッキイ・ルシアーノって、知ってる」

「知ってるさ。アメリカのギャングだろう。まだ生きてるんじゃないかな。戦後、国外追放になったんだが、イタリアのナポリかどっかで、豪勢な暮しをしてたそうだから」

「そのルシアーノが、一目おいた唯一の日本人、というんだから、すごいでしょう」

「おやじの弟子かな？」

「そこまでは、わからないわ。くわしいことは、だれも知らないの。どんな殺しかたをするのか、つきとめよう、と思ったんだけれど」

「あってみたいな」

「ことによると、さっきの車が……」

「追いつけないか、ビル」

「無理だよ、兄き」

ハンドルから離した左手を、大友は大きくふった。

「相撲取りにアベベ選手を追いかけろって、いうようなもんだ」

2

四谷三光町から、Sの字をひっくりかえしたかたちに、レールをたどって、新宿二丁目の大通りへ出ようとする都電は、小さなストリップ小屋に、まず顔をむける。派手な絵看板には、サンタクロースのお面をかぶった裸の女が、十日も前から、寒風に耐えている。となりのパチンコ屋からも、このところ連日、ジングルベルと、ホワイト・クリスマスのレコードが、聞えていた。

ストリップ小屋の左どなりは、中華料理店で、そのさきが、御苑の外塀へぬける短かい小路だ。それをわたった角に、ニュー・フロイデという酒場がある。なんの飾りもない黒いドアをおして、佐原竜子が入っていった。

「やあ、しばらくだね」

ヘネシイのグラスを片手に、泊り木をおりながら、桔梗信治がいった。いつぞや待機場所につかっていらい、女っ気のすくないのが気に入って、しばしば、ここへ現れる。今夜も黒のタートルネック・スウェーターという軽装で、四谷三丁目から、都電にのってやってきたのだ。

「あのあくる日には、もう帰っていたんですって？」

竜子は、アストラカンのコートをぬいで、テーブルにすわった。籠目の笠をつけて、低くたらした電灯に、青貝の羽織が、つめたく光った。

「ああ、長距離トラックなみの、とんぼ返りでね。さすがに、疲れた。きみは元気そうだな。なにか飲まないか」

「クリスマスが近いから、ホワイト・レディをもらうわ。もっとも、ブルー・クリスマスの話をしにきたんだけど」

「小林君、ホワイト・レディをたのむ」

チーフ・バーテンに声をかけてから、桔梗は、竜子にむきなおって、

「なんだい、ブルー・クリスマスって」

「帰ってきても、知らせてくれないようなひとには、教えてあげるの、よそうかな？ちょっと、おもしろい話があるのよ」

「ぼくが無事だったことは、大友から聞いたろう。なにしろ、エーテルの強いのをあびせられてから、吹きっさらしの砂山で、ラヴシーンを演じたあげく、車をすっとばして帰ってきたんでね。四、五日、からだを休めてたんだ」

「ビルさんがきたのは、きのうよ」

「それじゃあ、やつの怠慢だ。ぼくは、おもしろい話を、聞く権利を主張するな」

バアのなかでは、まる顔のチーフ・バーテンが、ジンを二分の一、コワントロウとレモン・ジュースを、四分の一ずつ、シェーカーでふりおわって、カクテル・グラスについでいるところだった。それが、テーブルへはこばれるのを待ってから、竜子はハンドバッグをひらいた。四角く折りたたんだ紙が、桔梗の手にのせられた。

「これを読んでみて」

タイプ用紙だった。上のところに、写真植字の平体で、人口調節審議会、と横組みに、グレイのインクで印刷してある。ほかには、なんの飾りもない。文面は英文タイプで打ってあるが、ローマ字だった。日本字に書きなおすと、こう書いてある。

北見謙治殿。

日本の悲劇は、国土のひろさから見て、あまりにも人間が多すぎることから、すべて始っています。政治の貧困も、生活の貧困も、人間が多すぎることが、原因です。日本をすみよい国にするためには、人口を調節しなければなりません。

われわれはこの問題を、長いあいだ真剣に考えて、いよいよ実際活動に移る決意をいたしました。ご協力いただきたいと思います。といいましても、われわれは、日本の発展に役立つすぐれた人物になるかも知れない生命が、人間のかたちにならないうちに、処分されてしまう不自然な調節方法には、反対なのです。

そのような神の意志に反する方法よりも、生きていてなんの役にも立たない人間に、ひきさがってもらうほうがいい、というのが、われわれの意見です。わが人口調節審議会は、ひろく各層に意見をもとめ、独自の調査をした結果、あなたを、生きているよりもいないほうが、社会にとって有益な人間、と認定しました。われわれは、あなたに生存を中止するように、勧告いたします。この勧告が容れられない場合は、審議会の実行委員が、あなたの代行をしてさしあげます。十二月二十五日午前零時以後のあなたの生存を、審議会はみとめません。

日本人の幸福のために、あなたが勇気を持たれることを、希望いたします。

人口調節審議会

「なんだい、こりゃあ。要するに、お前、自殺しろ、自殺する勇気がなければ、おれたちが殺してやる、ということだろう?」

桔梗はもとどおりに、手紙をたたみながら、小声でいった。竜子はホワイト・レディのグラスから、顔をあげて、うなずいた。

「そうらしいわ」

「こんないたずらが、流行ってるのかね。ひどくもったいぶってて、滑稽じゃないか」

「いたずらかも知れないし、そうじゃないかも知れないの。うけとったひとは、とても気味わるがってるわ」

「くわしく話してくれないかな。ほかの客に聞かれないように、いまカムフラージュするから」

3

桔梗信治は、ブランディ・グラスのなかに、人さし指を入れた。濡れた指さきで、グラスのへりをこすると、たちまち、笛のような音が起りはじめた。

ここまでは、だれでもやることだ。桔梗は片手で、グラスをかたむけた。ブランディをゆすりながら、グラスの角度を変えて、指を動かす。笛のような音はふるえて、間のびはしているが、『故郷の廃家』のメロディに聞えだした。

「桔梗さん、器用ですねえ」

と、若いバーテンが、目をまるくした。桔梗は笑って、竜子に目くばせした。

「その北見謙治ってひとを、あたしはそれほど、知ってるわけじゃないの」

と、竜子は小声で、話しはじめた。

「きのうの晩、また頼まれて、壺ふりやったのよ。北見ってのは、賭場のお客で、顔だけは見かけるんだけど、ゆうべはひどく荒れてたね。酔ってるの。ほかのお客に迷惑だというんで、ほうりだされかけて、ちょっとかわいそうだったから、あたし、廊下に寝かしといてやったのよ」

「つまり、この手紙で、不安になってたわけか」

「そうなの。いつの間にか、帰ってしまったあとに、その手紙が落ちてたのよ。あたし、野暮用があって、けさ早く新宿へ出てきたら、駅のベンチに青い顔して、北見ってひと、すわってるじゃないの」

「ゆうべ、帰らなかったんだな」

「そうらしいわ」

「北見ってのは、どんな男だ？」

「材木問屋の若旦那よ。ばくちが好きで、ずいぶん親を泣かせたらしいわ。その親が死んで、お金が自由になるようになったら、あんまり馬鹿な負けかたは、しなくなったから、ふしぎなものね」

「それで、いまどこにいる、その男？」

「なんとなくあたし、これが殺し屋の新スタイルみたいな気がしたの。だから、オートモ・ビル氏をわずらわして、北見を見張らしといたわ」

「なるほど、ちょっと興味があるな」

バア・カウンターのすみで、ピンクいろの電話が鳴った。若いバーテンが、受話器をとりあげた。

「桔梗さん、お電話ですよ」

「ああ、ありがとう」

桔梗は、立ちあがって、受話器をうけとった。大友の声が、耳へとびこんできた。

「もしもし、兄きだね。お竜さんから、話きいたかい」

「聞いたよ。なにか変ったことでもあったのか」

「いま、渋谷のブラック・タイツっていう、キャバレにいるんだ。北見はかなり酔ってて、つれがいる。いるというよりも、できたんだな。チンピラみたいなのと、口をききあってる」

「場所はどこだ？」

「道玄坂下の大映通りを、ちょっと右へ入ったところですよ。どうもそのつれが気になるんで、電話したんだ」

「なるほど、それじゃ、いってみようか。待っててくれ」

桔梗は、電話を切った。テーブルにもどって、竜子とむかいあうと、

「お竜さん、鼻紙をもってないかな」

「持ってるわよ。風邪でもひいたの？」

竜子はハンドバッグから、鼻紙をとりだした。桔梗は二枚かさねて、つまみあげると、

「いや、こよりをつくるんだ」

「そんなものつくって、どうするのよ」

「いまにわかるさ。さすがにお竜さん、いい紙をつかってるな」

桔梗は、器用に指を動かして、こよりを何本もつくりながら、カウンターをふりかえった。チーフ・バーテンに、声をかける。

「小林君、ご飯あるかい」

「ご飯ですか」

「ああ、米に水を入れて、炊いたやつだ」

「すこしなら、ありますが」

「すこしでいいんだ」

桔梗は、めしをもらって、鼻紙をひろげた上でつぶすと、こよりを何本も、つなぎあわしてから、塗りつけはじめた。

「さあ、おわった。ビル君が待ってるから、出かけよう」

「どこへ?」

「渋谷だよ」

「そのことよりは？」

「きょうは、なんにも持ってないから、いざというときに、これで闘うんだ」

「そんなもので？」

竜子は目をまるくした。

4

道玄坂下の、大映通りを右に入ると、ブラック・タイツは、すぐに見つかった。店の前に、大友が立って、きょろきょろ、左右を見まわしていたからだ。

「兄き、ずいぶん時間が、かかったじゃないか」

「最初にのったタクシイが、乳母車にはねられて、故障しちまったんでね」

「そんなのんきなことを、いってる場合じゃないんだよ、兄き」

大友は、不服そうだった。

「北見謙治は、どうした？」

「ちょっと前に、出てったんだ。だから、気が気じゃなくてね。こうやって、待ってたんだよ」

「ひとりで、出てったのか」

「つれのチンピラと、いっしょなんだ」

「おかしいな。クリスマス・イヴには、まだ二日ある。だから、まだ大丈夫のはずなんだが――とにかく、いってみよう。どっちへいった？」

「あっちだ。宇田川町になるのかな」

大友は、キャバレや、喫茶店がならんでいる小路の、奥のほうをゆびさした。

「渋谷松竹のわきの、バス通りからむこうが、高台になってる。そのむこうが、ワシントン・ハイツなんだがね、兄き」

「それが、どうした？」

「高台の上には、戦後十六年にもなるのにね、まだ鉄条網でかこったまま、草ぼうぼうの空地になってるところが、かなりあるんだ。チンピラどもが、なにかやるには、持ってこいの場所だぜ」

「そこへ、つれてってくれ」

桔梗信治は、大友の肩をたたいた。

大友は、さきに立って、ネオンの谷間をすすんだ。バス通りを境にして、急に町は暗くなる。せまい急な坂をのぼると、有刺鉄線でかこった空地があった。

「ここんところ、鉄条網が外れてるぜ」

大友が立ちどまって、小声でいった。

「入ってみよう。お竜さんは、ここで待っててくれ」

「どうして、いつも、あたしを追っぱらうの？」

「その着物じゃあ、草むらは歩けない。文句をいわずに、待っててくれよ」

桔梗は、石垣に足をかけて、身軽に空地へとびこんだ。

5

空地は石垣でかこまれて、入ってみると、かなりひろい。何年も前に、鉄くずを掘りおこしたらしいあとがあって、まんなかが、すり鉢みたいに低くなっている。枯草のむこうに、病院か、アパートらしい新しい建物がある。それが、いやに遠く見えた。空地のはずれには、石を積んだ山ができていた。

闇に目が馴れてくると、すり鉢の底に、四、五人の人影が、もつれあって見えた。

桔梗は、大友の肩をたたくと、瓦礫の山をおどりこえて、走りだした。

「あれだぞ」

桔梗が走りよると、人影は一ヵ所にかたまった。けわしい声が、起った。

「なんだ。なんだ。てめえら、無断で入ってきちゃ、困るじゃねえか」

「きみたちは、有断《ゆうだん》で入ってきたのか」

「なんだと?」

「助けてください」

人垣のうしろで、弱よわしい声がした。

「だれか、助けをもとめてるね」

「あんたらに、関係ないことだよ」

「そうかも知れないが、いちおう、事情を聞かしてもらおうか」

桔梗は、前に立った男の肩をつかんで、はらいのけた。大友が、チンピラたちのうしろへ、まわりこむ。

「やりゃあがったな」

「やっぱり、ここにいたよ。ひでえことになってるぜ」

「おい、離せ」

「大丈夫だ。こりゃ、鼻血だよ」

「やっちまえ!」

大友とチンピラたちの声が、派手に入りまじった。ひとりが、大友にかじりついた。あとのふたりばかりが、桔梗にとびかかった。

「運動会は、昼間にしてくれ」

桔梗が、いった。

「なんだと、ふざけやがって」

つづいて、人間ばなれした声が、ふたつばかり、起った。大友が、四つんばいになっている北見を、だきおこした。

「畜生、おぼえてやがれ」

チンピラたちは、びっこをひきながら、逃げていった。大友が、マッチをすった。

鼻血だらけの男の顔が、浮かびあがった。

若い男だった。その顔は、恐怖のいろを浮かべて、桔梗と大友を、見くらべた。マッチの火が消えた。

「これが、北見謙治か」

と、桔梗がいった。

「そうだよ」

と、大友がいった。

「助けてくれ」

と、北見がいった。

「助けてくれれは、もうすんだんだ」

桔梗は、北見の肩をたたいた。

「なにか、盗られなかったかい」

大友は、北見の服の泥を、平手でたたいてやった。そのとき、桔梗はうしろに、ひとの気配を感じて、ふりかえった。黒い人影がいきなり三人に、懐中電灯の光をあびせた。

「北見さん。大丈夫ですか」

と、その影がいった。

「はあ……あんたは？」

北見が、弱よわしい声をだした。

「きのう、あなたが相談に見えられた淀橋署のものです。ずっと護衛してたんですが、ちょっと油断してね」

「ありがたい。護衛をつけてくれたんですか」

「そっちのふたり、派出所まできてもらおう。北見さん、そっちのが凶器を持ってないか、見てください」

「は、はい」

北見が、大友のポケットをさぐった。懐中電灯を持った男は、すばやく近づいて、桔梗のからだを、馴れた手つきで撫でまわした。

「きさま、こんなものを持ってるな」

桔梗は、ぎょっとした。ズボンのベルトの、尻ポケットあたりに、拳銃がはさんであったのだ。

6

「きさま、これはなんだ？」

刑事と称する男は、桔梗信治の腰から、拳銃をぬきとった。ワシントン・ハイツの東門から、区役所通りへくだる坂のとちゅうで、空地には闇が濃い。

「こいつを、どう説明するね」

懐中電灯の、まるい光をあびたのは、なかった。桔梗が愛用するリヴォルヴァーの六連発――いや、三連発のガタクリ拳銃では、なかった。

「オートマチックの、三十二口径ぐらいだな。ベルギイ製のブローニング八連発ですね、これは。新品じゃあ、なさそうだ」

「そんなこと、聞いてやしない。なぜ、こんなものを持ってるか、説明しろ、といってるんだ」

「さっきまでは、持ってなかった。それは、ぼくんじゃない。だいいち、ぼくはFBI《エフ・ビイ・アイ》ドゥローは苦手なんだ。上衣のすそをはねあげて、さっと腰から、ぬく手も見せずってのは、すごくいかすがね。むずかしいんだよ。だから、ぼくは、お尻のとこへなんぞ、拳銃はささない」

「さしてあったから、聞いてるんだ」

「こいつの長さは、十五・三cmある。重さは、五百六十gくらいだ。それだけのものが、ベルトにつっこんであれば、わかりますよ。そんな感じは、ぜんぜんなかった」

「重さまで、知ってるとはね。なかなか、記憶力がいいんだな」

「記憶術の本を、百冊ばかり買ってきてもらって、勉強したんです。ぜんぶ読みおわって、どうもおかしいんで、しらべてみたら、百冊ともおなし本でしたがね」

「その記憶力で、このハジキの持主を、早く思いだしてもらいたいよ」

「そんなことなら、最初からわかってる。あんたのでしょう？」

「ふざけるな。とにかく、交番までこい」

刑事は懐中電灯を消して、外套のポケットにつっこみながら、北見謙治に顔をむけた。

「今夜はもう、大丈夫でしょう。まっすぐに、お帰りなさい。わたしはこいつらを、しらべてみます」

「ありがとうございます。ほんとに助かりました」

ハンカチで、鼻血をぬぐいながら、北見はなんども、あたまをさげた。

「あした、お宅へうかがいますよ。下の通りへでたら、すぐタクシイをひろって、お帰りなさい。きみたちは、いっしょにくるんだ」

刑事は、桔梗と大友を、さっき入ってきたのとは反対がわへ、押しやった。

「通りへでるなら、あっちから出たいな」

竜子が待っているほうを、桔梗はゆびさした。

「けさ暦を見たんだが、こっちは方角が悪い。暗剣殺《あんけんさつ》と的殺《てきさつ》が、かさなってるんだ」

「暗剣殺ってのは、聞いたことがあるが、的殺てのはなんだ?」

「家へ帰れなくなるんじゃ、ないかな。テキサツ無宿っていうから」

「そりゃ、帰れなくなるだろうさ。くだらないお喋りはやめて、歩けよ。いいか。近ごろじゃ、威嚇射撃ってのは、しないんだぜ。逃げたら、ねらい射ちしていいんだ。なまじっか、威嚇射撃をしたばっかりに、犯人には逃げられる。通行人が死ぬって事件が、大阪にあったろう。あれ以来、そうなってね」

「射つときは、殺すときってわけか。日本の警察も、FBI(アメリカ連邦警察)なみになったんだな。しかたがない。暗剣殺にむかって、すすもうぜ」

桔梗は、大友をうながして、枯草のあいだを歩きだす。空地をぬけだすと、うしろから刑事がいった。

「ワシントン・ハイツのほうへ、歩くんだ。ハイツの前を左へいったところに、富ケ谷の交番がある」

「ほんとに、つれてくつもりかね」

「よっぽど、困ることがあるらしいな」

「困るのは、そっちじゃないか、と思ってさ」

「困るのは、そっちだろうね、やっぱり」

刑事は、外套のボタンをはずして、上衣のポケットから、警察手帳をだしてみせた。

「なるほど、困ったものだ。現職警官が、罪もない人間をわなにかけるなんて」

「罪がないことは、ないだろう。私有地不法侵入。拳銃不法所持。ダブル・プレイだ。もっとも、そいつがトリプル・プレイになるのを、心配してるんなら、考えてやってもいいぜ」

刑事は両手を、外套のポケットにつっこんで、にやりと笑った。背は桔梗よりも、高いくらいだ。

「どういうふうに、考えてくれるんだね」

「けちなたかりをやっていたくらいだから、あんまり持っちゃいないだろうな」

「なにを？」

「鬚をはやした偉いひとの絵はがきさ。数字の書いてあるやつだ。何枚ある？」

「ゼロの三つついたのが、四枚だけだ」

「早く投函したほうが、いいぜ。遅配は、ひどくなるいっぽうだそうだから」

刑事は、外套のポケットを、ひろげた。

「日本も、文明国になったもんだね。アメリカなみに悪徳警官が出てきたし、おまけに、歩くポストもあらわれた。まあ、うまく配達してくださいよ」

桔梗は、ズボンのポケットから、紙幣をひっぱりだして、寒風にはためかせた。

7

あくる日の午後二時、三栄町のアパートの、桔梗信治の部屋には、まだ蒲団が敷いてあった。

長袖のポロシャツにズボンをはいたまま、毛布を一枚だけかけて、桔梗は横になっている。口には、体温計をくわえていた。だから、ドアにノックがあっても、腹のへったからすみたいな返事しか、できなかった。

「あら、男って妊娠すると、ガラスがたべたくなるものなの?」

入ってきたのは、鶴巻啓子だ。桔梗は、体温計を口からとって、目盛を読みながら、

「熱をはかるのは、人間なら舌下、動物ならお尻の穴が、いちばんいいんだ。ゆうべ、薄着のまま、歩きまわったもんだから、風邪をひいたらしくてね」

「薬は飲んだの？」

啓子は、白いスラックスの足を、横にだして、枕もとにすわった。

「熱が出てしまってからは、風邪薬をやたらに飲むより、体力をつけて、じっとしてたほうがいいんだよ。体力をつける薬は、いまつくってる」

ソースパンのかかっている電気コンロを、桔梗は、ゆびさした。啓子は手をのばして、蓋をとってみた。白い布でつつんだものが、ひたひたの水のなかで、ゆだりかけている。啓子は目をまるくして、

「なあに、これ。まさか、満月の晩に、生きながらぬいた猫の脳みそじゃ、ないでしょうね」

「牛肉のいいところを、ひとかたまり。それだけのものさ。もういいころだから、スイッチ、切ってくれないか」

「どうして、きれにつつんであるの？」

「こうするためさ」

桔梗はソースパンの蓋をずらして、洗面器へ湯をこぼした。蓋をとったソースパンを、ちゃぶ台の上におく。万力をはずして、さかさにすると、布でつつんだ肉を、ぎ

ゆっと押した。

「なにをつかってもいいから、こうやって、肉から汁をしぼるんだ。そしたら、肉には用はない。汁のなかへ、卵を五つでも六つでも、たたきこんで、飲むんだよ」

「聞いただけでも、元気がでそうね」

「青竹をふしからふしまで切って、片っぽのふしをぬいたやつへね、蝮《まむし》を生きたまま、押しこんでから、卵の黄身をふたつみっつ割りこむ。さらに、いい酒をすこし。こいつにしっかり栓をして、焚火であぶるんだ」

「それ、なんのおまじない？」

「飲むんだよ。蝮が死んだころを見はからって、中身をね。こいつをやったら、風邪なんかたちまち、吹っとんじまうんだけど、竹もないし、蝮もないから」

「あんたが、山男だってことを、わすれてたわ。ゆうべはだれかと、いっしょだったの？」

「お竜さんと」

「だから、風邪ひいたのね」

「想像を飛躍させちゃいけないよ。ちょっと変った殺し屋を、見つけたんだ」

桔梗は、肉をしぼりながら、ゆうべの顚末を話した。

「人口調節審議会なんて、ずいぶん、きざね。その刑事が、審議会の実行委員なのかしら」

「審議会そのものなんじゃないかな。集団とみせかけて、実はひとりなんだろうと、ぼくは睨んでる」

生卵を割りこんで、かきまわした肉の汁を、桔梗はひと息に飲みほした。

「それに、にせ刑事らしいんだよ、そいつは」

「しめあげて、泥をはかせてやれば、よかったのに。おとなしく、四千円も巻きあげられてないで」

「万一をおもんぱかって、急ごしらえの得物は、用意していったんだがね」

ちゃぶ台の上を、桔梗はゆびさした。こよりにめし粒を塗りつけたものが、無造作にほうりだしてある。

「こんなもので、なにができるのよ」

「いろいろなことが、できるさ」

桔梗は左手で、こよりをつまみあげると、右手をひろげて、指から指へ張りわたした。手のひらのほうへ、輪をふたつ、こよりをたるませてつくると、その手をのばした。とたんに、啓子が悲鳴をあげた。

「痛い、痛い、痛い、痛い！」

桔梗は、啓子の手をにぎっていた。こよりの輪が、啓子の人さし指と中指にかかって、十文字にしめあげているのだった。

「むかし憲兵が、よく拷問につかった手に、指のあいだに鉛筆をはさんで、しめあげるのがある。あれとおなじ効果だよ」

「わかったわ。わかったから、ゆるめて」

「こよりだからって、馬鹿にしちゃいけない。これで首をしめることだって、できるんだぜ」

「どうして、ゆうべは、つかわなかったの？」

「相手の実体が、はっきりしなかったからさ。おとなしく金をわたしてから、大友にあとをつけさせた。ところが、まかれてしまってね」

「おやおや」

「しかし、お竜さんが気をきかして、北見を尾行してくれた。さっき、やつのところへ、刑事があらわれたって、知らせてくれたよ」

「あたしのお株をうばって、ずるいわ、お竜さん」

「なにしろ、むこうは、無料奉仕だからね」

「しかも、景品つきだって、いいたいんでしょう。とうとう結婚しちゃったよ、陽気が寒くなったからっていう、小ばなしがあったわね」

「どうしてきみは、深夜放送なみの連想しか、しないんだろうな」

「いいから、パジャマに着かえなさい。熱があるんでしょ。きょうはあたしが、看病してあげるから」

桔梗のポロシャツのすそに、手をかけると、啓子は立ちあがった。

網にかかった海坊主みたいに、シャツのなかでばんざいをしたまま、桔梗はいった。

「とにかく、ゆうべのチンピラは、にせ刑事とぐるにちがいない。やつは護衛のふりをして、あしたの夜中まで、北見のそばにくっついている腹なんだ」

啓子は、押入れから、クリーニング屋の紙づつみをひっぱりだすと、いきなりパジャマのズボンを、桔梗のあたまへかぶせた。両足の部分を、首にからませて、うしろでしばった。

「両手をつかわないで、これ、といてごらんなさい」

「そんな器用なことが、できるもんか。忍術つかいじゃないんだぜ、ぼくは」

「どうして、人口調節審議会なんての、でっちあげたのかしら。予告なしに殺すほうが、やさしいのに」

「依頼人に対するスタンド・プレイだろうね。確実にやってくれそうな気が、するじゃないか。依頼人てのはたいがい、被害者の周囲にいるものだ。予告の手紙が、依頼人との連絡の役も、するのかも知れない」

「あしたの晩は、アリバイをつくっておきなさい、というわけね」

「いいかげんに、いたずらはやめてくれよ」

「もう、手をつかってもいいわ」

桔梗は、パジャマをはらいのけた。いつの間にか、窓のカーテンがしまっている。

啓子の足もとには、スラックスや、スウエーターや、スリップが、小さな山をつくっていた。いちばん上には、黒いブラジアが、仲のいい貝殻みたいにのっている。

「しばらく見ないうちに、また育ったようだね」

「寝る子は育つっていうでしょ。だから、寝ましょうよ」

8

桔梗信治は、体温計をくわえて、天井をにらんでいる。あくる日の、もう夜だ。

「もういいでしょう。あたし、見てあげる」

啓子が、手をのばした。

「お竜さんか、大友から、電話はないか」

「ないわ。まだ九度五分も、あるじゃない。きのうの牛肉エキス、きかなかったのかしら」

「あのエネルギイは、きみに吸いとられてしまったよ」

「いま、氷嚢をかえてくるわね。じっとして、寝てたほうがいいわよ」

「ぼくにも、ブルー・クリスマスになっちまったな。いま何時だい？」

「九時半よ」

「午前のか、午後のか」

「もちろん、午後のよ」

「そりゃ、いけない。あと二時間と三十分しか、ないじゃないか」

そのとき廊下で、管理人の声がした。

「桔梗さん、電話ですよ」

「あたしが、出るわ」

「いや、ぼくが出る」

桔梗はふらふらしながら、立ちあがった。啓子がパジャマの上から、毛布をかぶせて、だきかかえる。

「大丈夫？」

「大丈夫だよ」

夢中遊行の発作を起した達磨さんみたいな格好で、啓子にささえられながら、桔梗は玄関へ出ていった。

「もしもし、信治さんね」

「ああ、お竜さんか。やつはどこにいる」

「池袋の西口の、ピンキイってキャバレにいるわ。例のやつといっしょ。ビルさんが監視してます」

「キャバレの好きな男だな」

「例の刑事が、すすめたのよ。ひとの大勢いるところのほうが、安全だからって。そのお店は十二時で閉店なの。ドア・ボーイに聞いたんだけど、最後に螢の光をやりながら、灯りをひとつずつ消して、いっぺんまっ暗にするんですって。クリスマスと大晦日には、それをやって、うけてるそうよ」

「まっ暗になったところで、ひと仕事しようってわけか」

「あと二時間半しかないわ」

「そんなに時間はかけられない」

「どうして」

「信治さんは、さっきまで、熱が四十度もあったのよ」

受話器に耳をよせていた啓子が、口までよせて、いった。

「まあ」

「心配するな。すぐいくから」

桔梗は、電話を切ると、啓子にいった。

「車をたのむ。エンジンをかけて、待っててくれ」

「ほんとにいく気なの」

「あたり前だよ」

啓子がトヨペットをまわして、待っていると、桔梗は厚いツィードの外套をきて、よろよろと出てきた。帽子をかぶって、片手につかんだ氷嚢を、重いひたいにあてたまま、バックシートにころがりこんだ。

「大急ぎで、やってくれ」

車が走りだすと、桔梗は氷嚢の口をあけて、なかの氷をハンカチに移した。

池袋の町は、ネオンのクリスマス・トゥリイと、ジングルベルのレコードにあふれていた。西口へまわって、マーケットをとりこわしたあとへ車がとまると、桔梗は、氷のハンカチづつみをつかんだまま、ドアをあけた。

「きみはここで、待っててくれ。すぐ戻ってくるかも知れない。どこへもいかないで、いてくれよ」

「心配だわ」

桔梗は、返事もしない。ふらふら、車道をわたっていく。ほかにもそんな歩きかたをしている酔っぱらいは、多い。だれも、ふりかえるものはなかった。

キャバレ・ピンキイのネオンは、通りから見えた。つめたい風が吹きつけるなかを、まっすぐにすすんでいくと、カルダンのスカーフをかぶった女が、よりそってきた。

「大丈夫?」

「お竜さんか。なんとか、例の刑事をつれだす工夫、ないかな」

「これをつかったら」

竜子がさしだしたのは、警察手帳だ。

「あいつのか?」

「さっき、いただいといたの。いちおう本物よ」

「そいつは、豪気《ごうき》に気がきいたよ。じゃあ、この露地へ、つれこむことにしよう」

ピンキイのわきの暗い露地を、桔梗はゆびさした。

「ぼくらが入ったら、あとへ邪魔がこないように、張っててくれ」

9

ピンキイの店内には、ミラー・ボールが、光の雪をふらしていた。バンドは『赤鼻の馴鹿《となかい》』を走らしている。腿の三分の一までしかない赤い服をきて、鬚のない女のサンタクロースが、ビールをはこんだり、紙の帽子をかぶった客と、踊ったりしている。

あちこちでクラッカーが炸裂し、紙テープが宙を走った。桔梗信治は、外套をあずかろうとするボーイを、つれをさがしてるんだ、と追いはらって、テーブルを見わたした。銀紙のマスクをかぶった客が、しきりに、いっぽうをゆびさしている。大友だった。ゆびさすほうを見ると、北見の顔があった。

桔梗は、大友にうなずいて見せてから、北見のテーブルに、近づいた。

「ご機嫌のところを、はなはだ恐縮ですが、ちょっとお邪魔します」

桔梗は、帽子の下から、刑事の顔を見すえて、微笑しながら、警察手帳をさしだした。刑事は、ぽかんと口をあいた。青い顔して、北見がいった。

「しかし、このひとは……」

「にせものですよ。きたまえ、きみ」

桔梗は、刑事の腕をつかんで、ひっぱりあげた。

「思いだしたぞ……」

「大きな声、だすな。まわりのお客に、迷惑だ」

「きさま、おととい の晩の……」

「話はおもてに、出てからだよ」

桔梗は、男をせき立てて、ドアに急いだ。

「外套は、あずけっぱなしにしておけよ。またすぐ、戻ることになるかも知れない」

「おとといの四千円、返せっていうのか」

「考えることが、貧乏たらしいな。その露地で話そう」

桔梗は、暗い露地へ、さきに立って、入っていく。立ちどまると、ふりかえって、警察手帳をさしだした。

「返しておこう。きみのだからな。おとといのまねが、してみたかっただけさ」

「おれに、なんの用があるんだ」

「質問があるんだよ。桔梗信輔って名に、聞きおぼえがないかな」

「知ってたら、どうだというんだ?」

「きみが、弟子のひとりじゃないか、と思ってね。ぼくは桔梗信輔の息子なんだ」

「ほんとか、それは?」

「ほんとだとも」

「それで、なにが聞きたいんだね」

「おやじがきみに、教授した殺人方法を、知りたい。親孝行に、伝記を書こう、と思うんだが、資料が足りなくて、困ってるんだ」

「あんたのおやじさんは、たいした人物だよ。高い金をはらったのに、教えてくれたのは、くだらないことでさ。電車にただでのる法、車掌になるべし、てなもんだ。最初はそう思ったんだけど、いまではおかげで、商売繁昌でね。感謝してるよ」

「どんな方法なんだ」

「ただじゃ、教えない。こっちも資本が、かかってるんだから」

「礼はするよ。それに実行しようって、わけじゃない。伝記の資料に、するだけなんだ」

「それが、困るのさ。おれだけの秘密の方法が、公開されちまったら、高い料金はとれなくなる。だいいち、いくらお礼をされても……」

男は声を立てずに、ぶきみな笑いかたをして見せた。

「なんだい。どうしたんだ」

「死んじまっちゃあ、金はつかえねえってことさ。殺し屋を殺してあるいて、おもしろいかね」

「さあね。なめくじに聞いてみろ」

「おい、襟になんかついてるぜ」

男が、手をのばす。ごく自然な動作だった。だが、桔梗は、身をひるがえすと、氷のハンカチをにぎったまま、相手の手首をつかんだ。刺すようなつめたさに、男はたじろいだ。その手から、小さな金属の管が落ちた。管のさきからは、するどい針がのぞいている。

「わかったぞ。バネ仕掛けで針を襟首に打ちこんで、中枢神経を破壊するのか。いいかげんに調べたんじゃ、心臓麻痺かなんかに、間違えられるからな」

男は、答えない。めし粒を、のこぎりの歯のように、こびりつかせたこよりが、首に巻きついていたからだ。桔梗は両手に、力をこめた。

こよりが切れた。それは、刑事が死んだときだった。目を見はり、舌をだした死体は、寒風にさからって、倒れた。

第八章　死にましておめでとう

1

「御慶《ぎよけい》」

ドアがあいたと思うと、年賀状の束みたいに、声が投げこまれた。

桔梗信治は、ブルーフレームのオイル・ストーヴに、ジーパンの足をむけて、派手なスキイ・ジャケツの肘まくら、うたた寝をしている。

目をあけると、折りかえしのない縞ズボンが、見えた。上衣のすそが円匙状《えんしじよう》に、膝のうしろまで、垂れている。古びてはいるが、ドスキンのモーニング・コートだ。

だが、のりのきいたカラーの上に、窮屈そうにのっているのは、およそモーニングとは似あわないオートモ・ビルの顔だった。

「シルクハットをかぶらないと、本式じゃないぜ。ネクタイはアスコット・タイ、手袋はスウェイドの白手袋、ときまってるんだよ、モーニングの付属品は」

起きあがりながら、桔梗がいった。

「シルクハットなんか、かぶれますかって。健忘症のサンドイッチマンと間違えられるよ。本式でなくてけっこう。こんな格好、好きこのんでやってるわけじゃないんだから。とにかく、御慶」

ドアに挾んであったのが、あけた拍子に、落ちたのだろう。角封筒をひろいあげながら、自動車泥坊はいった。

「こちらは、喪中につき年賀欠礼つかまつりそろ、だ」

と、桔梗はいった。

「そうでしたかね」

「そうさ。おやじが死んだし、おやじの弟子も、かなり死んだんだから」

「おやじさんは別として、ほかの連中は、死にましておめでとう、という口だね」

「そんなことより、モーニングで御慶って因縁を、聞こうじゃないか。まさか千両富《せんりようどみ》があたって、永日《えいじつ》ってわけじゃないだろう?」

「落語のまねをしてるんじゃないよ、兄き。大あたりどころか、大はずれでね。えんえん二年にわたるビッグ・ギャンブル……といったって、大晦日から、きのう元日の夜までの、年越マージャンだけど」

「そいつに、負けつづけたのか、グラマーの客にウインクされた古着屋みたいに」

「なさけ容赦もあらばこそ、身ぐるみはがれちゃった。なにしろ、ひとり沈みでね」

大友は、三十も若い恋人の写真を、息子に見られた爺さんのような顔をして、スポーツ刈りのあたまをかいた。

「ブレーキが故障してたんじゃないのか」

「そうかも、知れないよ。裸じゃ帰れねえから、なにか貸せっていったらね。死んだおやじのモーニングなら、ときた。悪いことに、サイズがぴったりでさ。ここまで歩いてきたんだけれど、こんな恥かしい思いしたことないよ、兄き」

「いいじゃないか。なかなか立派だぜ。シルクハットを買う金を、立替えようか」

「金を借りにきたには、ちがいないけどよ。どうしても、シルクハットを買わなきゃいけないなら、うんとでかいの探して、おれ、そんなかへもぐりこむよ」

「なにを買おうと、そっちの勝手さ。いるだけ、とっていいぜ」

桔梗は、ポケットから、ふたつ折りにした紙幣束をぬいた。大友は、ひきかえに角封筒をさしだした。

「受取りなんか、いらないぞ」

「そうじゃないよ。手紙だよ。ドアに挟んであったんだ。外国かららしいぜ。クリスマス・カードが、遅配でいまごろ届いたんじゃないかな」

「あて名はたしかに、タイプのローマ字だが、切手を見ろよ。日本郵便、と書いてある」

桔梗は、封を切って、タイプ用紙をひっぱりだす。ひろげると、英文タイプの活字が、蟻のパレードみたいに並んだ上に、グレイのインクで漢字が七つ、平べったく印刷してあった、人口調節審議会と。

「ありゃあ、個人経営じゃなかったのかな？」

桔梗信治殿。
先日はわが審議会のために、ご協力をいただき、感謝にたえません。われわれが、認定した人物とはちがっていたにせよ、結果において、日本の過剰人口がひとり減ったことに、ちがいはありません。感謝のしるしとして、粗菓ひと折り、別便にてお送り申しあげました。ご笑納いただければ、さいわいです。

人口調節審議会会長

「読んでみろよ、ビル。こんな馬鹿ていねいな、おどしの手紙は、はじめてだ。犯罪博物館があったら、寄付したいくらいだぜ」

「どれどれ」

モーニングすがたで、あぐらをかいた大友は、表彰状でも読みあげるみたいに、手紙をひろげた。

「ローマ字ってやつは、どうも読みにくいな。しかし、脅迫状ですかね、これが」

「もちろんさ。部下を殺したのが、きさまだってことは、ちゃんと知ってるんだぞ。おれを甘くみるなよ、というおどし文句だ。翻訳すると、そうなるのさ」

ドアがあいた。日本髪のあたまが、部屋をのぞきこんだ。

「表通りは、大さわぎよ」

「鶴巻女史じゃないか。なんだい、そのあたまは。不法建築で、取りこわしを命じられるぜ」

と、大友がふりかえった。

「なにさ。あんたの格好だって、無声映画の弁士の幽霊みたいじゃないの」

「正月そうそう、口喧嘩はやめろよ。表通りの大さわぎって、なんだい？」

と、桔梗がいった。

「郵便自動車が、爆発したの。正確にいうと、小包を配達する赤い軽三輪トラックがあるでしょう？　配達員が荷台から、小包をだしたとたんに、爆発しちゃったのよ」

「時限爆弾だな。その小包は、ぼくのところに、配達されるはずだったんだぜ、きっと」

自信ありげに、桔梗はいった。

2

大友は、目をまるくしたが、鶴巻啓子はおどろかない。

「千里眼みたいなこと、いってもだめよ。小包は、こっぱみじんになっちゃったの。なんとでもいえるわ」

「間違いないさ。そいつが、粗菓ひと折りだったんだ」

桔梗信治は、さっきの手紙を、啓子にわたした。

「あら、また人口調節審議会なの。こないだの刑事には、バックがあったのね。なるほど……別便にて、粗菓ひと折りか。別便がちゃんとついてたら、ほんとにお粗末になっちゃったところだわね」

「小包の引受制限や、遅配は、正確に計算できないからな。とんだ人さわがせを、しちまったわけだ」

「でもよ。おれたちが、人にさわがれるよりは、よかったじゃねえか」

と、大友が首をすくめる。

「届いていたって、大丈夫さ。だいいち、その爆弾は、ぼくを殺すために、送ったんじゃないよ」

「また千里眼？」

と、啓子は日本髪をかたむけた。

「殺すつもりなら、別便にしないさ。小包をひらくと、手紙と折りが出てくる。手紙を読んでるうちに、折りが大爆発。死にましておめでとう、という段取りのほうが、確実じゃないか」

「論理的ね」

「こんな前ぶれがあれば、粗菓ひと折り、だれにだって警戒される。こりゃ、きっとデモンストレーションだよ。この爆弾はセットしてから、どう少く見つもっても、四日や五日は、たってるはずだ。そんなに長くもつ時限爆弾てのは、常識じゃ、考えられない」

「考えられないものを、こっちは持っているんだぞ、というPRね、つまり」

「そうだろうな」

「ははあ、五十メガトンの実験みたいなもんか」

と、大友が腕を組んだ。

桔梗はうなずいて、

「気の毒に、郵便配達が放射能をかぶったわけだ」

「どうするつもり、信治さん」

「まずトオキョオ・インフォメイション・センターには、この人殺し審議会の調査を、おねがいしたいね」

「そりゃあ、月ぎめ料金をいただいてる手前、やってはみるけれど——」

「ぼくとしては、相手のでようを待つだけさ。サイコメトリイはできないからね、ぼくには」

「なんだい、兄き。ヒッチコックの映画の題みたいな、その……」

と、大友が聞いた。

「サイコメトリイてのは、たとえば、この手紙を持って、精神を統一するとね。これをタイプした人間のことが、わかる。そういう超自然現象のことを、いうんだよ。パラサイコロジイ——超心理学の用語でね。やさしくいやあ、千里眼だな」

と、いいながら、桔梗は、手紙を封筒にもどした。そのとき、あたまのすみに、ふっと浮かんだ光景があった。一台の自動車が、走りさっていく光景だ。

カーテンをしめたリアウインドウに、DANKE（おさきに失礼）というフレンドシップ・サインを明滅させて、浜松からの帰り、安倍川橋で追いぬいていった車。大友にさえ、車種のわからなかったあのカスタムカーだ。

それを口にしようとしたときには、もう啓子が、喋りだしていた。

「その千里眼についてなのよ。あたしが話そうと思って、ここへ入ってきたのは。郵便小包爆発事件は、まくらにすぎないの」

「もっと、大事件があったのかい」

と、大友が聞く。

「ちょっと変った経験をしたのよ。きのうの晩。元日そうそう、パーティがあってね。それに、霊媒っていうの？　超自然なことをやってみせるひとが、呼ばれて出たんだけれど……」

「ほんとに出たってんじゃないだろうな、幽霊が」

大友は、幽霊のほうが怖がりそうな顔をした。

「最初は千里眼を、やってみせたわ。ＥＳＰとかいってたけど、なんのこと、信治さん」

「Extra-Sensory《エクストラ・センサリ・》 Perception《パーセプション》 ということばのかしら文字を、並べたものさ。超感覚による知覚ってわけだ。やはり、パラサイコロジイの用語だよ」

「霊媒は若い女なんだけど、それが、二階の小部屋にとじこもってね。いろんなこと、喋るのよ。いま階下《した》では、だれとだれが踊ってる、とか、だれとだれが飲みながら話してる、とか。ひとりついてて、記録をとったのよ。あとで調べたら、階下にいたあたしたちの行動と、ぴったり一致したの」

「霊媒には、助手がいなかったかい」

「付添いがきてたけど、それはずっと、階下にいたわ」

「男か、女か」

「男よ。ゲイリイ・クーパーを裏返しにして、仕立てなおしたみたいな、ちょっと個性的な人物でね。支那服、きてたわ」

「支那服をね。霊媒のほうは、どんな格好してた？」

「なかなか凝ったドレス、着てたわ。美人なんだけど、惜しいことに、めがねかけてるの。太いふちのやつ」

「そりゃあ、霊媒というより、奇術師だな。そんなのにごまかされるとは、よっぽど酔ってたらしいね。きみは」

「どうしてよ。話を聞いただけで、トリックが見やぶれるというの？」

「見当はつくさ。その二階の部屋だがね。完全に密閉してあったのかい」

「二階はぜんぶ和室だから、階下の物音が聞えちゃいけないってんで、霊媒のいる部屋では、テープの音楽を流してたくらいよ。つまり、妨害電波ね」

「妨害どころか、防護電波だったんだよ、そいつが。記録係に、無線ラジオの声が、聞えないようにするためのね。めがねの枠に、トランジスタ・ラジオを組みこんだのがあるのを、知らないかな？　その伝だよ」

「それじゃ、階下の助手が無線通話器《トランシーバー》で、カンニングをさせてたっていうの」

「支那服が、問題だね。たぶん詰襟みたいな、いわゆるマンダリン・カラーってやつだったんじゃないか、と思うんだが」

「ええ、そうだったけど」

「その襟のなかに、マイクが隠れてたんだぜ、きっと。発声器官に故障があって、声のでないひとのために、喉にあてておいて、声帯のふるえを声にする特殊マイクがある。ことによると、それを使ってたのかも知れない」

「ちぇっ、くだらないね。幽霊の正体みたり青ポストってやつだ」

と、大友が大げさに、くちびるを歪めた。それを、もとにもどさせまいとするように、啓子は、ひとさし指をつきつけて、

「でも、その次にやった実験は、ほんとに不思議だったわよ」

3

「ビルさん、あんた、なんにもないところから、なにかを取りだすこと、できる？」

ひとさし指をつきつけたまま、啓子はいった。大友は、お菓子屋の前に立っている張ぼて人形みたいに、大きく首をふって、

「そんなことができたら、兄きのところへ、金借りになんぞ、くるもんか」

「その霊媒は、できたのよ。完全に密閉した部屋のなかでね、助手も入れなかったわ。ドアの内と外には、見張りが立ってて」

「服に隠してたんだろう」

「別の部屋で、服はぬがせたの。めがねもとって、あとはビキニ・スタイルの水着だけ。もちろん、そのなかに、すばらしいからだが、つまってたわけだけど」

「実験をした部屋のなかは、あらかじめ、調べたんだろうね？」

と、桔梗が口をはさんだ。

「ええ、ブラジァとパンツのなかは、このあたしが調べたわ」

「その役は、ぜひとも、おれがやりたかったな」

と、大友がいった。

「つまり、裸にしてから、部屋に入れたわけよ。なにもおいてないテーブルの前に、両手をしばった霊媒をすわらせて、あたしたちは、壁ぎわにならべた椅子にかけたの。サクラがいてはいけない、というんで、みんなが手をつなぎあって、動かないことにしたわ」

「あかりは、消したんだろうね」

と、桔梗が聞いた。

「霊媒が自己催眠に落ちてから、壁のスイッチを切ったの。しばらくして、霊媒がうなり声をあげたから、あかりをつけてみたら、テーブルの上に……」

「なにが出た」

「真珠のネックレス。その家の奥さんので、金庫にしまってあったものなの。霊媒の念力で、金庫の扉も、部屋の壁も通りぬけて、テーブルの上までとんできたんだって、裏返しのゲイリイ・クーパーが、さかんに自慢してたわ」

「そういう現象を、アポールというんだがね。フランス語の、持ってくる、という意味のことばからきてる超心理学用語だ。けれど、アポールには、たいがいの場合、トリックがあるんだよ。心霊研究や、奇術の本を、すこし読んでりゃ、そんな霊媒にゃあ、ごまかされないんだがな」

「でも、真珠の首かざりは、本物だったのよ。金庫をあけてみたら、なくなってたわ」

「首かざりなんて、いちばん簡単な口だよ。チャールズ・ベイリイっていうイギリスの霊媒は、五十cmちかくもある鮫の子どもを、出したそうだからね」

「ブラジアとパンツだけでなく、髪の毛のなかまで、調べたのよ、あたしは」

「人間には、裸になったって、首かざりぐらい、隠すところはあるさ」

「わかったぜ、兄き」

と、大友がさけんだ。桔梗は笑って、

「ぼくのいう隠し場所ってのは、女だけじゃない。男にもあるんだがね。それでも、わかったかな」

「そういわれると、わからねえ」

「人間ポンプとか、人間タンクとか、見世物の芸人がいたそうだが、見たことないかい、きみたち」

「知ってる。知ってる。電球でも、安全かみそりの刃でも、なんでも飲みこんで、また吐きだしてみせるやつだ」

「つまりそれだ、というの？」

と、啓子がいった。

「それができる芸人だろうね、そのミス霊媒は。首かざりは隙をみて、助手が盗みだしておいたんだ。それを飲みこんで、吐きだしてみせただけだよ。賭けてもいいな。レントゲン写真で、しっぽをだしたアポールの霊媒は、ずいぶんいるんだ」

「けど、霊媒も、助手も、自信満々だったわよ。念力でひとを殺すこともできる。殺したいひとがあったら、いつでも相談に応じます。なんていってたわ」

「おもしろいね。ぼくはそのひとことに、がぜん興味を感じたよ。ビル、すまないが、お竜さんを呼んできてくれないか」

「おいきた」

大友が、立ちあがった。啓子が聞いた。

「お竜さん呼んで、どうするのよ」

「その霊媒のところへ、殺人依頼にいってもらうのさ」

「あたしが、いくわ」

「顔をあわせてるから、きみじゃあ、うまくないよ。むこうだって、依頼人をしらべるだろうからな」

「それで、だれを殺してくれ、と頼むつもり？」

桔梗信治は、こともなげに答えた。

「ぼくをさ。わかりきってるじゃないか」

4

正月五日の午前二時、新宿二丁目の酒場、ニュー・フロイデの泊り木に、片手にコニャックのグラス、片手に電話の受話器をもって、桔梗は腰かけていた。ずっと離れた泊り木には、日本髪すがたの鶴巻啓子がすわって、チーフ・バーテンと話している。

「松がとれるまで、なんとかあたまをこわすまいと思ってね。大晦日から、一睡もしてないのよ」

「それにしちゃ、やつれていませんね」

「がまんができなくなると、こういうところによっかかって、うとうとするの。なにか、突っかえ棒はないかしら」

桔梗の電話の相手は、佐原竜子だった。

「二日いらい、ずっとあってないのよ。それなのに、電話も夜中すぎじゃなきゃ、かけちゃいけないなんて、ひどいわ」

「もうすこしの辛抱だよ。松がとれたらすぐに、と頼んだんだろう。ぼくをもう、マークしてるにちがいないんだから、顔をあわしたら、まずいじゃないか」

桔梗は、小さな声でいった。

「まさかこれ、啓子さんの考えじゃないでしょうね？」

「そんなこと、絶対にないよ」

「なんだかあたし、ほんとうにあなたを、念じころしたくなったわ」

「あっちより、そのほうが怖そうだな」

「あっちとは、きょうもあったわ。あしたも、あうことになってるの。もう念波《ねんぱ》をだしはじめたから、あなたは徐々に弱りつつあるそうよ。ご気分、いかが」

「そういや、なんだか、背すじが寒い」

「また風邪でも、ひいたんでしょう。啓子さんに、看病してもらうといいわ」

「ひねくれないで、もう寝たまえ。あしたの晩、またここにいるから」

「あたし、この電話ボックスから、家まで歩いて帰るのよ。風邪をひくかも知れないわ。心配じゃない？」

「きみは思ったより、意地わるだな」

「そうでもないわ。電話でキッスって歌、ご存じ？」

さわやかな音がひびいて、電話はきれた。桔梗が受話器をおくと、啓子は泊り木からすべりおりて、

「そろそろ、帰りましょうか」

「ああ、帰ろう、じゃあ、おやすみ」

ふたりは肩をならべて、凍てついた往来へ、出ていった。風はなかったが、月もなかった。空は暗く、街灯の光が、いやに薄情そうに見えた。

タクシイをひろって、三栄町のアパートへ帰ったふたりが、玄関のドアをあけたとたんだ。

「あっ」

啓子が、ひくく口走った。

暗い廊下のおくに、一本の手が浮いていたのだ。手首からさきだけの片手が、青白く光って、宙に浮いている。

「こういうの、超心理学の用語で、なんというの?」

と、啓子がささやく。桔梗も小声で、

「奥の手、とでもいうんだろう、きっと」

「それじゃ、こっちも奥の手をだすわ」

啓子はあたまへ、両手をあげた。大きな日本髪が、ぱくんとはずれた。かつらだったのだ。かつらの内がわへ、手を入れると、啓子は小さなオートマチック拳銃を、つかみだした。

「そっと、近づいてみましょうよ」

青白い手首は、ふらふら宙を漂いながら、廊下の右がわをゆびさした。

右がわのいちばん奥、それは桔梗の部屋だった。

燐光をはなつ手は、桔梗の部屋のドアをゆびさしたと思うと、たちまち消えてしまった。

「あれはきっと、霊界の交通標識だぜ。ぼくの部屋に、なにかあるらしいな。いってみよう」

桔梗は、啓子をうながして、廊下をすすんだ。ドアの鍵をあけて、壁のスイッチを入れたとたん、

「まあ」

と、啓子は立ちすくんだ。部屋のなかは、夫婦喧嘩のあとみたいだった。ちゃぶ台はひっくりかえり、押入れのなかのものが、六畳いっぱいに、ぶちまけてあった。

「だれか、家さがしをしてったんだわ」

「そうかな。窓にはちゃんと、鍵がかかってる。ドアにも、鍵がかかっていた。ポルターガイスト現象が、起ったんだ。さわぐ幽霊ってやつだよ。部屋のなかのものが、ひとりでに踊りだしたんだぜ」

桔梗は、息をひそめて、啓子の耳にささやいた。

5

「まるで、スラップ・スティック・コメディの撮影でも、あったみたいだな。あした、となりの部屋から、安眠妨害の苦情がくるぜ、きっと」

桔梗信治は、ちらかり放題の六畳を見まわして、つぶやいた。

「ポルターガイストってのは、ドイツ語で、騒音を立てる精霊、という意味なんだ。メソジスト教会の創始者、ウェスリイ兄弟が生れたイギリスのエプワースにある牧師館なんかは、歴史にのこるポルターガイストの名所でね。こんなぐあいに、家財道具が暴れまわって、音を立てるのと、ただ音だけするのと、この怪現象には二種類あるんだ。女がくると、家財道具をぶつける嫉妬ぶかいのもいるよ」

「心霊学の講義は、もうたくさんだわ。これが、お化のしわざなら、さっき宙に浮かんでた手に、また出てもらって、片づけさせましょうよ」

いまいましげにいいながら、鶴巻啓子は、日本髪のかつらの底の金具に、二二口径の拳銃をはさんだ。

「そりゃあ、できない相談だ。ぼくは、古風な推理小説の名探偵のまねをして、解説してみただけさ。ポルターガイストなんて、信じちゃいない」

「じゃあ、だれのしわざだというの？」

「蔭干しにしたゲイリイ・クーパー。例の美人霊媒の助手のしわざだろうね。やっぱり、自分で片づけるより、しかたがないさ」

桔梗は、ため息をついた。

「もう午前三時よ。片づけるなら、あした——じゃなかった。きょう、寝ておきてからのことにしたら」

「これじゃ、寝るところもないぜ」

「あたしの部屋で、寝ればいいじゃない」

「その髪が、かつらじゃあ、朝までかかって、この部屋を片づけるのと、おなじことになりそうだな。さっき酒場で、髪がこわれるから、ねむらずにいる、なんていってたろう。だから、同情してたんだが」

「あたしの護身用、見たでしょう？　おもちゃじゃないのよ。これで、おどかされたいの」

「イタリイ製のベルナルデリ・ベビイオートらしいね。長さは十ｃｍちょっと。重さは二百五十五ｇだったかな。いちばん小さな六連発だ。しゃれたものを、持ってるじゃないか。どこで手に入れたんだい」

「米軍将校の奥さんから、買ったの。一万三千円で」

　啓子はさきに立って、階段をあがると、自分の部屋のドアをあけた。

「その値段なら、だいたい定価どおりだね」

「横浜で知りあったんだけど、酔っぱらうと、裸になるくせがあるのよ。旦那さまにお酒を禁じられて——だから、品物をもちだしちゃあ、飲みしろをこしらえてたの。まだ若くて、すごい美人なんだけど」

「いちど、紹介してもらいたいな」

「もうアメリカへ、帰っちゃったわ。旦那さまが知恵をしぼってね。むこうには、裸体主義ってのがあるでしょ」

「ああ、自然にかえって、裸で暮そうってやつか」

「その裸体主義者《ヌーディスト》のキャンプへ、奥さんを入れたんですってさ。そしたら、酔っぱらうと、服をきちんと着るようになったそうよ。ねえ、帯をとくの、手つだってえ」

「ちょっと待っててくれ。拳銃で思いだしたことがあるんだ」

「どこへいくのよ」

「ぼくの部屋さ」

桔梗は、廊下へ出ていった。もどってきたとき、啓子の部屋のあかりは、消えていた。ガス・ストーヴの火が、夜具を赤くてらしている。上衣をぬぎながら、桔梗はいった。

「ここのポルターガイスト先生、手くせが悪いらしいぜ」

「どうして」

啓子が枕から、顔をあげた。

「ぼくのぶっこわれ拳銃が、なくなってるんだ」

「あの手が、持っていったのかしら」

「そうかも知れない」

「ドア、ちゃんと鍵かけといてね。あんな手が、入ってきて、お尻でもなでられたら、かなわないわ。あたし、今夜は裸体主義者なんだから」

啓子は、蒲団をはねのけた。ガス・ストーヴの炎が、肌を珊瑚のように染めて、乳房の下や、腰のあたりに、微妙な影をゆらめかした。

「あれは、夜光塗料を塗った手袋だよ。廊下のつきあたりの掃きだし窓から、針金と糸で、あやつってたんだろう。この寒空に、ぼくらを待ってたんだから、悪いと思って、おどろいてやったけど、簡単な手品さ」

と、桔梗は笑った。

「もう講義はたくさんって、いったでしょう」

「ぼくらは、玄関のあかりの下に立って、暗い廊下のおくを見ていた。だから、手だけ、宙に浮いてるように、見えたんだ。ぱっと消えたところなんぞ、なかなか、芸がこまかいが、糸をひくと、黒いきれがかぶさるようにでも、仕掛けがしてあったんだろうな」

「わかったわよ」

じれったそうに、啓子はいった。

「人形芝居で、下から細い棒で、あやつるのがある。その要領であやつって、黒いきれをかぶせると同時に、掃きだし窓から、引きだしてしまったんだろうね。だから、人形つかいは、あのとき、外にいたわけだ。奇術を見やぶるのが、目的じゃないからな。わざと逃がしてやったんだが、これで、ぼくを殺しにくるのは、念波じゃない。人間だってことが、はっきりしたわけだ」

「わかったったら。ねえ、早くきて」

啓子は、猫がじゃれるように、裸身をくねらした。

6

七日の夜の十時、二長町の佐原竜子の家へ、自動車泥坊の大友が、車でむかえにきた。

「これ、どこで盗んできたのよ、ビルさん」

うしろのドアをあけて、のりこみながら、竜子が聞いた。

「こんなときに、盗んだ車なんかつかうもんですか。れっきとした借り車だよ」

大友の威張りかたがおかしくて、竜子は笑った。

「それで、犬は？」

「もちろん、ちゃんと借りてきたさ。おい、親分、お竜さんにあいさつしろよ」

大友が、となりに声をかけると、シートの背に、妙な顔をした犬が、ちょこんと首をもたげて、鮭の切身のような舌をだした。

「まあ、ブルドッグね」

「フレンチ・ブルドッグっていうんだってさ。ブルドッグを、愛玩用に、フランスで、改良したものらしいな。本物は高いらしいが、こいつは雑種になりかかってるから……それでも、なかなか名犬だぜ。なにしろ、親分だ」

「親分——ていうの？　へんな名前ね」

フレンチ・ブルドッグは、ひくく唸った。

「貫禄があるだろう。笛はここにある」

大友は、片手をうしろにのばして、細長い金属性の小さな笛を、さしだした。

竜子は、それをうけとると、アストラカンのコートのボタンをはずして、帯のあいだにはさみながら、

「これ、ほんとうに犬だけにしか、聞えないの？」

「音はしないから、吹いてみなよ。親分には聞えた証拠に、ほえるから」

車は向柳原から、豊島町にでた。都電の通りを、右折すると、両国へむかった。日曜日の夜ふけなので、交通量は多くない。

両国橋のたもとを、右へ折れて、しばらくいったあたりが、浜町河岸だ。浜町電話局のある一帯は、町名を矢ノ倉という。

そこにある霊媒、小松弓江の家が、ふたりの目的地なのだった。

おなじ時間に、桔梗信治も、三栄町のアパートを出て、啓子の運転するトヨペットに、のりこんだ。白いトレンチ・コートのベルトを、きつくしめて、その下には、まっ黒なタートルネックのスウェーターを、着こんでいる。

「どこへいったら、いいの？」

と、啓子が聞いた。

「どこでも、いいんだよ。新宿をまわって、渋谷へむかってもらおうかな。時間はまだ、二時間たっぷり、あるんだからね」

トヨペットは、松がとれたばかりの四谷の電車通りを、新宿さして走りだした。桔梗は、手をのばして、バックミラーの角度をなおした。

「あんまり、早く走らせるなよ。なるたけ、尾行しやすいようにしてやらなくちゃ、気の毒だ」

「どの車だか、わかる？」

「まだ、わからない。そのうち、わかるさ」

新宿三丁目の交差点をすぎると、さすがに日曜日でも、交通量は多かった。啓子のトヨペットが、新宿駅前へさしかかったころ、大友の車のほうは、浜町電話局の近くにとまった。

「ビルさん、ここで待っててね」

ドアをあけながら、竜子がいった。

「なにかあったら、あの笛を吹きなよ。親分がほえたら、応援にかけつけるから」

と、大友がいう。

「おねがいするわね」

竜子は、車からおりて、ドアをしめた。

小松弓江の家は、土蔵みたいに頑丈なつくりの、二階屋だ。ブザーのボタンをおすと、やたらに乳鋲《ちびょう》をうった黒いドアがあいて、行司の装束のようなガウンをきた霊媒が、顔をだした。

「お待ちしておりましたわ。二階に、したくがしてあります」

小松弓江は、無表情な小声でいうと、さきに立って、階段をあがった。襖じたての板戸をあけると、絨緞を敷きつめた十畳の座敷だ。

天井の電灯には、長いふさのついた藍いろ繻子の笠が、かけてあった。部屋のなかは、薄暗い。二重窓がひとつだけあるが、それにも、厚いカーテンがさがっている。

電灯の下に、中国ふうの円テーブルがすえてある。コートをぬいで、部屋のすみにおくと、竜子は、そのテーブルに、窓を背にして、腰をおろした。

「それでは、いまから、はじめます」

小松弓江は、竜子とむかいあって、腰をおろした。テーブルのはじには、三本足の香炉がおいてある。細くけむりが、立ちのぼっていた。弓江は両手を、テーブルに伏せた。

「ほんとうに十二時に、あの男を殺すことが、できるんでしょうか」

竜子は、聞いた。

「わたしに、まかせてください。けれど、それには、あなたも、協力していただかなければなりません」

「どうすれば、いいんでしょう？」

「両手をテーブルの上に、わたしとおなじように、伏せてください」

竜子は、いわれた通りにした。

「もうすこし、前にだして——そうです。あまり力を入れては、いけません」

ふたりの指さきが、テーブルの上で、ふれあった。

「念波をだすのは、わたしですが、それにあなたの憎しみをのせて、相手に送るのです。ふれあったこの指さきを通じて、あなたの憎悪が、わたしの思念に流れこみます」

弓江の声は、ひくく嗄《しわが》れていたが、ねばりつくような甘さがあった。

「もっと、からだの力をぬいて……からだがここにあることをわすれてください。あるのは相手に対する憎しみだけ。わたしの目を見て……疲れたら、目をとじてかまいませんよ。いいですね」

弓江の顔には、かなり濃い化粧がしてあった。死人みたいな白さだった。くちびるは、紫いろに見える。眉は、つりあげて、かいてあった。細工物のように、ぶきみな美しさをたたえた顔のなかで、大きなふたつの目だけが、異様にかがやいている。

7

バックシートで、フレンチ・ブルドッグが、大きな口をあけて、あくびをした。

新聞を顔にのせて、寝たふりをしているつもりが、ほんとにねむりかけていた大友は、あわてて腕時計をながめた。

「十一時か。親分、退屈らしいが、辛抱しろよな。あと一時間だ」

そのころ、桔梗信治をのせた鶴巻啓子のトヨペットは、渋谷から、中通りの都電線路を、元広尾町ではずれて、広尾橋から、有栖川宮記念公園のわきをぬけ、麻布材木町から、北日ケ窪のあたりを、ぐるぐる走りまわっていた。

「あのルノオだよ。つけてるのは」

バックミラーを、ちらっとあおいで、桔梗がいった。

「そうらしいわね」

「運転してるのは、支那服の男だ」

「蔭干しのゲイリイ・クーパーよ。やっぱり、あいつが、殺し屋だったのね」

「お竜さんが、聞きだしてくれたところでは、あいつら、おやじの弟子にちがいない。どんな殺しかたをするのか、楽しみだよ」

「ひとごとみたいにいって、大丈夫なの。だいいち、どんな武器で、対抗する気なのよ」

「これさ」

桔梗が、ズボンのポケットから、とりだしたのは、小さく畳んだ自転車のチェーンだった。

「そんなもので？」

啓子は、あきれたように、いった。

「ブーメランってものを、知ってるかい」

「知ってるわ。三日月がたの板みたいなやつで、投げると、もとへもどってくるんでしょ。オーストラリアだったかしら。土人が、けものをとるのにつかうのね。なぜ、ブーメランっていうのかは、知らないけど」

「オーストラリア土人の、種族の名前だ。土人が投げてるのを見て、あれはなんだって、白人が聞いたら、聞かれたやつが、勘ちがいして、種族の名前を教えちまったんだな、きっと」

「カンガルーにも、そんないわれが、あるんじゃなかったかしら」

「ブーメランは、目的物にあたらないと戻ってくるもの。あたっても戻ってくるもの。あたらなくても戻ってこないもの。この三種類があってね。重さ、厚み、はば、曲りぐあいのつりあい加減で、戻ってくるんだが、人間に致命傷をあたえるような、戦闘用のブーメランには、戻ってこないやつが、多いらしい」

桔梗は、喋りながら、自転車のチェーンを、鎌みたいなかたちに、ひきのばした。

「そうやっておいて、ブーメランみたいに、投げようって気ね。うまくいくかしら」

「やってみなければ、わからないよ。そろそろ、日本橋方面へむかってくれ。十二時には、車をおりてやらなきゃ、ならないんだからね。美人霊媒の家から、あまり遠いとまずいんだが、どこか淋しいところ、知らないかい」

「そうねえ。明石町から、湊町あたり、佃の渡しの近辺はどう？　倉庫がならんでいる通りなんか、すごく淋しいけれど……」

「そこへ、いってみよう」

トヨペットは三河台から、飯倉へくだっていった。

十一時三十分、大友は車のなかで、からだを折りまげて、ねむっていた。バックシートで、親分があくびをしたが、大友は目をさまさない。

そのとき、小松弓江は、竜子の顔をにらみつけていた。竜子は、目をつぶっている。ひたいにかすかな汗が、光っていた。部屋のなかは、蒸暑かった。香のにおいが立ちこめて、重苦しい雰囲気だった。

竜子は、催眠術にかかっていた。こういうときを利用して、客に催眠術をかけ、聞きだしたことのなかから、恐喝の材料を見つけだすのが、小松夫婦のやり口だったのだ。

十一時四十分、トヨペットは築地の市場通りを、入船町にむかって走っていた。支那服の男の運転するルノオが、間をおいて、そのあとを追っている。

矢ノ倉の小松の家では、弓江がくちびるを嚙んで、竜子のことばを聞いていた。路上の車のなかでは、フレンチ・ブルドッグがまた、あくびをした。大友は目をさまさない。

十一時五十分、隅田川の悪臭ただよう湊町のせまい通りで、トヨペットがとまった。

「ありがとう。ここでいいよ。あとは歩く。今夜はやつのところへ泊るからね」

車をおりた桔梗は、聞えよがしにいってから、ドアをしめた。トヨペットは、走りさった。

桔梗は、大股に歩きだした。露地を曲って、もうひとつ、隅田川よりの通りへでた。両がわには、屋根のひくい倉庫がならんでいる。三日月はとうに沈んで、空は暗い。通りはいっそう、暗かった。だが、桔梗の白いトレンチ・コートだけは、よく見える。

桔梗は、立ちどまった。自分の靴音がとまると、あたりに物音はなくなった。桔梗は、いつまでも動かない。時間がたった。桔梗の顔に、微笑がうかんだ。

「いいかげんに出てこいよ。もう十二時になるぞ」

桔梗のひくい声が、倉庫にはさまれたせまい通りを、わたっていった。と思うと、通りのはずれに、人影があらわれた。裾の長い支那服をきた男だ。

桔梗は、皮手袋をはめた手で、自転車のチェーンをしごくと、息をととのえてから、静かに歩きだした。

支那服の男も、歩きだした。

両がわの倉庫は、ぴったりと鉄扉がしまって、どこにも隠れる場所はない。ふたりの間隔は、だんだんせばまっていった。

8

佐原竜子は、目をひらいた。あたまが絞られるように、痛かった。ただでさえ薄暗い部屋が、香のけむりで、いっそう暗くなっている。息がつまりそうだ。

「もうおわりましたよ。桔梗信治は、死にました。おめでとうございます」

小松弓江の青白い顔が、微笑しながら、ひくい声でいった。竜子は、腕時計を見た。十二時五分すぎだった。

「ほんとに死んだんでしょうか」

竜子の声は、ふるえた。

「間違いなく、死にました。けれど、相手は危険を予知していたようですわね。それで、時間がかかったんです。死んだ証拠を、ご覧に入れましょう」

霊媒はまた、両手をテーブルに伏せた。

「さあ、あなたも手を伏せて——わたしの目を、見るのです」

次の瞬間、テーブルの上には、古ぼけた六連発拳銃が、こつねんと出現していた。じつは弓江のガウンの袖から、すべりだしたものだったが、竜子にはそう見えなかった。

「あの男、こんなものを、持っていたんですね。死体から、あたしの念波が、はこんできたのです」

「先生、なんだか、息苦しいんです。窓をあけちゃいけませんか」

ふらふらと、竜子は立ちあがった。

「どうぞ。でも、すぐしめてくださいね」

「はい」

竜子は、カーテンをあけ、二重窓をあけた。弓江に背をむけて、すばやく帯のあいだから、笛をとりだすと、くちびるにあてた。

「窓をしめて、こちらをおむき。妙なまねをすると、あんたの色男のハジキが、ものをいうよ」

はっとして、ふりむくと、弓江が拳銃をかまえて、立っていた。

「その笛、棄てるんだ。わたしの催眠術にかかって、あんた、すっかり白状してしまったんだよ。生かしては帰さないから、そのつもりでね」

竜子は、笛を床に棄てた。

「さあ、窓をしめて、椅子におすわり」

竜子は、いわれた通りにした。弓江は、勝ちほこった微笑に、くちびるをゆがめて、竜子を見おろした。

「あんた、女子少年団の団員なの？　呼子を吹いて、お仲間をあつめるひまがなくて、気の毒だったね」

「ひまはあったわ。あんたの耳に、聞えなかっただけよ。これ、犬にだけ聞える超音波の笛なの」

「えっ」

とたんに、板戸があいた。茶いろいかたまりが、とびこんできた。弓江は拳銃の引金をひいた。だが、弾はとびださなかった。ぶっこわれの三連発だということを、弓江は知らなかったのだ。

「お竜さん、大丈夫か」

大友の声がした。竜子は、胸をなでおろして、椅子から立ちあがった。

「その女、椅子にしばりつけちゃって」

「よしきた。もういいぞ、親分」

大友は、弓江にとびかかった。

「妙な手品をやられちゃ、かなわねえ。裸にしちまおう。お竜さん、そのカーテンの紐をとってくれ。おとなしくしろよ、霊媒さん」

弓江は裸にむかれて、椅子にしばりつけられた。大友は、にやにやしながら、顎に手をかけて、

「口をあいてみろよ。腹にダイナマイトでも、隠してるんじゃねえのか」

「ふん、大きな口をきくんじゃないよ。ふたりとも、いまに見ておいで」

弓江は裸の胸を張って、嘲笑った。夫の帰りを、待っているのだ。そのとき、戸口で声がした。

「その女、自由にしてやれよ」

竜子がふりかえって、あっといった。

「無事だったのね」

部屋へ入ってきたのは、桔梗信治だった。

「あんたの旦那さんは、自転車のチェーンを、花輪がわりにして、遠い旅に立った

よ。あやうくこっちが、旅立つところだったがね」

桔梗の手には、濡れた手拭いがのっていた。その上に、セロファン・テープがふたすじ、のせてあった。

「こいつを投げると、スコッチ・テープが口と鼻に貼りついて、息をとめるんだ。恐れいった手練だよ」

大友が、紐をといてやると、裸の霊媒は、ふらふらと立ちあがった。乳房が大きく波うった。と思うと、一瞬のあいだに、口からなにかが吐きだされ、それが手にうつって、するどい刃をひらいた。飛出しナイフだった。

あっ、と竜子がさけんだときには、ナイフは桔梗の喉めがけて、飛んでいた。同時に桔梗の手からは、濡れ手拭いが、宙を走っていた。

濡れ手拭いは、マスクみたいに、霊媒の顔の下半分に貼りついた。小松弓江は、よろめいて、たおれた。片手が動いて、濡れ手拭いをとろうとしたが、その手は途中で、だらりと畳に落ちて、動かなくなった。

親分がひくく唸りながら、濡れ手拭いをくわえて、ひっぱった。あとにはセロファン・テープが、鼻と口をふさいでいる。

桔梗は、板戸につきささったナイフを、ひきぬきながら、いった。

「逃げだそう。鶴巻女史が、車で待ってる」

第九章　上をむいて殺そう

1

「ドスをのんでるって、よくいうけどよ。飛出しナイフを、ほんとに胃ぶくろにのみこんでるたあ、思わなかったね。すげえ女だ」

午前一時すぎの京浜国道を、品川から大森へむかって、車を走らせながら、大友がいった。

「車のなかで、待ってるあいだに、だれかに顔を見られなかったか」

バックシートで、桔梗信治がいった。

「大丈夫だ、兄き。ナンバー・プレイトには、にせものをかぶせといたしね。しかし、よくあんなことで殺せたな」

「千社札《せんじゃふだ》というのを知ってるか、ビル」

「女よけのお守り札かい」

「お寺や神社へいくと、柱なんかに、名前を印刷した紙が、よく貼ってあるじゃないか」

「ああ、あれなら、知ってるよ。まといの絵なんか、入ってるやつだろう？」

「色刷りで、なかなか凝った図案のがある。もともとは千社詣でといって、千軒の神社仏閣をまわってあるく信仰があった。参詣したしるしに、名前を書いた札をのこしてきたのが、千社札のはじまりなんだ」

「それと、あの殺しかたと、どんな関係があるんだい」

「それが江戸時代の半ばすぎから、だんだん趣味的になって、札の図案に工夫を凝らす。つぎは貼りかただ。ほかのやつらが貼れないとこへ、貼ってやろうってわけで、いまでも古いお社へいくと、見かけるだろ？　どうやって貼ったんだろう、とあきれるくらい、高いとこに千社札が貼ってある。長い梯子を、かついで歩いたわけじゃない」

「どんな関係があるんだよ、それが」

「つまり、長い竿をあやつって、貼りつけるんだ。ところが、そんなのは野暮ったい、という器用な先生がたが、あらわれてね」

「それが、いったい……」

「その連中は、のりをつけた千社札を、濡れ手拭いの上にのせて、えいやとばかり、投げあげるんだ。どんな高い天井うらにでも、千社札はぴたり貼りついて、手拭いだけが落ちてくる」

「そのヴァリエーションってわけか、あの殺しかたは！」

「ことによると、かわった飛び道具じゃないか、と思ってはいたんだが——両がわに倉庫のならんだ露地のなかで、まっ正面から、いきなり手拭いがとんできたときは、ぞっとしたよ、さすがに」

桔梗は、ため息をついた。

「ものすごい勢いなんだ。あれをまともにくらったら、だれだって、ぶったおれて気をうしなうよ。こっちは覚悟してたから、どうにかよけられたんだが」

「兄きの手なみも、見事だったぜ」

「あんな殺しかた、教える先生も先生だが、ならいおぼえた弟子も弟子さ」

「けどよ。どうして、鶴巻女史とお竜さんだけ、家へかえらしたんだい。京浜国道をまっすぐにって、どこまで、いきゃあいいんだ」

「いま、考えてるところさ」

「おれ、お竜さんにあずけた親分のことが、気になってね。あいつ、淋しがってるんじゃないかな」

「あのフレンチ・ブルも、なかなか活躍してくれたな」

「名犬だよ、あいつは」

「ねむくはないか、ビル」

「いまごろの時間に、自分の寝顔を見ると、おれはぞっとするたちでね。目的地は、きまったかい」

「箱根か、熱海へ、はこんでくれ」

「いまごろからじゃ、宿屋には泊れないぜ、きっと」

「朝になってから、さがせばいいさ。ひと殺しをしたあとの気分が、このごろ、妙にもやもやしてしかたがない。だから、ひとりになってみよう、と思うんだ。悪いけど、きみも帰ってもらうよ、あした」

「そりゃあ、かまわないけどよ。どうしたんだい、兄き」

大友は、心配そうに、バックミラーを見あげた。桔梗は、返事をしなかった。じっと暗い窓を見つめつづけていたが、戸塚の松並木へ、車がさしかかると、

「拳銃をかしてくれ」

「なにするんだよ、兄き」

大友は、ダッシボードの物入れをあけて、小松霊媒の家から、持ってきた三連発を、つかみだした。

「消音器《サイレンサー》はついてるな」

「ああ、ついてる」

「すこし寒いが、辛抱してくれよ」

拳銃をうけとると、桔梗は、左右の窓をあけた。左に顔をよせて、道路を見つめる。と思うと、左手に拳銃をもちかえた。たちまち、ひくく消された銃声が、風に散った。

大友は、あっと思った。罐詰ビールの空き罐が道の左はしにころがっている。ヘッドライトのなかで、銃声といっしょに、その空き罐が、宙にはねあがったのだ。それは、車の屋根を越えたように見えた。

瞬間、二発めの空気をつんざく音が、桔梗の左手から右手へ、とびうつった拳銃から起った。空き罐は、道の右はしへ落ちる前に、かーんと音を立てて、もう一度はねあがって、畑のなかへ見えなくなった。

「すげえな、兄き」

「まだ一発のこってる」

「そいつは、おれにあずからしてくれ。温泉へおっことすと、いけないから」

大友は、左手をハンドルから離して、うしろへのばした。

2

十日たった。強羅の旅館に滞在している桔梗のところへ、大友がたずねてきた。教えられた部屋の前で、大友が声をかけると、

「入れよ」

元気のいい返事があった。唐紙をあける。

桔梗は、座蒲団に腹ばいになって、たばこを吸っていた。その前の畳に、古風な蒸気機関車が、走っていた。

漏斗《じょうご》みたいな煙突からは、けむりを吐いて、車輪の音もひびかせている。もちろん、おもちゃだ。桔梗はそれを、楽しそうに眺めている。

「なんだ。がっかりだな。こないだの様子じゃあ、ひょっとして、ひょっとすると、ひょっとしてるかも知れない、と思ってさ、心配しながら、きたんだぜ」

「ひょっとしかたにも、いろいろあるよ。どうひょっとする、と思ったんだ?」

「こないだの様子じゃ、自殺でもしそうだったね」

「元気そうなんで、がっかりしたわけか」

「おもちゃで、遊んでいられちゃねえ」

「機関車を走らせるのも、拳銃をふりまわすのも、かわった殺しかたを練習するのも、おんなじようなもんだろう」

「それにしたって、いまは、おもちゃどころじゃないんですよ。一大事なんですぜ。一大事なんだ。お竜さんが、行方不明になっちまった」

「そのことなら、知ってるよ」

「知ってて、落着いてちゃいけねえな。しかも、お竜さんだけじゃない。鶴巻女史まで、いなくなっちまった」

「そりゃあ、おもしろいな」

「兄きはあんがい、薄情なんだね。こないだの一件で、警察にあげられたんじゃねえかって、こっちは痩せる思いなのに」

「お竜さんがいなくなったのは、三日前からだろう。鶴巻君は、いつからだ？」

「そっちのほうが早くて、一週間になる。おれが知ったのは、二、三日前だけど。お竜さんがいなくなっちまったんで、三栄町へ相談にいったんだ。そしたら、こっちも消えてやがんの」

「お竜さんのいどころなら、知ってるよ」

「どこにいます」

そのとき、唐紙があいて、声がした。

「あら、ビルさん、きてたの」

大友は、とびあがった。

「ちぇっ、ひでえもんだ。お竜さん、ここにきてたのか。どうして、連絡してくれなかったんだよ」

「だって、あんたが意地わるして、信治さんのいどころを、教えてくれなかったから」

「そういや、どうしてここがわかったんだい」

「箱根か、熱海のどっちかだってことは、教えてくれたでしょ。だから、手近の箱根からはじめて、旅館の軒なみあたってみる覚悟をしたの。そしたら、わりあい簡単に、見つかっちゃった」

「女の一念てのは、はげしいねえ。平和利用の方法を考えるべきだよ、こいつは」

「だって、正月二日いらい、ろくろく、会っていないんですもの」

佐原竜子は、桔梗のそばに身をよせて、すわった。

「こりゃあ、鶴巻女史が行方不明になって、さいわいだったかも知れねえな」

大友は、ため息をついた。

「あら、啓子さん、どうかしたの」

「一週間前から、アパートにいないんだよ」

「女史のことだから、心配はないと思うが、いちおう東京へ帰ってみるか」

桔梗は、起きあがった。

そこへ、女中が勘定書をもってきた。

「なんだい、帰るところだったのか」

と、大友がいった。

「帳場から、きみがきたって電話があったとき、そりゃあ、迎えにきたにちがいない、すぐ勘定してくれって、たのんどいたんだ、実は。車をもってきてくれたんだろう？」

「それがね。もってこれなかったんだよ。ポケットに穴があいてたんで、落っことすといけないから」

「じゃあ、小田急の時間をしらべて、それに間にあうように、車を呼んでください」

桔梗は、勘定をはらいながら、女中にたのんだ。

「よくこんなところに、十日もいられたね。退屈しなかったかい、兄き」

大友は、立っていって、窓から庭を見おろした。

「東京には、なにか変ったことでもあったのか」

「日本銀行も襲撃されなかったし、ペストも発生しなかったがね。新宿で、ちょっとおもしろいことがあった。西口へぬける地下道があるだろう？」

「ああ」

「あそこに近ごろ、女の乞食がすわってるんだ。まだ若いんだが、馬鹿みたいなやつでね。ところが、それに輪をかけた馬鹿どもが、いやがってさ。あのへんのチンピラ連中だ。そのきたなったらしい女乞食に、こいつ、二、三回、洗濯機をくぐらせれば、ぞんがい、きれいになるんじゃねえか、と目をつけたやつがいる」

「きれいになったら、どうしようてんだ？」

「馬鹿だから、いうなりになるにちがいない。小づかいかせぎの道具に、しようってわけさ。往来にスカートをはいたポストを立たせて、現金書留をあつめてる兄きたちの、まねがしたかったんだろうね。風呂を用意しといて、二、三人でひっぱってこようとしたんだが――」

「乞食に身をやつして、親のかたきをねらってる娘だったのか」

「とにかくチンピラ連中、線路わきに、おそろいで、のびてたそうだよ」

3

「さっきの話の女豪傑を、拝んでいこうじゃないか」

と、桔梗はいって、新宿へつくと、東口へはまわらずに、小田急の改札から、出ていった。

建ったばかりの大きなビルに、ネオンがかがやきはじめる時間で、西口広場はひとでいっぱいだった。

「乞食をわざわざ見物にいくなんて、ものずきだな、兄きも」

「きみはまだ、見てないのか」

「グロテスク趣味はないんでね」

桔梗は、さきに立って、地下道へ入っていった。

女乞食は、苔むしたような毛布に横ずわりになって、壁にもたれていた。まっ黒な石油罐に片肘をかけて、ねむっているのか、首をたれている。

地下道には、もうひとり、乞食がいた。針ねずみの白子みたいなあたまの、年よりだ。

ぜんぜん、光線が入らないように、へりにゴムをつけた黒めがねを、かけている。めくらなのだろう。

そばに、うすぎたない白犬がついていた。それがときどき、あと足で立ちあがって、ぴょこんぴょこん、おじぎをする。首につけた縄のはしをにぎって、黒めがねの乞食は、めぐんでくれそうなひとを、聞きわけようとしているみたいに、首をかしげていた。

桔梗はポケットに手をつっこんで、女乞食の前に立ちどまった。めくら乞食との距離は、五mちかくあった。桔梗は人さし指の腹に、百円硬貨を二枚のせて、親指で宙にはじいた。

一枚の硬貨は、大きく弧をえがいて、女乞食の膝の前の、やぶれた帽子に落ちこんだ。

あとの一枚は、めくら乞食の前までとんで、小判形の空き罐に落ちると、もう一度、はねあがった。犬が首をふって、口をひらいた。

桔梗は、歩きだした。犬はあと足で立ちあがって、ちんちんをしながら、舌をだした。舌の上には、百円玉が光っていた。

地下道をでると、桔梗は、大友をふりかえった。

「見たかい？」

「見たよ。顔はよく見えなかったけれど、首すじの垢。ありゃあ、かんなをかけなきゃ、きれいにならないね。あれを見ただけで、顔をのぞく気にゃならねえ」

「ぼくのいうのは、女のことじゃないよ」

「ああ、兄きのやったことか。あれくらいなら、おれにもできそうだな」

「そうじゃない。犬が口でうけとめたろう？」

「ああ、あれか。あのくらいなら、われらが親分にだってできるぜ」

「犬はただ、口をあいただけさ。あの乞食が縄をひっぱって、金のとんでくるところへ、その口をもってったんだ。こいつは、だれにもできるってことじゃないよ」

「そうすると、あの男、にせめくらなのかしら」

と、竜子がいった。

「目があいてても、あの暗い地下道で、あのめがねじゃ、ろくに見えないだろうね」

「あとをつけてみようか。そんなに遅くまでは、あすこにいないだろうから」

と、大友がいった。

「そうだな——どこかで食事をしてから、また戻ってみよう」

一時間ばかりして、三人は、地下道の入り口に立った。乞食はふたりとも、まだすわっていた。

「寒いだろうな。乞食商売も楽じゃないね」

と、大友がいった。女乞食が、のろのろと立ちあがった。毛布と帽子を、石油罐につっこむと、それをかかえて、歩きだした。

「こっちへくるぞ、隠れよう」

「いいじゃねえか。あいつをつけるわけじゃあ、あるまいし」

「ところが、あいつをつけるんだよ」

「どうして？」

「おもしろいものが、見られるはずなんだ、あいつをつけていくと」

女乞食は、石油罐をかかえて、地下道を出てきた。線路ぞいに、大ガードのほうへ歩きだす。三人は距離をおいて、あとをつけた。

そばへ近よるひとがないから、尾行は簡単だった。女乞食は、西武新宿駅のわきを、まっすぐすすんだ。百人町のせまい露地へ入ってからが、かえって尾行しにくかった。

街灯をつくっている工場があって、空地にできあがった街灯が、林のようにならべてある。女乞食はそのへんで、急に見えなくなった。

「へんだな。どこへいっちまったんだろう？」

大友は、きょろきょろ、あたりを見まわした。暗い露地には、街灯がすくない。

「お竜さん、そっちへいってみてくれ。おれはこっちを探してみるから」

大友は、駈けだしていった。竜子は、もうひとつさきの露地へ、入っていった。桔梗は、たばこに火をつけて、微笑しながら、あたりを見まわしている。

「どこにも、いないわ」

竜子が、もどってきた。

「おかしいよ、ごみ箱をのこらずあけて、しらべてみたんだがね。マンホールにでも、隠れたのかな」

大友も帰ってきて、首をかしげた。

「この近所の家へ、入ったのさ」

と、桔梗がいった。とたんに、三人のうしろから、声がかかった。

「あら、みなさん、おそろいで。こんなところで、なにしてらっしゃるの？」

4

大友と竜子は、ふりかえって、目をまるくした。

「まあ、啓子さん」

「あんた、一週間もどこへ消えてたんだ」

立っているのは、鶴巻啓子だった。

「ちょっと、アルバイトしてたのよ」

「このへんで、女の乞食を見かけなかったかい」

と、大友が聞いた。桔梗は、その肩をたたいた。

「当人に聞いちゃいけないな。返事のしようがないじゃないか」

「えっ」

大友はまた、目をまるくした。

「女乞食は、このひとだよ」

「ほんとうなの？」

竜子が、聞いた。啓子は、うなずいた。

「信治さん、今月の請求書は、桁がふえるわよ。覚悟しててね」

「なんだって、乞食なんかしてたんだよ」

と、大友が聞いた。

「三日すればやめられないっていうから、ほんとうかどうか、ためしてみたの」

「それで、決心はついたのかい。転業いわいに、むしろでも贈ろうか。名前を入れてさ」

「実入りはわりにあったけど、寒いのに閉口したわ」

啓子は、歩きだした。

「でも、帽子のなかには、たいして入ってなかったじゃない？」

と、竜子がいった。

「前にだしておくのは、加減がいるのよ。お金があんまり入ってちゃ、いけないの。といって、ぜんぜん入ってなくても、駄目ね。あれっぽかしじゃ、気の毒だなって気を、通行人に起させるようにしなけりゃあ」

「ふえたら、しまっちまうわけか。さすがに一週間で、乞食学をマスターしたね。寒いほうはどうした？」

と、桔梗がいった。

「蓄熱式の電気あんかを、お尻に入れといたわ。十時間は持つから」

「苦労したもんだな」

「このさきの、お風呂のある家を、したく部屋に借りてるの。むかしはしたく部屋まで、ぱりっとした身なりで、ハイヤーをのりつける金持の乞食が、いたそうだけど」

「乞食って、そんなに儲かるのかな」

と、大友がいった。

「パリには、乞食の学校があるそうよ。びっこになりかた、いざりになりかた、あわれっぽい声のだしかたなんかを、教えてくれるんですって」

「さては研究をつんで、乞食学校をはじめる気だな」

「ビルさんなら、月謝をまけてあげるわ」

「それで、あいつはなにものなんだ？」

と、桔梗が聞いた。

「なんの話だい」

と、大友がわりこむ。

「鶴巻君は、あのめくら乞食を、見張ってたんだ」

「あの男、殺し屋なのよ。いつもあたまをさげてるけど、上をむいたら、ひとが死ぬ、という怖い男なんですって」

　と、啓子はいった。

「上をむくと、ひとが死ぬ――どういうこったい、そりゃあ？」

「だから、実地に見とどけてやろう、と思って、一週間、がんばったのよ。でも、あの男、しごとはしなかったわ」

　残念そうに、啓子はいった。

「上をむいて、殺そうってわけか。さあてね？」

　大友は、腕を組んだ。

「ご苦労さまだったね。もう見張らなくていいよ。なんとか、ぼくがさぐりだしてみるから」

　四人は、新宿職安の通りへでた。

「兄き、これからどうする？」

　と、大友がいった。

「十日ぶりに、顔がそろったところで、どこかへ飲みにいくか」

「それなら、会員制のクラブが、このさきのビルにあるわ。そこへいってみない？　あたし、会員になってるから」

と、啓子がいった。

5

そのクラブは、五階建てのビルの五階にあった。天井はひくいが、面積はひろい。馬蹄型にカウンターをめぐらしたバアがあった。店内のあと半分は、テーブルだったが、カーテンが複雑に垂れていて、となりがのぞけないようになっている。

「お役人がしらべにくると、このカーテン、たちまち天井にあがって、飾りにしか見えないようになってるの」

馬蹄型のバアに、肘をつきながら、啓子がいった。桔梗は、うなずきながら、四つほど離れた泊り木にいるふたりの話に、耳をすましていた。

「ぜったいだよ。前はとにかく、腋の下を見りゃわかるさ。あれだけ、からだの線が出てるんだ。かくじつ、素肌に着てるんだよ。ブラジァしてれば、わかるさ」

「賭けるか。二千円」

「よし、出来ました」

きざな格好の、若いふたりづれだった。四つの目の方向をおうと、銀のトレイを手に、いいからだをしたホステスが、こちらへ近づいてくるところだった。

「うまくやれよ」

「まかしとき」

ひとりが、ライターを床に落した。ホステスに、声をかける。

「すまん。ひろってくれないか」

「はい」

ホステスは、ふたりのあいだで、身をかがめた。とたんに、右がわのひとりが、背中に手をのばした。威勢のいいジッパーの音がした。ホステスが、悲鳴をあげた。

「勝ったぞ」

「背中だけじゃ、わからねえ。ストラップレスのバネ仕掛けってのが、あるからな」

背中をむきだしにされたホステスは、トレイを胸にあてて、逃げようとした。ふたりが、肩を押えた。

桔梗は、泊り木をとびおりようとした。そのときクロークで、外套をぬごうとしていた客が、ステッキを、さっと投げた。ふたりづれが、げっといった。

ふたりの顎の下へ、ステッキが、ぴたっと食いこんだからだ。

「ご婦人の服をぬがせるのには、ルールがあるんだよ。反則をしちゃあ、いけないね」

痩せぎすの、身なりのいい男だった。ただ左の目に、黒い眼帯をしているのが異様だった。

桔梗は、泊り木をまわして、啓子のほうをむいた。啓子は、竜子に話しかけている。

「あんた、箱根へいったんでしょう。ずるいわ。だから、あたし、意地わるをしたわよ」

「まあ、どんな？」

「それはね」

啓子はいきなり、桔梗に顔をむけた。

「めくらの殺し屋のしごとぶりは見なかったけど、あのひとに、あたし、しごとを頼んだわ。いつもの手順よ。ただし、あなたを殺せ、とは頼まなかったわ」

「だれを頼んだんだい」

と、桔梗が聞いた。

啓子は、微笑した。

「信治さん、まもってあげるでしょ？　竜子さんを殺すように、頼んだの」

6

「ほんとうかい」

　大友は、目をまるくした。

「ほんとう。めくらの殺し屋に、竜子さんを消してくれって、頼んだの。それも、さつき頼んだばかりよ」

　鶴巻啓子は、おもしろそうにいった。

「ひどいね、このひとは。兄き、こういうひとには、三くだり半をたたきつけて、追いはらうべきだよ」

「其方事《そのほうこと》我等《われら》勝手《かって》に付此度離《つきこのたびり》縁致《えんいた》し候《そうろう》。然《しか》る上者《うえは》向後《こうご》何方《いずかた》へ縁付《えんつき》候共《そうろうとも》、差構《さしかまえ》無之《これなく》仍如件《よってくだんのごとし》、か」

　と、桔梗信治はいった。大友は、あっけにとられて、

「なんだい、そりゃあ?」

「三くだり半のきまり文句さ。いまいったとおりのことを、三行半に書けばいいんだ。一行のことが、ひとくだり。三行半だから、三くだり半っていうわけさ」

「兄きはなんでも、知ってるんだな」

「おやじも、なんでも知ってたよ。でも、なんにもできない人間だった。だから、ぼくをなんでも知っていて、なんでもできる人間に、育てようとしたんだ」

「ビルさんは、三くだり半をたたきつけるって、絶交することだ、と思ってるらしい

けど、離縁状なのよ。あたし、信治さんの奥さんじゃないんだから、そんなもの、貰ういわれがないわ」

と、啓子がいった。

かたわらから、佐原竜子が口をはさんだ。

「啓子さんは、いじわるのつもりらしいわね。でも、あたしにしてみれば、お礼をいいたいくらいだわ。だって、いつどこから、矢がとんできて、的にあたるか、わからないわけよ。だから、信治さんは、的につきっきりでいなきゃ、いけないでしょう？」

「こりゃあ、勝負あった。いじわるのつもりで、いちばんよろこぶことを、しちまったわけだ」

と、大友が大笑いした。

馬蹄型のカウンターのはずれで、さっきの眼帯の男が、なにごとか、というように、顔をあげた。

「でも、万一ってことがあるわ」

と、啓子も負けていない。

「万一の場合には、あんた、死ななきゃならないのよ。信治さんだって、神さまじゃないんだから」

「あたし、ご信頼もうしあげておりますの」

「こうなると、一言もないね。しっかりしてくださいよ、兄き」

と、大友はいった。だが、桔梗の返事は、ぜんぜん関係のないもので、

「あいつ、ちょっとしたさむらいだな」

眼帯の男のことだった。

「かわった水わりを、こさえさせてるぜ。小さめの氷を入れて、水をついだ上に、ダブルのサントリーを、まざらないように、浮かしてるんだ」

「そういや、ここから見ても、ちょっと乙ないろあいだね。でも、それじゃ、水わりじゃねえな。水のせだ」

「水は下だから、水台だよ。つまり、つめたくなったストレートを、のみおわると、ひとりでにチェーサーが、口へ入ってくるって寸法だな」

桔梗は、小声だ。

大友も、声をひくめて、

「そうとうに、きざなやつだね。でも、あの眼帯は、いかしてるよ。ジョン・フォード・スタイルかな」

男の左の目をおおっている眼帯は、目にあたるところが、黒い楕円形で、上の両はじに、黒い平ひもがついている。それを、後頭部でむすんでいるのだ。

「わざわざ、つくらしたんだろうね」

と、桔梗はいった。

「どうして日本じゃ、ああいうのを売ってねえんだろう。白いガーゼの、野暮ったいやつばかりでさ」

「売ってたら、わざと眼瞼麦粒腫《がんけんばくりゅうしゅ》にでもなって、してあるく気ね。およしなさいよ。税務署によばれた雲助みたいに、見えるから」

と、啓子がいった。

「なんだい、その手榴弾が逆立ちしたようなのは」

「翻訳すると、ものもらい」

「あきれたね。色気のないことを、わざわざいうとは、悪趣味な」

「そんなことより、あたしが的になる予定日は、いつなのよ。啓子さん」

と、竜子が聞いた。啓子は、遠足の日どりを教える小学生みたいな調子で、

「こんどの日曜日」

「というと、二十一日だな」

桔梗は、壁にかかっている『プレイボーイ』カレンダーを、見つめた。腰に毛皮を巻いて、ねそべっているヌードを、見ていたわけでは、もちろん、ない。

7

あくる日の昼ちかく、二長町の竜子の家へ、大友がやってきた。

「兄き、きてないかな」

「きてないわ。どうしたの。まあ、おあがりなさいよ」

「三栄町へいったら、いないんだ。どこへいったか、鶴巻女史も知らない。だから、ここじゃないか、と思ってね」

座敷には、ちゃぶ台が出ていた。数の子のうにあえや、くらげのわさび漬、いかの黒づくりなどが、小皿にそろえてあって、味噌汁の椀から、湯気があがっている。

「おみおつけのにおいを嗅ぐのは、ひさしぶりだな」

と、大友はいった。

「いまが、朝ごはん兼おひるなの。よかったら、いっしょに食べない。ごはんは少しつきゃないけど」

「まあ、遠慮しとこう。家庭の味に、中毒するといけねえ。それより、兄きはどこへいったんだろう。心あたりはないかな」

「めくらの殺し屋を、見はりにいったんじゃないの」

「地下道へいってみたんだがね。黒めがねの乞食はいたけど、兄きはいなかったぜ」

「用でもあって、どこかへいったんでしょう。あたしが的になるまでには、まだ三日もあるんだから、心配することないわ」

「そりゃあ、そうだけどさ」

玄関で、かすかな物音がした。

「兄きかな」

大友は、とびだしていった。

「戸があけば、ベルが鳴るはずよ」

「鳴らなかったね。戸はあいてる」

「おかしいわね」

竜子も、立っていった。戸はあいていて、大友のすがたもなかった。ベルは鋳物の風鈴みたいな小さいやつで、戸の上のほうに、ゼンマイでとりつけてある。玄関をあければ、ゼンマイがゆれて、鈴の音を立てるはずだった。

「お竜さん、こいつはぶっそうすぎるよ」

露地からもどってきて、大友がいった。

「あんたひとりだ、と思って、戸をあけたら、おれの靴があったんで、逃げたらしい。むこうの露地で、様子をうかがっていやがった」

「すぐ消えちまったから、よくはわからねえ。黒めがねをかけてた」

「どんなやつ」

「あの乞食？」

さすがに、竜子の顔からは、血の気がひいた。

「あれほど、ひどくないけどさ。バタ屋みたいな格好だった。あれが、あの乞食のようすがたなのかも、知れないな」

「でも、まだきょうは……」

「そんなことといって、安心しちゃいられないよ。とにかく、もっと戸じまりを厳重にしなくちゃあ。おれ、ひとっ走りいって、鍵を買ってくる」

「あたしも、いくわ」

「そのほうが、いいかも知れない」

三十分ばかりして、ふたりはもどってきた。

「これ、どうやってつけるの？」

「補助鍵か。こうするんだよ」

小さな金属の鍵を、大友は、玄関のかまちと、戸の上はしとの隙間に、はめこんだ。ねじをしめると、隙間にくいこんだふたつのくちばしが、徐々にひらいて、戸を動かなくするのだ。

「こいつは、どこにでもつけられる。台所の戸にも、襖にも、障子にも、つけておいたほうがいい。庭に木戸があったね。あすこには、ケーブル錠をつけとこう」

小さな巻尺みたいな錠前を持って、大友は庭へおりた。錠前のなかには、長さ九十cmの、飛行機につかう細いワイヤ・ケーブルが、巻きこんであるのだ。鍵をさしこむと、ケーブルのさきが、錠からはずれて、ひきだせるようになる。

大友は、庭木戸と柱に、ケーブルを巻きつけ、そのさきをもとどおり、錠前に押しこんで、鍵をぬいた。

「これで、大丈夫だ。この鍵はシリンダー式で、きざみがたくさんあるからね、鍵はきざみが複雑で、不規則なほどいいんだ」

「どうして、ふつうの鍵は、きざみがすくないのかしら」

「錠のなかの凸凹と、鍵の凸凹が一致して、ひらくわけだろう。両がわに鍵穴のあるやつだと、なかの凸凹は対照的でなければ、一本の鍵じゃあけられない。だが、エール錠みたいに、内がわからは鍵なしであいて、外からだけ、鍵がいるやつになると、いくらでも凸凹に変化がつけられる。簡単にいえば、そういうわけだ」

「でも、この鍵から、蠟や石鹼で型をとって、合鍵をつくられたら、だめでしょう」

「そりゃ、だめさ。銀行の貸金庫なんかにつかう錠前には、はじめに鍵が何種類もあってね。お客さんが、このみの鍵をえらんで、鍵穴にさしこむと、それで鍵がきまる、という複雑なのがある。つまり、錠前をつくった人間にも、どんな鍵をつかうか、わからなくなるってわけだ。そんなのだって、鍵の型をとられりゃ、おしまいさ。だいいち、鍵からでなくたって、型はとれる」

「どうやるの？」

「鍵をつくる生地を、マッチなんかでいぶして、鍵穴にさしこむのさ。煤にきざみめのあとがつく。そのとおり削れば、合鍵ができるわけだ。鍵穴のある錠前は、あけようと思えば、かならずあけられるもんだよ」

「専門だけに、くわしいわね。つまり、数字をあわせる錠前でなくちゃ、安心はできないわけ？」

「金庫やぶりの名人は、いくらでもいるよ。おれだって、簡単な組みあわせなら、あけられる。だから、大きな金庫用に、タイム・ロックってのが、できてるんだ」

「時計じかけで、時間がこなけりゃ、あかないのね」

「それだって、大がかりのギャングが、機械化部隊でとっくめば、あかないことはない。銀行の金庫ってのは、正面は厳重でも、どういうものか、うしろっかわは、やわなんだ。だから、かっぱみたいにお尻をねらえば、穴があくのさ」

「それじゃ、どうすればいいのよ」

「百の鍵より、用心ひとつっていうだろう。お竜さんも、気をつけてくれよ」

8

桔梗信治は、その晩、三栄町のアパートへかえらなかった。

その晩だけではない。あくる晩も、かえらなかった。日曜日まで、あと一日しかない。竜子もいくらか、心配しはじめたらしい。朝から、啓子の部屋へきていた。啓子は、心あたりをさがしにでかけた。

「いったい、どうしたんだろうな」

大友もやってきて、部屋のなかを、あるきまわっていた。

「なにかあったのかしら」

「なにもあるはずはない、と思うんだが」

「もっと変った殺し屋が、どこかにいて、そいつをやっつけに、いったんじゃないのかしら」

「まさか、お竜さんが的になってるってのに」

「だって、めくらの殺し屋が、おとうさんの弟子とはかぎらないでしょ。はっきり弟子とわかってるのが、ほかにいたら……」

「そんな兄きじゃないさ。それに、女史がさがしてきたんだから、弟子かどうか、しらべはついているんだよ。おれたちが聞いてないだけで」

「それなら、もしかすると、あの乞食、信治さんに気がついて……」

「妙なこと、考えるなよ、お竜さん。よし、こうしよう。おれがあんたの避難所を、どこかにこしらえる。今夜から、そこへ隠れるんだ。なにしろ、勝負はあしたなんだからね。すこし、待ってくれ」

大友は、電話をかけに、部屋から出ていった。しばらくすると、もどってきて、

「見つかったよ。世田谷の烏山のはずれで、ちょっと遠いが、がまんしてくれ。女の子がひとりで、すんでる部屋だ。ごみごみしたアパートだから、変なやつが入ってきても、大声あげりゃあ、たちまちひと山の黒だかりさ」

「啓子さんには、教えていくんでしょう？」

「兄きがかえってきたとき、話が通じないと困るだろう。でも、女同士のうらみってのは、はげしいからな。女史には教えずに、兄きの部屋のドアの隙間に、ところ書きを押しこんでいこうじゃないか」

「すぐ出かけるの？」

「夜になってからだ」

9

午後六時に、大友と竜子は、三栄町のアパートをでた。啓子から電話はあったが、まだもどってきてはいなかった。日はすっかり暮れきって、十五夜のまんまるな月が、のぼりはじめていた。

「むこうへつくまでは、なるたけ、人ごみにいたほうが、いいんじゃないかな。ああいうきたねえ黒めがねが、わりこんでくりゃ、まわりが騒ぐだろうから」

と、大友はいった。ふたりは、四谷駅まであるいた。大友は、なんどもふりかえって、あたりに気をつけた。だれもつけてくるものは、ないようだった。

大友は、とちゅうの店で、ナイフを買った。登山用の大きなやつで、皮の鞘に入っている。それをポケットのなかで、にぎりしめながら、国電にのった。

新宿へついたときには、柄が汗でべとべとになっていた。京王線にのりかえて、千歳烏山でおりる。メロンのような月は、もう高くのぼっていた。

駅前を離れると、その月のあかるさが、はっきりしてきた。街灯もまばらで、木立ちが目立ってくる。建てかけの家があるかと思うと、そのとなりから、畑がひろがっていた。

「まだ歩くの？」

と、竜子がいった。

「ああ、だいぶあるんだ」

「さっきから、だれかついてくるような気が、するんだけれど……」

「ほんとうかい」

大友は、ふりかえった。暗い道に、人影はない。

「気のせいだろう。もうじきのはずだから、落着いてくれ。ガス・タンクが見えれば、すぐだそうだ」

コンクリートの大きな建物が、片がわにあって、長い塀がつづいている。塀のところどころに、あかりがあって、そこだけは道が明るい。

乗用車が何台か、ふたりを追いこしていった。とつぜん、竜子がいった。

「あれじゃない、ガス・タンクって？」

長い塀がとぎれると、道の片がわが高くなっていた。そのむこうに、大きなまるいものが、照明をあびている。銀いろにかがやいて、地球をささえている伝説の巨人たちが、休暇のとき、ボーリングをしてあそぶ球みたいに見えた。

球型のガス・タンクだ。

「なんだか、気味がわるいな。たしかに、あれだよ。もう、すぐだぜ」

そのとき、フィッシュ・テイルの大型車が、ふたりを追いこしていった。道の片がわに立って、ふたりは車をさけた。

大友は、いまきたほうを、ふりかえった。竜子も、ふりかえった。とたんに、顔いろが変った。

長い塀の最初の電灯の下に、ひとりの男が、立っていたのだ。黒っぽい外套をきて、黒いめがねをかけている。

「畜生」

大友は、口走った。ポケットから、登山ナイフをひっぱりだしながら、

「このさきの角を曲って、しばらくいくと、二階建てのアパートがあるはずだ。そこへいってくれ」

「ビルさんは？」

「あの野郎を、くいとめるよ」

「だって、そんなあぶない……」

「早くいけよ。まごまごすりゃあ、あんたの命がなくなるんだぜ」

大友が、竜子をつきとばす。しかたなく、竜子は走った。片がわは林、片がわはガス・タンクだ。角を曲れば、家があるだろう。電話だって、あるだろう。

どこへでもいい。駈けこんで、警察へ連絡してもらうつもりだった。竜子は角を曲

った。道はゆるやかな、のぼりになっている。さっきの大型車がとまって、ひとがおりかけている。

前のめりに走ってくる竜子を見て、そのひとは、立ちどまった。

「どうかしたんですか？」

背の高い男だった。黒い外套に、黒い帽子をかぶって、小わきにステッキをはさんでいるのが、街灯の光で見えた。

左の目に、黒い眼帯をしている。

「ああ、あなたは――」

竜子は、息を切らしながら、いった。

「どこかで、お目にかかったことが、あるようですね」

微笑をふくんだ声で、男はいった。竜子はこのあいだの晩、クラブで見たステッキの手練を思いだした。

「助けてください」

「いったい、どうしたんです？」

男は、竜子の顔を見つめながら、右手をあげて、後頭部へまわした。黒い眼帯の紐を、といているのだ。

そのときだった。ものすごい勢いで、走ってきたものが、男のからだに武者ぶりついた。

「あっ」

と、眼帯の男はさけんだ。竜子はよろめいて、街灯によりかかった。

目の前で、ふたつのからだが、もつれあった。眼帯の男の背が、こっちをむいた。

その背には、大きなナイフがつきささっていた。大友の登山ナイフ。だが、それをにぎっているのは、大友ではなかった。黒めがねの男だった。ふたつのからだが、目の前で重なりあった。竜子は、気をうしなった。

10

「お竜さん、大丈夫か」

声をかけられて、目をひらくと、大友が心配そうな顔をしている。竜子は、からだを起した。

車のなかだった。啓子が運転している。そのとなりから、桔梗がふりかえった。

「あぶない目にあわせて、すまなかったね」

「黒めがねの男は？」

「ここにいるじゃないか」

「えっ」

「おれもびっくりしたよ」

と、大友がいった。

「なにしろ、やけくそでナイフをひっこぬいて、走ってったら、兄きだったんだから」

「このナイフは、おれがあずかっておくよ。こいつから、足がついたりしたら、たいへんだからな。どこかへ始末しなけりゃあ」

と、桔梗が鞘ごと、ナイフをふってみせた。竜子はようやく、思いあたった。

「それじゃあ、あの眼帯の男が――」

「めくら乞食の殺し屋だったんだ。まったくのにせめくらでも、ないんだよ」

「左の目が、義眼なんだとさ」

と、大友がいった。

「その義眼に、すごい仕掛けがしてあったよ。七十八回転のレコード針より、もっと短かくって、するどい針を、発射するんだ」

「クラーレがついてるんだってよ、その針に」

大友が、口をはさんだ。

「南米の土人が、毒矢につかったっていう毒ね」

と、啓子がいった。

「樹皮からしみだす汁なんだがね。血液のなかへ入ると、筋肉が動かなくなって、死んじまうんだ」

竜子は、からだをふるわせた。自分を見すえて、眼帯をときかけた男の手つきを、思いだしたのだ。

「上をむくと、ひとが死ぬ、というから、ぼくは考えた。上をむくってのは、顔をあげることだ。顔のなかで、ひと目にさらしてないのは、目だけだから、どっちかの目が義眼で、そこに仕掛けがしてある、とにらんだんだよ。だから、ビルの登山ナイフをつかんで、とびだしたとき、低い姿勢から、あたまを相手の顎にあてて、むしゃぶりついたんだ」

「あたし、声をあげなくて、よかったわ……邪魔は入らなかった？」

「大丈夫だ。鶴巻君が、車でかけつけてくれたから、すぐ逃げだせたしね」

「あたし、信治さんの部屋へいって、ところ書きを見たの。あたしには、ことわりなしに出かけるなんて、ひどいわ」

と、啓子がいった。

「ぼくに、書きおきしてく必要は、なかったんだ。ずっと、あとをつけてたんだから」

「いちばん、ひどいのは、けっきょく兄きだぜ。おれたち、決死の覚悟だったたんだからな」

「まあ、怒るなよ。さいしょ、めくら乞食を張ってたんだが、しっぽがつかめなくてね」

「あいつ、約束をやぶったわ」

と、啓子がいった。

大友が、聞いた。

「どうして？」

「だって、きょうはまだ、土曜日よ」

「クラブで、おれたちにあって、話を聞いたせいかも知れないな。それで、予定を一日、くりあげる気になったんだろうよ、きっと」

と、いいながら、大友は、走りさる甲州街道に、視線を移した。とたんに、その目が大きくなった。

「あの車だぜ。ほら、いつか東海道であった……」

「ほんとだわ」

啓子も、眉をひそめて、いった。いつぞやのカスタムカアが、啓子のトヨペットを、追いぬいていったのだ。不吉なテイルライトを、闇ににじませて、馬にあきた黙示録の騎士が、気まぐれにのりまわしてでもいるように、車はたちまち遠ざかっていった。

第十章　ぐっと古風に狐つかい

1

新宿二丁目の電車通りにある酒場、ニュー・フロイデのカウンターに、桔梗信治がすわっている。二月一日の午後十一時も、もう残りすくなくなっていた。ちょうど、二日になったとたんに、ドアがあいた。毛糸で編んだ外套で、ふくれあがった大友が、入ってきた。

「兄き、なにしてるんだ？」

桔梗の前には、グラスがふたつ、おいてあった。右のグラスには、生のウイスキイが、ダブルで入れてある。左のグラスは、氷を浮かした六分めの水だ。その上に、まあたらしい千円紙幣が一枚、のせてある。

「見てりゃあ、わかるさ」

桔梗は、紙幣をのせたまま、水のグラスをかたむけた。もうひとつのグラスもかたむけて、さっとひっくりかえすと、紙幣の上に、ウイスキイがのっかったかたちで、ふたつのグラスは、積みかさなった。

「こうやったまま、あいだのおさつを、ぬきとってみせるとおっしゃるんですよ」

と、チーフ・バーテンがいった。

「なるほどね。聖徳太子をスカウトすれば、ウイスキイが、下のグラスに落ちこんで——」

「ええ、水わりができるって寸法です」

「いうはやすいが、行うはかたいんじゃないのかね、兄き。行うと衝突して、グラスがわれても知らないぜ」

「まあ、見てろよ」

いったとたん、桔梗の指は無造作に、紙幣をひきぬいていた。ふたつのグラスは口をあわせたまま、動かなかった。

ウイスキイは、水に落ちこんで、飴いろの雲みたいに、ひろがりはじめている。大友がいった。

「なんだ、そんなことなら、おれにもできそうだな」

「やってみるか」

「道具立てを、してくれればね」

「それじゃ、小道具をそろえてくれ。役者はこっちから、新人を抜擢するから」

と、バーテンにいいながら、桔梗は、新しい千円紙幣をとりだした。目の前にグラスがならぶと、大友はいった。

「いいとも。ひっくりかえして、上にのっけるのだけ、兄き、やってくれねえかな」

「ひっくりかえして、上にのっけるのだけ、兄き、やってくれねえかな」

「そんなら、なおさら、簡単だ」

大友は指のさきを、おちょこにして、上のグラスの底をおさえると、右手で紙幣をひっぱった。

「わっ」

大友の声といっしょに、ふたつのグラスは、中身をカウンターにぶちまけて、床にくだける音を立てた。

「なんだ、このさつは？　ひっぱったら、にゅーっとのびたぜ。だから、うまくいかなかったんだ」

「服を汚さなかったか。ちょっと、いたずらしたんだ。その紙幣を、よく見てみろよ。だが、怒っちゃいけないぜ」

「ちぇっ、これじゃ、ひっぱりゃのびるはずだ」

薄いゴムに印刷した、千円紙幣だった。

「びっくりおもちゃですね？」

と、バーテンがいった。桔梗は笑って、

「じつは、さっきの芸当、わりあい簡単に、だれにでもできるんでね。それじゃ、ありがたみがないから、妨害工作をしたんだ」

「だったら、われたグラスの責任は、兄きにしょってもらうぜ。オン・ザ・ロックをおまけにつけて」

「からになった壜を、デッド・ソールジャーというから、われたグラスは、から薬莢かな。記念に、買いとるよ」

「ご心配には、およびません。その死んだ兵士ってのは、寿屋の広告で、お馴染みになりましたけど、むかしっからの言葉なんですかね？」

と、バーテンが聞いた。

「一九二〇年代の後半から、つかわれだしたらしいな。アメリカ政府が例の禁酒法で、ギャングの企業化を奨励しはじめたのが、一九一九年。撤廃が三三年だから、禁酒法時代末期の言葉だね。そのころ、雑誌の『ニューヨーカー』あたりがとりあげて、一般化したんだ。酒に関するアメリカのスラングは、この時代にできたものが多い。てのは、つまり、大っぴらに酒の話ができなかったせいだろうね」

「そういえば……あっ、そうだ！」

質が流れるのを思いだしたような声を、大友があげた。

2

「そういえば、どうしたっていうんだ？」

と、桔梗が聞いた。

「いや、なんの関係もないんだけどね。じつはおれ、ずっと兄きをさがしてたんだよ。夕方から、どこへいってたんだい」

「豊川稲荷だよ、赤坂の」

「どうして、そんなとこへ」

「きょうが——いや、もうきのうだな。初午《はつうま》だったからさ。赤坂の豊川さんは、粋なお得意が多いそうだから、狐火のイルミネーションでもつけて、派手にやってるんじゃないか、と思って、いってみたんだ」

「それどころじゃないんだよ、兄き」

大友は、毛糸で編んだ外套の胸をひらいて、上衣の内ポケットから、折った紙片をとりだした。それを、桔梗にわたしながら、

「とうとう、きやがった」

「税金の督促状は、きみのとこなんかへいくはずないな。召集令状か」

と、桔梗はいったが、ひろげないでも、この用紙には、見おぼえがある。人口調節審議会の用箋だ。

例のとおり、ローマ字綴りの手紙を、走り読みすると、桔梗は、泊り木からすべりおりた。

「帰ろう」

勘定をはらって、電車通りへでると、白ナンバーの車が一台、よってきた。狐みたいにとがった顔の運転手が、ふたりを見あげた。

「白タクかい」

と、大友が聞いた。

「まあ、そんなもんです」

「近いんだが、いいか」

と、桔梗がいうと、運転手はうなずいて、ドアをあけた。

「津《つ》の守《かみ》坂までだ」

「ああ、あの荒木町と三栄町のさかいの坂ですね、曙橋の下へくだる」

「そうだ。そうだ」

車は走りだした。

「近いからって、料金はよけい、いただいたりしませんから、ご心配なく」

と、運転手がいった。

「だいたい、タクシーの乗車拒否が、あんまりひどいから、義憤を感じて、白タクのまねごとをやってるんです。もう近いとこ、専門ですよ。十一時から、いまごろへかけて、ひどいですからね。そりゃあ、運ちゃんも気の毒にはちがいない。すしづめ道路で、稼ぎはすくなくなるいっぽうだから、客を選びたくなる気もちは、わかりますけどね。あたしゃいっぺん、銀座で、新宿までいってくれる車をさがすのに、じつに二十台、ことわられた。そこで——」

「一念発起して、白タクをはじめたわけか」

と、大友がいった。

「白までいかない、まあ、灰いろぐらいのとこですかね。毎晩やってるわけじゃないから。ええと、津の守坂は上ですか、下ですか」

「坂の上でいいんだ」

四谷の電車通りには、深夜営業の喫茶店や、酒場の看板が、白い街灯の光のなかで、とまどった狐火みたいに、またたいていた。

アパートへ帰ると、桔梗は、大友にいった。

「鶴巻女史がいたら、すぐきてもらってくれないか」

「もう寝てたら、どうします。ネグリジェのまま、呼んでくるか、それとも、服を着るまで待っててやるか」

「部屋のなかで待ってる気なら、どっちだっておんなじだよ」

桔梗は、部屋へ入ると、大友にわたされた手紙を、もう一度、読みかえした。あて名はもちろん大友で、文面はいままでのものよりは、あっさりしていた。

わが審議会の行動については、すでにご存じであり、かつ理解いただいていると思います。

このたび、わが審議会では、あなたを日本にとって、不必要な人物と認定いたしましたので、きたる二月四日までに、生存をやめていただきたく存じます。ちょうど二月四日は、立春にあたっておりますので、あなたがいなくなることによって、いっそう明るい春を、日本にむかえさせようでは、ありませんか。

人口調節審議会

「いままでのなかで、これが、いちばんユーモラスだな」

桔梗は、つぶやいた。

3

「鶴巻女史は、いませんよ」

大友が、部屋へもどってきた。

「きみは、あと三日しか、日本に生存できないらしいな」

「しょうがねえから、マイアミへ亡命しようか、と思ってますよ」

「やつら、いったい、どういう気なのかな」

「おれを殺したいほど、思いつめてる女は、ないはずなんだがね」

「女ばかりとは、かぎらないぜ」

「男は、なおさらだ。こんなところへ相談をもちこんで、金をつかってまで、おれを殺そうなんて、しゃれたやつは、いませんよ」

「やっぱり、ぼくたちに対する挑戦だな、これは」

「どうしましょう、兄き」

「いまのところは、相手のでかたを待つより、しようがない。この手紙は……？」

「夕方、速達でとどいたんだ」

そのとき、ドアがあいて、啓子の顔がのぞいた。

「信治さん、どこへいってたの？　ずいぶん、さがしたのよ」

「こっちも、ちょっと前から、きみをさがしてたんだ」

「たいへんなのよ。人口調節審議会から、あたしのところへ、手紙がきたの」

「そっちへもか」

と、大友が口走った。

「というと、ビルさんのとこへも？」

「手紙を見せてみたまえ」

と、桔梗がいった。

啓子はハンドバッグから、角封筒をとりだした。桔梗は、それをうけとって、

「消印は、中央郵便局だな。ビル、きみのは、どこの消印だったか、おぼえてないか」

「やっぱり、中央郵便局だった。おなじだよ」

文面も、おなじだった。あて名だけが、ちがっている。

「ひどいわね。あたしとビルさんを、いっしょにするなんて」

と、啓子がいった。

「そうすると、ぼくのところへもくるんじゃないかな。お竜さんのところは、どうだろう？」

と、桔梗がいった。

「おれ、ひと走り、二長町へいって呼んでこようか」

大友がいったとたん、ドアがあいた。佐原竜子が、入ってきた。

「きみも、夕方から、ぼくをさがしていたのかい」

と、桔梗がいった。

「夕方からじゃないけど、すこしさがしたわ。今夜、うちへ帰ったら……」

「速達が、きてたんだろう？」

「テレビで、中継してくれたのかしら」

「その速達は、人口調節審議会からだね」

「占いの本を、お書きなさいよ。きっとベスト・セラーになるわ」

「四日かい。いのちの〆切日は？」

「信治さんも、おんなじなの？」

啓子と大友は、顔を見あわせた。

「——となると、ぼくをのぞく三人が、いちどきに殺されるわけか」

「やっぱり、挑戦だな、こりゃあ」

と、大友がいった。桔梗は腕を組んで、

「三人いっしょじゃ、むこうも忙しいだろうが、こっちも忙しいな」

「あたし、とんだことをしちゃったわ」

と、啓子がいった。

「四日に死ぬとは思わずに、多額の定期預金でもしちゃったのかい」

と、大友がいった。

「そうじゃないの。殺し屋をひとり、見つけたのよ。月ぎめ契約をしてる手前、有望そうだと思ったから、いつもの通り、手はず、ととのえちゃった」

「というと、つまり、ぼくを殺すようにたのんじゃったのか」

桔梗が聞くと、啓子はうなずいた。

「どんな殺しかたをするやつだ？」

「それが、変なのよ。狐つかいだっていうの。狐をつかって、ひとをとりころすんですって」

「こないだは、ＥＳＰなんて、げてものがあらわれたが、こんどはまた、ぐっと古風だね、狐とは」

「とにかく直接、手はくださないで、相手を殺すことが、できるんですって」

「こないだの霊媒みたいに、助手がいるんじゃないのか」

と、桔梗はいった。

「あたしが、しらべたかぎりでは、仲間はいないわ」

「どこかのお稲荷さんの、神主でもしてるわけだね？」

「神主の殺し屋ってのは、おもしろいな」

と、大友が口をはさんだ。

「そうじゃ、ないわよ。じつは、彼女の世をしのぶ仮のすがたはね——」

「彼女っていうと、女か」

「男のことを、彼っていうでしょう？　彼女のおもてむきの商売は、ヌード・スタジオのモデルなの」

「きっと、露出症のけがあるんだぜ、その女は」

「そこまでは、しらべなかったわ」

「信治さん、あたしたち、べつべつに遠いところへ旅行したら、どうかしら」

と、竜子が口をだした。

「ぼくとしては、三人いっしょに、かたまっていてくれたほうが、ありがたいな」

「だいいち、旅行なんかしたら、敵にうしろを見せることになるぜ」

と、大友がいった。

「でも、信治さんがたいへんじゃない？　人口調節審議会と、狐つかいを、かけもちしたんじゃ」

「そんなことには、ならないよ。きみたちが狙われるのは、四日なんだ。お狐さまのほうを、それまでに片づければいいさ」

4

二日の夕方、桔梗は、啓子といっしょに、新宿二丁目の遊廓あとへ、すがたをあらわした。

酒場がならんだあいだに、ヌードと片かなで書いた看板が、いくつも見える。盛り場の事情に通じないひとは、なにをあきなう店か、と怪しむだろう。

「あそこよ。ちょうど、店の前に立ってるわ」

啓子が、ものかげから、ゆびさした。行灯《あんどん》がたの看板の下に、やせた女が立っている。客を呼んでいるのだ。

「そういや、狐の遠縁にあたりそうな顔してるな」

「どうするつもり？」

「とにかく、きょうとあしたしかないんだ。いっぺん客になって、様子を見てみるよ。カメラを持ってくるべきだったかな」

「だいじょうぶよ。そんなもの、持ってくるお客は、いないらしいわ」

「だって、モデルのいるスタジオということで、商売をしてるんだろう、こういう店は」

「そういうことには、ちがいないけど、お客は裸を見にくるだけよ。なにも持ってないお客には、名目上、スケッチ・ブックを貸すそうだけど、そんなものひろげたら、モデルに馬鹿にされるらしいわ」

「さすがはインフォメイション・センターの社員だね」

「きのう、しいれたばかりの知識よ」

「それじゃあ、きみの顔は、見られないほうがいいから、帰ってくれ」

「うまくやってね」

桔梗は、うなずいて、歩きだした。

店の前に近づくと、立っている女が、手まねきした。桔梗は立ちどまって、看板をあおいだ。

桔梗の顔は、いつもとちがっている。日やけした鼻の下に、ちょび髭をはやして、農業会の役員といった感じだ。

「これが、東京のヌード・スタジオか。あんたが裸になってくれるのかね」

「ええ。ほかにも、モデルはいますけど」

「いや、あんたがいい」

「どうぞ」

女は、店のなかへひっこんだ。土間がひろく、そこに机とストーヴがおいてあって、顔いろの悪い男が、タバコをふかしていた。壁にはヌード写真が、ところせましと貼ってある。

桔梗は、ぬいだ靴を手に持って、廊下へあがった。女はさきに立って、廊下の奥の襖をあけた。遊廓のころの建物を、そのままつかっているらしい間取りだ。

「あら、靴はぬいどいて、大丈夫ですよ」

女のことばには、西のほうのなまりがあった。

「いや、わしは、用心深いたちなんでね」

六畳の座敷で、三畳分、赤い絨毯が敷いてある。ライトがふたつ、あとはなんにもない部屋だ。壁には、モデル心得なるものが、貼りつけてあって、多額のチップをもらってはいけないとか、わいせつなポーズをとってはいけないとか、書きならべてあった。

5

いっぽうが窓になって、ピンクのカーテンがかかっている。桔梗は畳の上へ、あぐらをかいた。

「三十分六百円です」

女が、つくり笑いをしながら、いった。桔梗は、千円紙幣を、わたした。

「あまったのは、とってくれ」

棺桶代にも足りないだろうがね、といって、相手の態度を見ようか、とも考えたが、まだ早すぎる、と思いかえした。

「すいません。ちょっと待っててね」

女は部屋から、出ていった。桔梗は、立ちあがって、絨毯の上を足でさぐった。下には、なにもなかった。鴨居を手さぐりしたが、へんな紙くずが出てきただけだった。窓のカーテンも、しらべた。窓には、ありきたりのガラス障子が入っている。あやしいところは、なにもなかった。要するに、女はここで、本職の腕をふるうことは、ないらしかった。ほんとうに、狐をつかうなら、話はべつだが。

桔梗がもとの場所に、あぐらをかいたとたん、襖をあけて、女がもどってきた。

「はい、スケッチ・ブック」

女は、短かい鉛筆とスケッチ・ブックを、桔梗の膝もとにおいて、ライトのスイッチをつけた。

「それなら、裸になっても、寒くないだろうな」

と、桔梗がいった。

「でも、店の前に立ってるときが、つらいわ。ぬぐのに手間がかからないように、薄着してるから」

女は厚地のスウェーターを、すそからまくりあげた。下からすぐ、素肌とブラジァがあらわれた。スカートをぬいでも、べつだん狐はとびださない。

女の裸は、精神を統一して、眺めるだけの価値には、とぼしかった。

「ほんとは、ぬいじゃいけないことに、なってるんだけど、たくさん、いただいたから」

と、恩に着せながら、女はぜんぶぬぎすてて、赤い古絨毯の上に、横になった。隙だらけだった。目の光も、にぶかった。

ふつうなら、こういう無防備の状態になったとき、たとえ相手が、無害の人物だと思っても、からだのほうは本能的に、心得をしめすかまえになるはずだ。

桔梗は、首をひねった。この女、よほどの自信があるのだろうか。

「こんなポーズでいい？」

「そうだな」

桔梗は、生返事をした。

「きみは一日じゅう、ここにいるのかい」

「しごとのあいだわね。ときどき、出張があるけど。ねえ、こんど、出張につれてってくれない？」

「どこへいくんだい、出張って」

「どこでも。いっしょに、旅館へいくのよ。昼間のほうが、いいわ」

「ここは、何時から何時までだ？」

「まあ、三時ごろからね。夜は、十二時半までよ」

とすると、この女が本職の腕をふるうのは、夜中と午前ちゅうと、いうことになる。さもなければ、時間をおいて効果をあらわす殺人方法を、とるしかない。つまり、薬品だ。

たぶん、そうだろう、と桔梗は思った。薬品をつかって殺すのを、狐をつかう、といっているにちがいない。それならば、こうしていても、油断はできない。

「ポーズ、変えましょうか」

と、女はいって、ライトの光に薄く汗ばんだからだを、動かしかけた。と思うと、急に妙な声をあげた。からだがねじれるように、絨毯を打った。

「あの狐……」

いいかけて、女があえぐ。桔梗は、立ちあがった。目の前で、女は死にかけているのだった。どうしてだか、わからない。

「おい、しっかりしろ」

桔梗は、女の肩に、手をかけた。白いからだが、ぴくりと動いた。それっきり、もう動かなかった。

桔梗は、自分の立場を考えた。このまま、主人を呼んで、モデル女の死を報告することは、できない。だれかが、襖をたたいた。

「妙な声がしたけど、どうかしたのかい」

男の声だ。桔梗は、すばやく靴をはいた。

6

桔梗信治は、手をのばした。すりきれた赤い絨毯の上に、女は裸身をねじまげて、たおれている。

だらりと垂れた乳房は、動かない。その下に、手をあてた。心臓は、とまっている。完全に、死んでいるのだ。

「おい、どうしたんだ。返事をしろよ」

男の声が、襖の外でした。桔梗は、窓をひらいた。ガラス障子のそとは、隣家のモルタル壁だ。からだを横にして、ようやくひとが通れるくらいの、へだたりしかない。

「あけるぞ。いいな？」

男の声がしたときは、ガラス障子を、足のさきでしめて、桔梗のからだは、そとへ出ていた。

襖をあけて、入ってきたのは、土間でタバコをふかしていた男だ。たおれている女を見ると、顔いろを変えた。窓に近づいて、いせいよくガラス障子をあける。

「ここから、逃げやがったな」

庇あわいの暗がりを、すかして見たが、だれもいない。男は襖から、首をだして、だれかを呼んだ。モデルがひとり、入ってきた。たおれている同僚に気づくと、悲鳴をあげかけたが、あわてて両手で、口をおさえた。

「めんどうなことに、なりやがった。警察を呼ばなきゃならねえ。顔なじみの客は、すぐ帰してやれ」

と、男がいった。女は手で口をおおったまま、おそるおそる聞いた。

「どうしたの、これ、いったい」

「客に殺されたんだろうな。外傷はないようだから、心臓麻痺かなんかかも知れねえが、客は窓から逃げやがった」

「たいへんだわ。すぐ警察へ知らせなきゃ」

「ほかの子に、注意してやってから、電話をかけてくれ」

「先生は……?」

と、女が聞いた。

「パンティをはかしとかねえと、まずいだろう」

と、男は答えた。

左右の壁に、両手両足をふんばって、宙のりをしていた桔梗は、微笑しながら、上へのぼりだした。呼びかたというのも、いろいろあるものだ。ヌード・スタジオのマネージャーは、床屋の親方なみに、先生らしい。

「ちぇっ、うまくはかせられねえもんだな。まあ、いいや。客が無理にぬがせようとして、喧嘩になった、そんなとこに、見えるだろう」

と、先生のつぶやいているのが、桔梗のするどい耳に聞えた。二軒の家のあいだを、窓をよけながら、奴凧みたいに、手足をつっぱって、屋根までのぼる。ヌード・スタジオのうしろの家の屋根は、ふつうの瓦屋根だった。だが、つぎの通りに面したモルタル壁が、往来からみあげると、洋風建築に見えるように、屋根より高くなっている、屋根瓦の傾斜のはしが、三角形の暗がりをつくっていた。

桔梗は、棟をのりこえて、その暗がりにうずくまった。鼻の下のちょび髭をむしりとると、内ポケットから、豆電球のつく鏡と、指頭消毒器をとりだした。顔に塗ってある日焼けいろを、アルコールをしました綿で、洗いおとしていると、電車通りで、パトカアのサイレンが聞えた。

色変りで、両面つかえるようになっているレインコートを、裏返してきこんでから、桔梗は腰をあげた。そのとたん、さっとなにかが頭上をかすめた。

「なんだ。凧じゃないか」

小さな凧が、頭上に舞っているのだ。まっ黒に塗った六角凧で、尾はついてないが、めんくらいもせずに、泳いでいる。

まだ月の出には、間があった。ネオンのあかりだけの暗い空に、まっ黒な凧は、ぶきみに動いている。目を凝らすと、糸が一本、ぶらさがっているようだ。

「闇凧だな。おかしいぞ」

桔梗は油断なく、空を見あげた。暗い夜に、蠟燭を立てた行灯凧をあげて、連絡につかったり、火をつるしたまっ黒な凧をとばして、放火した、という忍者の話を、父から聞いたことがある。

「そんなに風もないのに、よくあがるもんだな。こりゃ、いけない。ぼくを狙っていやがる」

桔梗は、靴をぬいだ。右の敷皮の下から、二十cmばかりの薄い刃を、つまみだす。左の敷皮の下から、ひらべったい柄をとりだして、つなぎあわせると、手ごろなナイフになった。これが隠してあったので、靴を部屋まで、もちこんだのだ。

桔梗がナイフをにぎって、闇凧を見まもっていると、もうひとつ、やはり、まっ黒な鳥凧が、すうっと近づいてきた。

7

「ちょっと、おどろいたよ。その鳥凧に、するどい雁木がついてるんだ。闇凧がぼくの上にきた、と思うと、鳥凧がさっとななめに、宙を走った。とたんに、闇凧からさがっていた糸が切れた――」

「なにが、ふってきたの？」

と、佐原竜子が聞いた。

「これだよ」

桔梗信治は、指頭消毒器をひろげた。綿をすてたあとに、小さなカプセルがひとつ、ころがっている。

「なあに、これ？」

竜子が、手をのばした。

「あの世へ、観光旅行にいきたいんだったら、さわっても、口へ入れてもかまわないよ」

「まあ、そんなにこわいものなの」

竜子は、眉をしかめて、手をひっこめた。

「たぶん、農薬かなんかだろうな。よく見てごらん。このカプセルは、じつにやわだ。ふわふわしてる。あったまれば、じきにとけるだろう。とければ、なかの薬が皮膚から吸収されて、その皮膚を着ている人間は、つめたくなるって段どりだ」

桔梗は、朝刊をひきずりよせた。

「むかしの狐つかいは、管狐なんていって、細い管のなかに、神通力のある狐を飼っていたそうだがね。現代の狐は、カプセルのなかに、すんでるらしいな」

「これが、狐つかいの正体なの？」

「さいわい、ぼくが烏凧を怪しんだから、助かったようなものの、子どもの気まぐれだぐらいでね、のんきにかまえてたら、こいつが襟から背中におちこんでも、あんな屋根の上で、裸にはならなかったよ。ごみかなんかだと、たかをくって、いまごろは天国にいってたね。なにしろ、いくらか天国に近いところに、いたんだから」

「電車のなかや、ひとごみでやれば、効果あるわね。きみが悪くても、裸にはなれないから」

「すこし、あせりすぎたね、狐つかいの先生は。おかげで、こちらは手のうちを、拝見できたわけだ。この女は、狐つかいの本人じゃなかったんだよ」

桔梗は朝刊をひらいて、社会面をゆびさした。ヌード・スタジオの変死事件が、小さな記事になっている。

「このひとも、カプセルで殺された、というの？」

「そうだろうね。この女は、鶴巻君やぼくを、釣りよせる餌だったんだ。用がなくなったんで、口をふさがれるとこへ、ぼくがとびこんだ。あわてて、やつは爪をとばした、というストーリイにちがいない」

「でも、ヌード・モデルというくらいだから、裸だったんでしょう」

「裸で、ライトをあびたからね。カプセルも、とけるのが早かったろう」

「だって、どこへカプセルを……」

いいかけて、気づいたらしい。

「あら、いやだ」

と、竜子がいった。とたんに、玄関のベルが鳴った。

「きっと、ふたりよ」

竜子は、立っていった。もどってきたときには、大友がいっしょだった。

「啓子さんは、どうしたの？」

「あれ。きてるんじゃないのかい」

「べつべつに、きたのか」

と、桔梗が聞いた。

「ああ、三栄町へいったら、鶴巻女史の部屋のドアに、紙きれが貼ってあってね。二長町へきてくれ、自分はさきにいってるからと、書いてあったんだ。それで……」

「車はあったか」

「あるはず、ないじゃないか。女史が自分で、のっていったんだから」

「おかしいな」

「でも、まさか……」

竜子は、眉をくもらせた。

「きょうは、まだ三日じゃないか」

と、大友がいった。

「そうよ、あしたのはずだわ。あたしたち三人が、殺される日は」

竜子は、苦い薬みたいに、ことばを吐き出した。

「三人いっぺんじゃ、たいへんだから、ひとりひとり、片づける気なんだろう」

「それじゃ、約束がちがうぜ、兄き」

「ぼくに文句をいっても、しょうがないよ」

「そりゃ、そうだけどよ」

「ところで、ふたりとも、裸になってもらおうかな」

「まあ、なにをいいだすの、いきなり」

竜子は、目をまるくした。

「兄き、気はたしかかい」

「お竜さんから、ぬいでもらうから、大友、きみはとなり座敷へ、さがっててくれ。のぞくと、目がつぶれるぜ」

桔梗は、ポケットから、洋裁屋のつかうメジャーをだして、立ちあがった。

「さあ、お竜さん、皮まで剝ごうとはいわないよ。ぬいだ、ぬいだ」

8

「おうい、ぼくだよ。あけてくれ」

おもてで、桔梗の声が聞えた。大友は、とびあがって、襖をあけようとした。

「ビルさん、鍵をあけるの、わすれちゃだめよ。いつか、あんたが買ってきてくれた鍵じゃない」

竜子が、鴨居に手をのばして、錠をゆるめた。大友は、ころがるように玄関へ出て、鍵をあけた。

「感心、感心、ぼくのいいつけ通り、だれがきても、戸をあけなかったらしいな。このお客さんが、困ってたよ」

紙づつみをかかえて、桔梗は微笑した。そばに、みすぼらしい身なりの男が、立っている。

「どうも、旦那、ありがとうございました」

その男に、あたまをさげられて、大友はめんくらった。

「ほんとに、ご苦労さまでした。しかし、これは、これっきりのことですからね。お友だちなんかに、吹聴しないでくださいよ」

桔梗がいうと、男はなんどもなんども、おじぎをしながら、立ちさった。

「なんです、ありゃあ。おじぎコンクールのチャンピオンかい」

大友は、感心して、首をひねった。

「こういうものを、持ってきたのさ」

桔梗は、玄関へ入りながら、千円紙幣をひらひらさせた。ただし、半分にちぎれた紙幣だ。大友は、うけとって、つくづくながめた。

「いたずら書きがしてあるね。これを左記へとどければ、完全なものと取りかえてくれます、か。ここの番地と、お竜さんの名が、書いてあらあ」

「だから、ひろった男がここへきて、ぼくから、新しい千円紙幣を、もらっていったのさ」

「この字に、見おぼえがあるのかい」

「乱れているが、啓子女史の手だ」

「えっ」

大友はあわてて、裏がえしてみた。

「なんだ。数字が書いてあるだけだ」

「七桁だぜ。電話番号だよ」

「そうか。こういうことがある、と期待して、兄きは落着いていてたんだね」

「鶴巻女史は、だまって誘拐されるような女じゃない」

「それじゃ、すぐその番号がどこのだか、たしかめてみましょうよ」

あがり口に立っていた竜子が、口をだした。

「その前に、きみたちは、これを着てくれ」

桔梗は、式台の上へ、紙づつみをおいた。

「なあに、これ？」

「座敷へもどって、あけてみたまえ」

三人は、奥の六畳へもどった。紙づつみをひらいて、竜子がいった。

「まあ、肉じゅばんね。上下ひと組で、三着あるわ」

「一着は、ぼくの分さ。舞台衣裳屋を駈けずりまわって、ぴったりのをさがすのに、骨を折ったよ」

「それでさっき、おれたちを裸にして、寸法をとったのか。これが、おれの分らしいな」

大友が、一着をよりわけて、つまみあげた。

「これが、あたしのね。あら、いやだ。刺青《いれずみ》がかいてある。狐忠信だわ」

と、竜子がいった。

「がまんしてくれ。そんなのしか、なかったんだ」

「似あうぜ、お竜さん。ずっと着てたら、どうだい。忠信なんとかって、有名な泥坊がいたじゃないか。その二代目を、名のんなよ」

と、大友がいった。

「忠信利平でしょ。あれ、男じゃないの」

「ぼくたちは、ここで着るから、お竜さん、四畳半へいってくれ。すぐ出かけなきゃならないんだよ」

「そうだ。冗談いってるひまはねえや」

大友は、立ちあがって、ジャンパーをぬぎすてた。

「すこし窮屈でも、がまんするんだぜ」

桔梗も、上衣をぬぎすてた。

「でも、こんな金紗縮緬《きんしゃちりめん》一枚で、効果はあるの?」

襖のむこうで、竜子がいった。

「効果って、なんの効果だい」

と、大友がいった。

「わからないで、着てるのか。桔梗は笑って、こいつは、首も、手首も、足首も、きっちりつまってる。だから、襟へ殺人カプセルを入れられても、皮膚にはつかないわけだ。すくなくとも、時間はかせげるはずだよ」

ふたりが、もとどおり上衣をつけおわると、襖があいて、竜子も出てきた。スラックスにラメ入りのスウェーター、ハーフコートという軽装で、皮手袋をはめている。

「これなら、スウェーターをまくるだけで、カプセルをとりだせるでしょ。素手じゃ危険だから、手袋もちゃんと用意したわ」

「けっこうだ。出かけよう」

桔梗は、おもてに出ると、まず、公衆電話のボックスに入った。

「さっきの男は、これを駒込千駄木町にある小さな病院の、裏の通りでひろった、といってたがね」

桔梗は、ダイアルをまわした。むこうの受話器がはずれて、女の声がした。

「松岡医院でございます」

「もしもし、長島さんじゃないんですか」

「ちがいます」

無愛想に、電話は切れた。桔梗はすぐに、そなえつけの電話帳をしらべた。

「ここだよ。駒込千駄木町だ」

三人は夕暮の昭和通りへ出て、タクシイをひろった。

9

「あの部屋だ」

松岡医院の裏通りにつくと、桔梗は、二階の窓をゆびさした。中央の窓ガラスが一枚われている。

「なんとか、のぞけないかしら」

「畜生、やってみるか」

大友は、あたりを見まわす。ひと通りはなかった。手につばをつけると、かたわらの電柱に、とびかかった。鉄の横木に足をかけて、見る見るうちに、上までのぼると、からだをななめにした。

「だいじょうぶかしら、ビルさん」

竜子が、心配そうにいったときには、もう大友はおりかけていた。とちゅうから、

思いきりよく、とびおりると、

「おかしいぜ。なかにはベッドがあるきりだ」

大友は、首をかしげた。

「しかし、あかりがついているのは、おかしいな。よし、正面からあたってみよう」

桔梗は急いで、玄関へまわった。ドアをあけると、すぐ右がわに、受付の窓がある。

「ごめんください」

「なんですか」

小窓があいて、乾いた女の声がした。

「つかぬことをうかがいますが、裏通りに面した二階の中央の病室に入院してるのは、若い女のひとじゃあ、ありませんか」

桔梗が、聞いているあいだに、竜子はすばやく、左手の階段をのぼっていった。

「六号室の患者さんなら、もう退院しましたよ。それに、男のかたです」

「男――そんなはずはないんだがなあ。ねえ、隠さないで、教えてくださいよ」

「隠してるわけじゃありません。なんなのですか、あなたがたは？」

「週刊誌のものなんですよ。その病室へ、きょう女の見舞客が、きてたでしょう？　それぐらい、教えてくれても、いいじゃないですか。ほんとに、患者は男なんですか。岡田富士子じゃないんですか、女優の」

「男ですよ。からだの大きな男のかたです」

「いつ、退院したんです、いつ？」

「たったいまです。車が大通りへ、出たぐらいですよ。まだ」

「おかしいなあ。じゃあ、ちがうのかなあ。すみません。じつは、大きな声じゃいえないんですがね。岡田富士子が自殺未遂で、どこかこのへんへ入院したって、ネタをつかんだんですよ」

竜子がおりてきたのを見て、桔梗は、受付の無愛想女史に、あたまをさげた。

「どうもお邪魔さま。いまの話、内緒にしといてくださいよ」

三人は、おもてへとびだした。

「あの病室に、これが落ちてたわ」

竜子がさしだしたのは、ナイロンのストッキングだった。それも、片っぽだけ。

「啓子さんのよ、きっと」

「どうやら、ぼくらは看視されてたらしいな。ここへくると思って、やつら、先まわりしたんだ」

「兄き、またあの車だ」

大友が、前方をゆびさした。例のカスタムカアだ。大通りへ出ようとしている。

「あれだぞ、きっと」

桔梗は、走りだした。もちろん、追いつけるはずはない。だが、大通りへでなければ、タクシイはひろえないのだ。

ひろい通りへ出て、左右を見まわしたが、空車の赤い灯は近づいてこない。カスタムカアはバスに前をふさがれて、まだそのすがたは見える。大友は足ぶみして、くやしがった。三人の前に、車がとまった。

「どこまでです」

「いってくれるか。前のカーテンをしめた車だ。追ってくれ。警察じゃない。トップ屋なんだ。チップははずむ」

桔梗は、白タクのドアをあけた。

「どうも見たような顔だ、と思ったら、こないだの運ちゃんだね」

と、助手席にすわった大友がいった。

「ほら、おとといの晩だよ、兄き」

「ああ、乗車拒否反対運動のひとか。前の車を、見うしなわないでくれよ」

「大丈夫ですよ。そうですかね、前におのせしましたか。トップ屋さんも、たいへんですな。なんです、あの車？」

狐みたいな顔の運転手は、顎をしゃくった。カスタムカアは、道灌山下から、三河島へぬけて、町屋の通りを走っている。

「暗黒街のボスかなんかで、そのうち、こっちへハジキの弾をくれたりするんじゃ、いやですぜ」

「ある女優だよ。内緒で結婚して、新婚旅行に出かけるらしいんだ」

やがて車は、尾竹橋をわたり、荒川の土手にのぼって、まあたらしい西新井橋をわたると、土手下のひどい凸凹道へ、右折した。二台の車のあいだは、見とおしだ。

「ここいくと、千住新橋のたもとへ、出るんですよ。あれが、そうです。左へ曲った。新婚旅行っていいましたね。こりゃ、日光へいくんじゃねえかな」

「どこまででも、追ってくれ」

「そりゃ、いいようなもんですがね。あたしゃ、ひとりものだから」

「金なら心配するな」

桔梗は、バックミラーに、紙幣束をうつした。しかし、カスタムカアは日光街道へ入って、しばらくすると、右に折れた。

桔梗は、靴の底から、ナイフをだした。まわりは松林だ。出はずれると、新築らしい工場があって、その反対がわに、倉庫がならんでいる。その前で、カスタムカアはとまった。

「ここでいい。とめてくれ」

こちらはまだ、松林のなかだ。

「へんなとこへ、とまったもんだな。待ってましょうか、ここらで?」

と、運転手がいった。

「いや、帰ってくれ。いくらだ?」

「ほんとにいいんですか。じゃあ、特別任務だったんですから、千五百円、はずんでください」

三人は、車をおりた。とたんに、前方のカスタムカアが走りだす。白タクも、うしろむきに走りだした。桔梗は、ナイフをふって、さけんだ。

「しまった。ひっかかったぞ」

「やられたわ」

竜子が、さけびながら、ハーフコートを、ぬぎすてた。つづいて、スウェーターをまくりあげた。

「兄き、背中に」

大友も、ジャンパーをぬぎながら、大声をあげた。

「あいつが、狐つかいか」

桔梗の足が、地を蹴った。ヘッドライトめがけて、走りだした。白タクはうしろむきだから、スピードは出ていない。桔梗は、どうやら、追いついた。と思った瞬間、車のドアが、すごい勢いで、ひらいた。桔梗は、はねとばされた。ドアでもろに、胸をつきとばされたのだから、たまらない。松の木のあいだに、どっと倒れた。

「畜生め、このきつね野郎」

背中のカプセルを、ふりおとした大友は、ヘッドライトに、とびかかっていった。そのとき、白タクがとつぜん、がくんととまった。あけっぱなしのドアが、大きくゆれた。運転手が、ころげだした。大友は、走りよった。運転手の左耳の下に、桔梗のナイフが、深ぶかと突きささっていた。狐のような顔がゆがんで、口をひらいた。だが、声は出てこない。

「信治さん」

竜子は、さけんだ。松の木に片手をつきながら、片手で胸をおさえて、桔梗が立ちあがるのを、目にしたからだ。竜子は、走りよって、桔梗の上衣を、かいがいしく、ぬがしはじめた。背中のカプセルを、はらいおとすためだ。竜子自身は、スウェーターまでも、ぬぎすてていた。金紗縮緬の肉じゅばんの背に、ヘッドライトの光が、あたっている。紅ぼかしの桜の下で、初音のつづみを斜にかまえた、刺青そのままの狐忠信。うしろには静御前が、妖しく、そして華やかに、浮かびあがって、

「この車で、退却だ。兄きを早く、のせてくれ」

と、運転手の死体を、ひきずりながら、声をあげた大友も、一瞬、見とれたくらい、その竜子のすがたは、なまめかしかった。

第十一章　犯罪博物館へどうぞ

1

親に意見をされてる亀の子みたいに、大友が、あたまをたれて、下谷二長町の竜子の家へ、入ってきた。桔梗信治は、西日があたたかい奥の六畳間で、肌ぬぎになって、敷蒲団に起きなおっていた。湿布のとりかえをおわって、佐原竜子に、胸いっぱいの包帯を、巻いてもらっているところだ。

「兄き、あいかわらずさ。身もと不明の死体は、赤ん坊のもないよ。行きだおれの犬にまで、ちゃんと引きとり手が、あらわれてやがるんだ。まったく、いやになっちゃう」

と、大友がいった。

「ということは、まだ生きてる可能性が、あるってことだ。がっかりしてちゃあ、話が逆だぜ」

ばんざいをしたまま、桔梗はいった。その胸に、ていねいに包帯を巻きつけながら、竜子は、ため息をついた。

「もう一週間以上になるんですもの。心配だわ。三栄町のアパートにもいってみたんでしょ、ビルさん？」

「いずこもおなじ秋の夕ぐれさ。きのうと同様、電話一本かかってきてなかった。ただね。兄きのところへ、小包がきてたぜ。管理人から、ことづかってきた。これだよ」

大友は、毛糸編みの外套の、大きなポケットから、ひらべったい包みをとりだした。四角い函で、茶っぽい厚手の紙につつんである。あて名は白い紙に、カナ文字タイプで打って、貼りつけてあった。

「消印は、中央郵便局か。妙な小包だ」

「どうして？」

うしろから、寝巻をきせかけながら、竜子が聞く。

「包装材料が、妙なのさ。これ、防水紙だぜ。いわゆる、タール・ペイパーなるものだ。あて名をタイプしてあるのは、うらに糊のついた小包用の、ガム・ペイパーってやつだよ。どっちも、そこいらの紙屋へいったって、売ってやしない。外人商社からきたものならば、不思議はないがね。そうだとすると、会社名の印刷してないのが、おかしくなってくる」

「密輪の時計みたいに、こっちで組立てたんじゃないのかな。ほかに、にらんだだけでわかったこと、ないかい、兄き？」

「この包装をしたのは、年は三十歳以上。爪を噛むくせがあって、左の手の甲に火傷のあとがある。糊のきいたワイシャツをきて、縁なしめがねをかけた男じゃないかな」

桔梗は、小包をひらきながら、いった。

「すごいね、兄き。シャーロック・ホームズがローラースケートで逃げだすぜ。どうして、それがわかるんだ？」

「八ミリの映写機を、どこかで借りてきてくれたら、教えてやるよ」

四角い函のなかから出てきたのは、現像ずみの八ミリ・フィルムだった。

「映写機はおろか、どうしても、というんなら、ライオンだって、借りてきますがね。いったい、どういうしゃれだろう、そのフィルム」

「手紙もなにも、入ってないわね」

と、竜子がいった。桔梗は、フィルムをほどいて、あかりに透かしてみながら、眉をひそめた。

「ロードショウをやるほどの映画じゃなさそうだが、とにかく、大急ぎで、映写機をたのむよ」

2

三時間ほどで、大友は、風呂敷づつみをかかえて、戻ってきた。八時ちょっと前だった。

「兄き、借りてきたぜ。だから、推理のたねあかし、してくれよ」

風呂敷づつみをひらきながら、大友はいった。

「ああ、あれか。じゃないかな、といったろう、ぼくは」

「その断定しないところが、奥床しいや」

「断定できないわけがあるんだ。あてずっぽだからさ。つまり、でたらめだよ」

「あきれたね。張りきって、スクリーンまで借りてきてやるんじゃあ、なかったかな」

それでも大友は、手まめに動いて、準備をした。

「はじめていいかい、兄き」

「たのむよ」

桔梗は、蒲団に起きなおった。竜子が電灯をけすと、壁に吊したスクリーンに、タイトルが読めた。

「人口調節審議会PR映画部製作——か。畜生、やつらだな、またしても」

と、大友がいった。

「よけいなやつは、どんどん減らそう。へんな題ね」

と、竜子がいったとたん、タイトルは変って、これは人口調節審議会の活動の一端です、と小さな文字がならんだ。それが消えると、竜子が、あっ、とさけんだ。スクリーンのまんなかに、まるい光があたって、人間の顔を、浮かびあがらせたからだ。

それは、鶴巻啓子の顔だった。だが、ひどく汚れている。頰の黒いのは、血と埃に、まみれているらしい。目のまわりには隈ができて、その黒ずみようが、カラーでないだけに、いっそう凄惨だった。啓子は目をとじて、うなだれていた。

まるい光がひろがるにつれて、首に縄のあとのあるのが見える。裂けたスリップの胸にも、なまなましい傷が見えた。啓子はスリップ一枚で、床に膝をついて、たおれそうになっていた。

たおれきらないのは、天井からさがった二本のくさりに、両手をくくりつけられているからだった。カメラがふたたび、啓子の顔に近づくと、画面外から、手袋と黒い袖がのびた。小さな壜を、啓子の鼻にさしつける。

啓子は眉をしかめて、顔をふった。苦しそうに、目をひらいた。その目に、恐怖がひろがった。黒い手が、啓子の右手を、くさりから外した。カメラが後退すると、いつの間にか、前に黒いテーブルのおいてあるのが、うつった。

その上には、オールド・ファッション・グラスがおいてあった。グラスの下に、電球がしこんであるのか、半分ほど入っている液体が、ぶきみに光っている。カメラは上からのぞきこんで、ぼうっと光るグラスを大写しにした。液体がゆれると、その上に横書きのタイトルが、揺れながらあらわれた。

わが審議会は暴力をきらいます
楽に死ねる薬をのむよう勧告をくりかえすのです

タイトルはまた、小波のようにゆれて、消えた。

「ちぇっ、いやに手のこんだ無声映画だな」

と、大友がいった。竜子は、喉につかえたような声で、低くいった。

「ひどいわ」

スクリーンの啓子が、テーブルの上のグラスを、右手ではらいのけた。グラスは砕けて、床にころがる。大きな破片に、啓子の顔が歪んでうつった。

啓子は、ふらふら立ちあがった。それが、グラスの破片に、奇妙にうつる。天井の滑車が、大写しになる。くさりが動いている。啓子のからだは、左手を高くあげて、あやつり人形のように立ちあがる。カメラの見あげる天井は、高い。啓子のからだは、ゆれながら、吊りあげられていく。とつぜん、からだが半回転して、啓子の口がひらいた。悲鳴が聞えるような気がした。

それまで啓子の腹によりそって、天井を見あげていたカメラが、さっとさがって両足をとらえた。はだしの足首は、左右とも皮ひもで、床の鉄輪にくくりつけられている。

くさりがしぼられて、啓子のからだがのたうつのを、カメラはさがって、じっと見あげた。くさりが、ゆるんだ。啓子はまた、両膝をついた。

われわれはなんどでも勧告をくりかえします

タイトルが画面を走って、すぐに消えると、啓子の前に、テーブルとグラスがあった。

「もうやめて！」

竜子が、桔梗の手をつかんだ。しなやかな手が、ふるえていた。

「つらいだろうが、最後まで見るんだ。どうなるか、わからないからね」

と、桔梗はいった。

画面の啓子は、グラスをはらいのけて、失心した。

そこで画面が変って、ななめの台の上に、横たえられた啓子がうつった。前のシーンよりも、もっとスリップは裂けて、ブラジァなしの乳房と黒いパンティが、あらわに見えた。両手は台のはしに、しばりつけられている。両足もひらいて、台のはしにしばりつけられていた。啓子のからだは、ふるえている。目は恐怖に見ひらかれ、顔はゆがんで、正視にたえないほどだった。カメラは横からのロングで、恐怖の正体をとらえた。

大きな円形の廻転のこぎりが、足のほうから、じりじり近づいているのだった。台がななめになっているので、啓子には、足のあいだに近づいてくるのこぎりが、はっきりと見えるのだ。

啓子はもがいた。なんども、なんども、悲鳴をあげる。カメラはそれを、上から見おろしたり、のこぎりのうしろから、見まもったりした。

「畜生！」

大友がうめいて、ひたいの汗をぬぐった。

啓子がもがくと、しばられた手足から、血が噴きだした。のこぎりは、すさまじい速度で廻転しながら、近づいてくる。足のあいだへ、入ってきた。啓子は顔をそむけて、台の上へずりあがった。

ふいに、のこぎりの廻転がとまった。黒い手が、啓子の右手を自由にした。のこぎりは、後退した。そのかわり、グラスをのせた台が、胸のところにきていた。啓子の目は、ぼんやりとグラスを見つめた。右手が、グラスをもちあげる。グラスはかすかにふるえながら、くちびるに近づいた。啓子の顔は、すでに死んだもののようだった。

こうして　わが人口調節審議会は　狭い国土を住みよくするために　たえまざる努力をつづけています　全国民のために　身をひきたい奇特な方がいらっしゃいましたら　当会へおいでください　苦痛はすこしもありません　当会は最後まで　責任をもちます　たとえば　さっきの女性をご覧ください

タイトルが消えると、棺桶に入った啓子が、画面いっぱいに、うつった。棺桶は蓋されて、するすると炉のなかにすべりこんだ。鉄の扉がしまった。

「畜生、灰になっちまったんじゃ、見つからねえはずだ。えい、くそっ」

と、大友がうなった。

鉄扉がひらいた。骨がひろわれ、粉砕機にかけられた。それを、ポリエチレンの袋に入れる黒い手。場面は変って、ヘリコプターから見おろした東京になった。黒い手が、その灰をまきちらす。

これも死の灰にはちがいありませんが
日本人を幸福にする
愛される死の灰といえましょう

タイトルが消えると、映画はおわった。

大友は、舌うちして、電灯をつけながら、

「なんだって、こんなフィルム、送ってきやがったんだ」

「気の毒だわ、啓子さん」

竜子は、まっ青だった。

桔梗は、腕を組んで、考えこんでいた。

3

あくる日の午後、桔梗は、とつぜん立ちあがって、服をきはじめた。

「そんなからだで、どこへいくつもり？」

と、竜子がとめたが、桔梗は笑って、

「あんまり寝てると、関節がさびついちゃうよ。それに鶴巻君がいなくなったんで、自分でさがしてあるかなけりゃあ。まだおやじの弟子は、ふたりいるはずだからね」

「殺し屋なら、あたしがどこかへいって、変ったのをさがしてくるわ」

「もうよしたほうがいい。ぼくの近くにいると、鶴巻君みたいに、灰にされて、ふりまかれちゃうぞ」

「これっきり、帰ってこないつもりじゃあ、ないでしょうね？」

「ここは、ぼくの家じゃないからな」

「いじわる」

竜子は、短かくいうと、舌に針をさされたように、口をつぐんで、桔梗を見つめた。

桔梗は黙って、外へでた。向柳原の通りで、タクシイをひろって、京橋までいった。裏通りの小さな貸ビルの三階に、トオキョオ・インフォメイション・センターがあるはずだった。

三階のまんなかの部屋、ということだったが、ドアには、なにも書いてなかった。

札もさがっていない。

桔梗は、ドアをおした。なかはひと部屋きりの、いかにも、貸事務所らしい殺風景なところだった。しかも、机もなく、椅子ひとつおいてない。ただ壁と天井と床が、しらじらとしているだけの部屋のなかに、男がひとり立っていた。窓のほうをむいて、タバコを吸っている。肩幅のひろい、背の高い男だった。

「ちょっと、うかがいますが、トオキョオ・インフォメイション・センターは、ここじゃありませんか」

と、桔梗は聞いた。男はゆっくり、ふりかえった。上野の駅へついてすぐ、公園の石段をあがって、ふりあおいだ西郷隆盛の銅像を、桔梗は思いだした。外国製の西郷さん、といった感じの大男だ。

「ここです。ここでした、というべきですかな。きのう解散して、ついさっき机や椅子を、はこびだしたところなんです。どんなご用でしょう？」

男は、幅のある声で、静かにいった。

「ぼく、桔梗信治というものですが」

「ああ、桔梗さんですか。長いあいだ、お世話になりました。わたくし、所長の溝呂《みぞろ》木省吾《ぎしょうご》です」

「どうして、解散なすったんですか」

「じつはこの仕事は、わたくしの片手間、といっては、お客さまに申訳ないが、まあ、道楽半分にはじめたものでしてね。いずれ、立ちゆかなくなるだろう、と覚悟はしてたんですが——ざっくばらんな話、所員も鶴巻君ひとり。お客さまもあなたひとり、という状態で」

「ほんとですか」

「いえ、特別契約をしていただいたので、客はあなたおひとりでも、充分やっていけるんですが、鶴巻君に辞表をだされたのでは……」

「辞表を……いつです、それは？」

「三日、いや、四日前でしたかな。郵便で送ってきたので、慰留することも、できませんでしたよ。やむなく、当事務所、解散というわけです」

「辞表を、郵送してきたんですか。ちっとも、知らなかった」

「ご存じない？　ほんとうですか」

「ほんとうですとも」

「じつはわたくし、ひがんでおったんですがね。いえ、あなたと鶴巻君のあいだに、直接取引が成立したんじゃないか、と思って」

「そんなこと、ありませんよ」

「鶴巻君のアパートへも、いってみたんですが、不在でした。なんど電話しても、いないんです」

「どこへいったか、心あたりはないんですか。じつはぼくも、心配になって、ここへきてみたんです」

桔梗は、溝呂木省吾の顔を見つめた。溝呂木は太い眉を、ぴくりと動かして、

「あなたもご存じないとすると、こりゃあ、恋人でもできて、海外旅行にでも出かけたのかな？　こっそり飛んで、ハワイへいこう、というやつで」

と、微笑も浮かべずにいった。

4

「こうして、せっかく、お近づきになれたんですから、すこし、おつきあいねがえませんか」

ビルの玄関で、溝呂木がいった。

「それとも、急ぎのご用でも？」

「いえ、用はありません」

桔梗は、タバコをくわえながら、いった。その顔の前に、溝呂木の手がのびた。太い指のあいだで、吸いかけの葉巻が、青い炎をあげていた。よく見ると、タバコいろ

の皮で、葉巻のかたちにつくったライターだった。

桔梗が、タバコに火をつけると、青い炎は、ひとりでにひっこんで、消えた。

「変ったライターですね」

「いやあ、おとなのおもちゃですよ」

溝呂木は、チョッキのポケットに、ライターをしまって、

「よろしかったら、どうぞ。この横に車があります」

「おともしましょう」

ビルの横に、五台ばかり、自動車がならんでいた。そのなかに、前びらきのBM《ベーエム》W《ヴェー》イセッタがあった。

「これですよ。わたくしといっしょじゃ、窮屈でしょうが、がまんしてください」

「これもまた、変ってますね。ドイツの車ですな」

この男、自分の巨軀を強調するために、小さなものばかり、選んでいるのではないか、と桔梗は思った。

BMWが走りだすと、溝呂木はいった。

「いっそ、わたくしの家へおいでになりませんか。あなたのご参考になるかも知れない。武器の蒐集が、わたくしの趣味でしてね」

「それは、ぜひ拝見したいですな」

車は昭和通りへ出て、築地から新橋へすすみ、やがて、高輪の屋敷町へ入った。

「ここですよ」

溝呂木は、大きな鉄の門に車をむけて、ヘッドライトをつけたり、消したりした。すると、透し彫りの大きな鉄扉が、かすかな唸りをあげて、ひとりでにひらいた。BMWは、車寄せに入っていった。

「電気がなんでも、やってくれるようになると、どうも、人間、無精になって困りますな」

溝呂木は、笑いながら、車の前をひらいた。大きなからだを、すくませながら、おりる。玄関のドアの前には、若い男がむかえに出ていた。

「車をたのむよ」

と、溝呂木は、若い男にいって、ドアをあけると、桔梗をふりかえった。

「どうぞ」

厚い絨緞を敷きつめたホールで、正面に階段がある。その階段の下に、緋おどしの鎧が、かざってあった。白い髭を逆立てた両頰のうしろから、とつぜん、声がした。

「お帰りなさいまし、旦那さま。よくおいでくださいました、お客さま」

「おもしろいですな」

桔梗は、ふりかえって、いった。溝呂木は、ドアのわきのボタンから、手を離しな

がら、

「ここに、スイッチがあるんです。いつもは、召使いが、押すことになってるんですが」

「押しかたによって、いうことが変るわけですか」

「そうです。そうです。どうぞ、こちらへ」

溝呂木は、左がわの小さなドアをあけた。そこは、部屋ではなかった。地下室へおりる階段だった。

「お忙しいことでしょうから、すぐ博物館のほうへ、ご案内しましょう」

「博物館が、あるんですか」

「いやなに、大げさにそういってるだけで、ほんのささやかなコレクションですよ。犯罪博物館、といっているんですがね」

溝呂木は、得意げに笑った。

5

地下室のドアをあけて、溝呂木は、さきに入った。螢光灯がついて、小さな部屋が明るくなった。たしかに、博物館といった感じで、ガラス・ケースがならんでいる。

桔梗は、ケースのなかを、のぞきこんだ。最初のケースには、手榴弾と計算尺が入っていた。手榴弾には釣針がいくつも、むすびつけてあった。

「なんですか、これは？」

「暗殺用の凶器としては、幼稚なものですよ。その計算尺は、なかに薄刃のナイフがしこんである。それだけのものです」

「こっちは、手榴弾でしょう？」

「そうです。これは案外、よくつかわれて、しかも、効果をあげてるんですよ」

「釣針が、くっついてますね」

「そこがミソです。殺したい人物とすれちがいざまに、ピンをぬいて、爆発するようにしてから、相手のポケットにつっこむんですね。これだけのものが、ずしりと入るんですから、すぐ気はつきますよ。あわてて、ポケットへ手をつっこむ。だが、とりだそうとしても……」

「釣針が、ポケットの裏地にひっかかって、とれない、というわけですね」

「そうです。手にささる場合もある。あわててる間に、ドカンです。あなたなら、まごまごしては、いないでしょうがね」

「上衣をぬいで、ほうり投げますよ」

「そういう心得のあるひとには、この方法はききませんな。つぎをご覧なさい」

溝呂木は、となりのガラス・ケースをゆびさした。そのなかには、一本の洋傘と、ひと組のトランプが、おさめてあった。

桔梗は、それを、じっと見つめた。

「見おぼえ、ありませんか」

と、溝呂木が聞いた。

「ありますね」

「あなたが倒した、最初のふたりの凶器です。手に入れるのに、苦労しましたよ」

溝呂木は、からだをゆすぶって、得意げに笑った。

桔梗は、となりのケースをのぞいた。そこには、銀製のマッチ・ケースと、赤い松葉杖が入っている。

「ぼくには、お馴染みのものばかりですな。もっと変ったやつは、ありませんか」

「きょう、手に入れたばかりのやつを、ご覧に入れましょうか。これは殺し屋のニューフェイスが、つかったものです。なかなか、腕の立つ殺し屋でしてね。わたくしも、ひそかに敬意をはらっている」

溝呂木は、片手をあげた。その手には、一本のナイフが、つままれていた。

それは桔梗が、狐つかいの運転手を、たおしたときのナイフだった。

「光栄ですな。ぼくのことでしたか」

「そうですよ。あなたは立派な殺し屋だ」

溝呂木は、静かにあとずさりした。と思った瞬間、その手からナイフがとんだ。ナイフは桔梗の喉へ、一直線にとんできた。

6

桔梗が、靴の底にかくして、持ってあるいていたナイフだ。二十cmのするどい刃に、バランスのとれた柄がついている。投げるためのバランスだ。

溝呂木省吾の投げかたは、無造作だった。肩のところで、ひょいと手を動かしただけだ。だが、それはエキスパートの投げかただった。

ナイフはまっすぐ、桔梗の喉へとんできた。ただ、一秒の何分の一かの差で、桔梗のからだは移動していた。右手が動いて、胸ポケットから、白いハンカチが、奔《ほとば》しるようにはねあがった。

「見事だ」

溝呂木の口から、賛嘆のことばがもれた。

桔梗は、奇術師のように、絹ハンカチをつまんで、微笑している。ハンカチのはしは、ナイフの柄にむすびついて、ハンカチが揺れるのといっしょに、ナイフも時計の振子みたいに揺れていた。

「さすがですな、桔梗信輔先生の、お子さんだけのことはある」

と、溝呂木はいった。

「父をご存じですか」

と、いいながら、桔梗は、ハンカチをひょいとふった。ハンカチは、ナイフをほうりあげながら、まるで生きもののように、むすびめをといた。左手でナイフをうけとめながら、桔梗はつづけた。

「これは、持ち主に返していただきますよ」

「せっかく、コレクションにくわえたのに残念ですが、正当な所有者の申出でとあっては、いたしかたありません。失礼しました。先生のお子さんには、こんなていどで、博物館なんて誇称するのは、お恥ずかしい——上へまいりましょうか」

「いや、興味がありますよ。なんですか、この本は」

桔梗は、壁をゆびさして、聞いた。小さな窓のような凹みがあって、ガラスのすべり戸がついている。そのなかに一冊の厚い本と、大きなマドロス・パイプがひとつ、飾ってあった。

「ああ、これですか」

溝呂木は、ガラス戸をひらいた。本をとりだして、桔梗にわたす、緑いろがかった黒い皮に、金の箔押しで、唐草模様がついている。その中央に、MOBYDICKと金文字があった。

「ハーマン・メルヴィルの『白鯨』ですか。ずいぶん、むずかしい小説を、お読みですね」

ひらいてみると、有名な木版の挿絵が入っている。モダン・ライブラリイ本を、装釘しなおしたものなのだろう。

「執念ぶかく、白い鯨を追いかける船長の話でしたね」

「本そのものも、執念ぶかいんですよ。しおりの皮ひもがついているでしょう。それを、ひっぱってご覧なさい」

と、溝呂木がいった。重い本を片手でひらいて、桔梗は皮ひもをひいた。カチッと音がした。

「弾が入っていたら、床に穴があいたところです」

と、溝呂木がいう。桔梗は、本をしらべながら、

「どうも、背が厚すぎる、と思った。ここに銃がしこんであるんですね」

「一発しか射てないが、近距離でやるんだから、効果的ですよ」

「すると、こっちのパイプも、鉛の弾が、とびだすわけですか」

桔梗は、『白鯨』の原書を、棚にもどして、となりのパイプを手にとった。曲った

管の部分は、皮でつつんである。火皿のところは、海神の顔になっている。手にとってみると、かなり重い。

「それは、一種の火縄銃です。火皿が浅いでしょう。タバコはあんまり、つめられない。火をつけて、一服すると、弾がとびだすんですな」

「珍しいものですね」

桔梗は、パイプを棚にもどした。となりの凹所《アルカヴ》には、信田巻みたいにした鰐皮のベルトと、天鵞絨《ビロード》ケースにおさめた義眼が、飾ってあった。

「手拭いがありませんね？」

「あれは、弱りました、うっかり飾っておいて、便所とまちがえられると、いけませんのでね。割愛したんです。では、上で一献、さしあげましょうか」

「ちょっと、待ってください。このケースは、からっぽのようですね。それとも、透明な拳銃かなんか、入ってるんですか」

桔梗は、からのガラス・ケースをゆびさした。

「ああ、それですか。ちかぢか珍しいものが、手に入る予定なんで、あけてあるんです」

と、溝呂木は笑いながら、さきに立って、ドアから出ていった。

7

「この部屋にも、これでなかなか、おもしろいものがあるんですよ」

溝呂木省吾は、すみのテーブルの前に立って、得意げにいった。

ホールの左手の、大きな部屋だ。桔梗は、絨緞のまんなかに立って、四方を見まわした。

溝呂木が、細長いテーブルのすみを押すと、まんなかがひらいて、バア・セットがあがってきた。桔梗は、笑いながらいった。

「殺人光線の投光器でも、出てくるんじゃないか、と思いましたよ」

「飲みものは、なんにします?」

「オン・ザ・ロックにしてください」

溝呂木は、背をむけて、オールド・パアの口をひらきながら、

「そのシャンデリアを、見てください。変っているでしょう?」

桔梗は、天井を見あげた。ガラスの花束のようなシャンデリアは、美しいが、べつだん変ったところもない。桔梗は、ま下に立って、つくづく見あげた。

そのとたん、シャンデリアの中心から、さっとふってきたものがあった。とびのく

暇もなく、それは桔梗のからだを、すっぽり蔽った。投網だった。

「これじゃ、せっかくのオン・ザ・ロックも、いただけませんよ」

と、桔梗はいった。

溝呂木は、ふたつのグラスを両手にもって、ふりかえりながら、

「失礼しましたな。しかし、ちょうどいい機会です。さっきから、お願いしたいことがあった。そのご返事を、いただきましょう」

「どんなことです？」

「わたくしと、手を組みませんか。いや、恩師のお子さんのことだ。わたくしの地位を、ひきついでいただくのが、本当ですな」

「あなたの地位、というと、人口調節審議会の会長ですか。それを、ぼくにやれ、とおっしゃる？」

「それもあります。だが、まあ、あれは国内の小規模な仕事でね。おもにやってたふたりが……」

「あの刑事と、狐つかい？」

「そのふたりが、いなくなったんで、やめにしてもいい、と思っている。だいたい、わたくしの仕事は、国外のほうが多いんでしてね。前からぜひ一度、お目にかかりたい、と思っていたんだが、日本を留守にしがちでして」

「大物は、最後に出てきたほうが、貫禄があっていいですよ」

と、網をかぶって立ったまま、桔梗はいった。

「あなたは、世辞がいいな。どうです? 手つだってくださいよ。じつは最近も仕事がかちあって、困っているんです。ある筋からは、フルシチョフさんを暗殺してくれ、と頼まれているし、べつの筋からは、ケネディ氏を片づけてくれ、と依頼があった」

「そのどちらかを、ぼくにやれ、というわけですか」

「むずかしいほうを、わたくしがやってもいいが」

「ぼくは、しろうとですよ」

「それは、ご謙遜だ」

「いやだ、と断わったら、網からだして、もらえないわけですか」

「そんなことはしない。わたくしは、報酬のともなわない殺人は、やりたくないんでね。名誉をまもるためなら、話はべつだが、相談ごとを断わられたぐらいで、腹は立てません。そちらには、そちらの都合もあることだ」

溝呂木は、うしろをむいて、グラスをテーブルにおいた。とたんに、桔梗を蔽っていた網が、するするとあがって、もとのシャンデリアのなかに、吸いこまれていった。

「それでは、いまの話はなかったことにしましょう。こちらへ、いらっしゃい。酒がちょうどよく、冷えましたよ」

「いろいろ、おもしろいものを見せていただいて、ありがとう。そろそろ、失礼します」

「そうですか。では、とちゅうまで、お送りしましょう。わたくしも、出かけなくちゃならない。じつは、さっきお話したことの打ちあわせで、神戸までいかなけりゃなりませんので」

「そりゃあ、大変だ。殺し屋も国際的になると、忙しいんですな。まさか、さっきのBMWで、いらっしゃるんじゃ、ないでしょうね。国道には、もっとでっかい殺し屋が走ってるから、気をつけてください」

「自分で運転したんじゃ、たまりませんよ。ちょっと失礼、着がえをしてきます」

溝呂木は、部屋を出ていった。

桔梗は、あたりを見まわした。看視の目は、ないらしい。ポケットから、薄い紙をとりだして、たちまち二本のこよりをつくった。上衣をぬぎすて、シャツの袖をまくりあげると、柄をはずしたナイフを、肘と手首のあいだに、こよりでむすびつけた。シャツをもとどおりにし、上衣をきおわったところへ、溝呂木がダブルの黒い上下をきて、もどってきた。さっきより、背が高くなったように見えるのは、かかとの高い黒靴をはいているせいだろう。

「お待たせしました」

溝呂木省吾は、さきに立って大股に、ホールへ出ていった。

ドアをあけると、玄関の車寄せに、見おぼえのある車が、とまっていた。例のカスタムカアだ。

8

カスタムカアのドアが、ひとりでにあいた。溝呂木省吾は、バックシートをゆびさして、いった。

「どうぞ、おのりください」

「いやあ、東海道へでるんじゃ、ぜんぜん逆の方向です。ぼくはタクシイをひろって、帰りますよ」

と、桔梗はいった。

「奉仕しますよ。ずっとあなたを、無粋な警察から、おまもりしてきた。そのサービスのつづきです」

「それじゃ、まとめて、お礼をいいましょう」

桔梗はさきに、のりこんだ。シートは、皮のように見えた。

「立派な車ですね」

「上等の皮のように、見えるでしょう？　だが、そうじゃない。特殊加工がしてありましてね。血が流れても、しみがつかないように、なってるんです」

溝呂木がのりこむと、ドアがしまった。運転席とのあいだは、ガラス張りになっている。車はすぐ、走りだした。左右とうしろの窓に、カーテンがしまった。

「灰皿はそっちにも、ついてますよ。肘かけを出しましょうか」

横幅のあるシートには、背からふたつ、肘かけが倒れるようになっていた。

「そのあとへ、手をつっこんで、ご覧なさい」

桔梗は、いわれた通りにした。肘かけの穴のおくには、スナブ・ノーズのリヴォルヴァーが、小さなフックでとめてあった。

「こんな場所で、ねらいがそれたら、天井に穴でも、あくんじゃないんですか」

「ご心配なく。防弾鋼と防弾ガラスが、つかってありますよ、この車には」

「まるで、アル・カポネの車みたいですね」

「それに、その拳銃は、おどしです。弾は入っていないんだ」

と、溝呂木は笑った。桔梗は、拳銃をもとのところへしまって、

「前にもいろいろ、ついてますね」

「あなたの前にあるのは、タイプライターです。まんなかは、テープ・レコーダー。これは、わたくしの楽屋でしてね。ちょっと失礼」

運転席の上のガラス窓にも、カーテンがしまった。運転席の背についている板を、手前にたおすと、溝呂木は、その上にかがみこんで、顔になにか塗りつけはじめた。

「神風タレントなみでしょう。しかし、どうして桔梗さんは、おとうさんがせっかく、この世にのこした弟子たちを、殺すんですかね？　おとうさんは、きっと喜んじゃいませんよ」

「そう思いますか」

「思いますね。息子がこんなことをして、残念だと思ってますよ、きっと。この世にのこした自分の名声を、傷つけられた、と思ってるでしょう」

溝呂木は、顔をあげた。その顔には、妙なものが、かぶさっていた。ガス・マスクだ。

とつぜん、床から激しい勢いで、気体が吹きだした。溝呂木の手には、拳銃があった。ガス・マスクの下で、声がした。

「これには、弾がこめてあるんだよ」

その手がすばやく動いて、桔梗のポケットをさぐった。拳銃をシートの穴にしまって、

「おとなしく、死ぬんだな」

と、溝呂木はいった。ガラス玉のうしろで、目が笑った。桔梗は左手で、口と鼻をおさえながら、右腕に力をこめた。こよりが切れて、ナイフが手にすべりおちた。溝呂木のからだが、びくっと動いた。ナイフの刃が、腹にあたったからだ。桔梗の目が、その顔をにらみつけた。

溝呂木はうなずいた。左右の窓が、するするとひらいた。

9

「さっき、金にならない殺しはしない、といったじゃないか。ぼくを殺したって、靴みがき代にもならないぜ」

と、桔梗はいった。

「名誉のためならべつだ、ともいったはずですよ。先生の名誉のために、あなたには生きていてもらいたくない」

「まだ、死ねないな。あとふたり、おやじの弟子がのこってる。ひとりは、きみだ」

「わたしを、殺す気ですか」

「もちろん」

「ひとを殺すのは、おもしろいでしょう?」

西郷隆盛のような顔が、にやっと笑った。

「妙なことをいうね」

「いや、妙ではないでしょう。あなたはもう、先生の弟子を十人、又弟子を入れれば、十一人を殺した。そろそろ、人殺しがおもしろくなったころだ」

「馬鹿な」

「否定しても、だめですよ。ところで、どうやって、わたしを殺す気ですな?」

「きみも、おやじの弟子だ。勝負をしないかね」

「決闘ですか。武器は?」

「ここに、拳銃が二丁ある。一丁には弾が入ってるといったろう。その弾を一発ずつ、つかおうじゃないか」

「わかった。平凡だが、いいでしょう。あなたが弾をこめてください」

桔梗は、肘かけの穴から、二丁のリヴォルヴァーをとりだした。一丁から、一発だけのこして、弾をぬいた。その弾の一発を、もう一丁にこめる。

「場所は、どこにしますかね」

と、溝呂木がいった。

「まず運転手を帰して、きみが運転するんだな。それから、場所をきめよう」

「よろしい」

溝呂木は、シートのはしに手をあてて、

「適当なところへ、とめてくれ」

と、いった。車はとまった。前後左右のカーテンが、ひらいた。ドアがあいた。目白へんの屋敷町で、坂の下に、トロリー・バスの通っているのが、見えた。坂の下の町には、もうあかりがともりはじめて、日は暮れかけている。

「きみはもう、帰っていい。運転はぼくがする。あとで、連絡するから」

と、溝呂木が、運転手にいった。運転手は、無言でうなずいて、車をおりた。そのあとへ、溝呂木の大きなからだが、すわった。桔梗は、そのとなりに、すわった。ドアをしめて、車は走りだした。

「さて、どこへいきましょう？」

溝呂木は、まるで酒をのみにいくみたいに、軽くいった。

「きみにまかせるよ」

桔梗も、軽い調子で、答えた。

「暗くなるから、どこでもいいようなものだが、やはり、邪魔が入らないほうがいいですな」

「そうだね」

「月島の埋立地なんか、いいんじゃないかな？　どうですか、桔梗さん」

「ぼくはしろうと、あなたは専門家だ。あなたにまかせますよ」

「それじゃ、どこかで食事でもしてから、夜のふけるのを待って、江東区の砂町あたりへ、いってみましょう」

10

工場街をはずれると、街も空も、まっ暗になった。汚水のにおいと、潮のにおいが、鼻をついた。

「そのうち、目が馴れます。すこし歩きましょう」

溝呂木は、さきに立って、歩きだした。桔梗は、両手に拳銃をもって、そのあとにつづいた。やがて、かなりひろい空地へでた。空地のはては、海らしい。いちだんと、潮の香がつよくなった。

「このへんで、いいでしょう」

溝呂木が、立ちどまった。桔梗は、うなずいて、拳銃を一丁わたした。

「弾の入ってるところを、間違えないようにな。よくたしかめてくれ」

「それじゃ、輪胴《シリンダー》を横にだしておきましょう。あなたも、そうしてください。わたしは、あなたに背をむけて、歩きだす。二十歩で、ふりむきます。わたしが、立ちどまったら、輪胴をおさめて、用意してよろしい。わたしは、ふりむいたとたんに、射ちます」

「きみのほうが、分が悪いようだな、それじゃあ」

「恩師の息子さんに対する礼儀でもあり、わたしの自信でもあります。ご心配なく」

溝呂木は、拳銃を右手にさげて、一礼すると、むきをかえた。大きな背中が、大股に遠ざかりだした。

「一歩、二歩、三歩、四歩、五歩、六歩、七歩……」

溝呂木の声が、闇にひびいた。桔梗は、右手をさげて、呼吸をととのえた。

「八歩、九歩、十歩、十一歩、十二歩。桔梗さん、おぼえてますか」

溝呂木が、むこうむきのまま、立ちどまった。右手は、下にさげている。

「わたしの犯罪博物館の空きケース。あれには、あなたを殺した武器を、入れるつもりなんです。ええと、十二まで数えたんでしたね。十三歩——あっ」

石にでもつまずいたのか、溝呂木のからだが、よろめいた。前のめりに倒れたとたん、銃声がひびいた。

それは、溝呂木の右手の拳銃から、発した銃声ではない。桔梗の拳銃からでもない。それどころか、銃声といっしょに、桔梗のからだは、はじかれたように、横たおしになっていた。

溝呂木は、両手をついて、起きあがりかけた。その右足の靴の、いやに高いかかとから、銃声は起ったのだった。それは、かかとに精巧な弾丸発射装置をしこんだ、死神の靴《デッドリイ・シュウ》だったのだ。

溝呂木の顔には、微笑がうかんでいた。その微笑が、見る見るうちに、こわばった。

十三歩の距離をへだてて、ころがっていた桔梗のからだが、すっくと立って、近づいてきた。

「卑怯なやつだな。その靴をケースのなかへ、かざるつもりだったのか」

桔梗は、溝呂木を見おろした。大きな背中には、桔梗が左手で投げたナイフが、深ぶかとささっていた。

溝呂木の両手から、力がうせて、顔が土についた。かすかな声が、その口からもれた。

「さすが、先生の子どもだな。だが、まだもうひとりいるぜ。気をつけろよ」

それきり、溝呂木は動かなくなった。

桔梗は、ナイフをぬきとって、ハンカチにつつみ、拳銃をひろいあつめてから、歩きだした。そのとき、ひとの駈けてくる足音がした。

桔梗は、闇を見すかして、地面にうずくまった。

「兄き、どこへ消えちまったんだよ」

声がした。桔梗は、立ちあがった。

「大友じゃないか」

「兄き、よかったなあ。さっき、倒れるのを見たときには、どうなることか、と思ったぜ」

「どうして、ここがわかったんだ？」

「ずっとつけてたんだ。お竜さんとふたりでよ。兄きがでたすぐあとへ、おれが車でいってね。ちょうどいいってんで、追いかけた。うまいぐあいに向柳原で、兄きがタクシイにのるところ、目撃してさ」

「それで、お竜さんは」

「いま、兄きがやっつけたやつの屋敷を、見はってるよ。例のカスタムカアが出てきたから、たぶん、兄きはあのなか、と思ったんだが、万一ってことがあるだろう？　だから、ふた手にわかれて……」

「そりゃ、いけない。すぐ高輪へいってみよう。それこそ、万一ってことがある」

ふたりは、空地をつっきって、走りだした。その頭上に、かすかなうなりが近づいた。

「闇凧だ！」

桔梗がさけんだ。大友は、空をあおいだ。暗い空に、風が吹きわたって、まっ黒な凧をうかべているのが、かすかに見える。

「なんてこった。凧が追いかけてきやがる」

「気をつけろ。さがってくるようだ」

「なんか、ぶらさがってるぞ」

凧からさがった糸のさきに、きらり、と光るものがあった。鎌がたのするどい刃物だ。

「あれで、ぼくたちの喉を、かっ切ろうって気だ」

「畜生、たかが凧ぐらい……」

と、大友はいったが、赤外線照準器でもつかっているのだろう。まっ黒な凧は、ジグザグに走るふたりの頭上を、どこまでも追いかけてきた。

第十二章　塩まいておくれ

1

闇凧は、尾のさきにさがった鎌がたの刃物を、ときおり、するどく光らせながら、どこまでも追いかけてきた。

「車はどこだ？」

桔梗信治は、走りながら、低く聞いた。

「あすこに駐めてある」

大友は、前方をゆびさした。

「車へとびこんじまえば、大丈夫だ。きみは自分のにとびこめ。ぼくは溝呂木の車へ逃げこむ。このさきの工場の角で、待っててくれ。すぐ追いつく」

ふたりは、ふた手にわかれて、走りだした。思ったとおり、凧は桔梗を追いかけてきた。桔梗は、前かがみになって、ジグザグに走った。

大友は、車にたどりついたらしい。エンジンのかかる音がした。ぐずぐずしては、いられない。さっきの銃声が、近くの工場の宿直員に、聞えたかも知れない。宿直員は一一〇番へ、電話をかけたかも知れない。

カスタムカアは、もう目の前だ。桔梗は、ドアに手をのばした。

「しまった!」

ドアは、あかない。溝呂木がおりるとき、鍵をかけたのだ。桔梗は空をあおいだ。そのとき、凧が落下してきた。鎌がたの刃物が、すさまじい勢いで、喉をかすめようとした瞬間、桔梗はドアを蹴って、地面へころがった。

刃物はむなしく宙に踊ると、また凧とともに舞いあがった。桔梗はすばやく、車の下へはいこんだ。

これで、いちおうは安全なわけだが、そのかわり、身動きがつかなくなった。闇凧のつかい手が、あきらめるまで、ここに隠れているわけにはいかない。

ポケットには、弾を一発ずつこめた拳銃が、二丁、入っている。ハンカチにくるんだナイフも、あるにはある。これが昼間なら、拳銃かナイフをつかって、凧の糸を射ちきる自信はあるが、この暗さでは成功率はすくないだろう。弾は合計二発しかないし、ナイフを棄てていくわけにはいかない。

桔梗は、ネクタイをといた。両手でよじって、細いほうに結びめをつくると、すばやく車の下から、はいだした。

桔梗が立ちあがると同時に、爪は襲いかかってきた。桔梗のからだは、宙に一転して、立ちあがった。その右手から、よじったネクタイが、ぴんと張って、宙にのびていた。結びめが、鎌がたの刃物の上にからみついたのだ。

その桔梗のすがたを、ヘッドライトに浮かびあがらせて、一台の自動車が、疾走してきた。大友が心配して、もどってきたのだ。ドアをひらいて、車は桔梗のかたわらをかすめた。

「兄き、早く！」

大友がさけんだ。桔梗は、ひらいたドアの上端をつかんで、助手席にとびのった。急に、ネクタイの手ごたえがなくなった。車はタイヤに悲鳴をあげさせながら、Uターンをして、スピードをあげた。

桔梗は、シートに腰を落すと、ドアをしめて、ため息をついた。

「ひどいもんだ。このネクタイを見てくれ」

ネクタイは織物でなく、かなり厚い皮でできていた。結びめの下のところで、それがふたつに切れかかっている。

「この切り口を見ると、ぞっとするな。こわれた水道管みたいに、首から血を噴きだして、ぼくが倒れなかったのが、不思議だよ」

「鬲に追いかけられたなんて、生れてはじめてだ。けどよ。闇鬲は、こないだやっつけた狐つかいが、あやつってたはずじゃなかったのかい。まさか、幽霊が出てきたんじゃねえだろうな？」

「狐つかいと、鬲つかいは、別人だったんだよ。それが、おやじの弟子の最後のひとりにちがいない」

「どんなやつだろうね、こんどは」

車は洲崎を通りこし、門前仲町へむかって、走っていた。

「溝呂木が死ぬ前に、もうひとり残っているから、気をつけろ、とおどかすようなこと、いってたよ」

「すると、よっぽど手ごわいやつだな」

門前仲町あたりは、まだあかりがついている。それほど、夜は遅いわけではないのだ。

車は、永代橋をわたった。窓をしめていると、隅田川の悪臭はわからない。暗い川水は、両岸の灯をうつして、美しかった。

大友の車が走りさってから、十分ほどたって、一台の大型車が、やはり永代橋をわたっていった。それは、溝呂木省吾のカスタムカアだった。

2

高輪の屋敷町は、もう暗かった。門内に、水銀灯の明るい屋敷もあるが、長い塀のそとは、まばらな街灯が、暗い光を投げているばかりだ。

大友の車は、溝呂木の屋敷の前でとまった。鉄の門が、しまっている。

「こいつ、なんだか妙なことをやって、あけるんだったな、兄き」

と、大友がいった。

「ライトをあてるんだ。まんなかへんに、豹が舌をだしてる顔の、飾りがついてるだろう」

「あれ、豹かい。おれはまた、ひょっとこが餅をぬすみ食いして、殴られたとこか、と思ったぜ。こぶみたいなのが耳で、餅みたいに口から出てるのが、舌なんだな」

「メキシコの古代彫刻を、模写したもんだ。あのひたいに、光をあてたようだったな」

「こんなぐあいにかい」

大友は、車をすこしバックさせて、ライトを上むけると、門の飾り彫刻に光をあてた。

「あかねえじゃねえか」

「つけたり、消したりしてたようだ。ちょっと待ってくれ。ええと、長くつけて、ちょっと消して、ちょっとつけて、またちょっと消して、つける。門があくまで、つけっぱなし。こういう順序だった」

大友は、いわれた通りにやってみた。けれど、門はあかなかった。

「だめだぜ、兄き」

「昼間と夜とじゃ、組みあわせがちがうのかな?」

「ブザーを押して、あけさせたほうが、早いぜ」

「冗談じゃない。ぼくたちは、歓迎されざる客だよ。お竜さんは、どこから入ったんだろう?」

「裏へまわったようだったな」

「よし、ぼくたちも、そこから入ろう。車をまず、どこかへ隠してこい」

桔梗がおりると、大友は、車を坂の下へもどして、急いで帰ってきた。

ふたりは、石塀について、裏手へまわった。裏口は見つかったが、鉄の扉がぴったりしまっている。

「こりゃ、厳重だな。手をかけるところもなけりゃ、隙間もねえや。兄き、塀をのりこえるより、手はねえぜ、これじゃあ」

扉をおしてみながら、大友がいった。

「それが、いちばん簡単なようだが……」

「たいして高くないもの。わけなくのりこせるよ」

大友は、塀を見あげた。泥坊よけの槍も植えてなければ、ガラスの破片も植えてない。

「わけなさそうなところが、あぶないんだ」

「大丈夫さ。見てなよ、兄き」

大友は、ちょっとあとへさがって、小腰をかがめ、塀にとびつく姿勢をとった。その肩を、桔梗がおさえた。

「待てよ。塀に手がかかったとたんに、ベルが鳴りわたりそうだな。ベルぐらいならいいが、ビリビリッときて、心臓がとまるかも知れない」

「電気が通じてるってのか。そりゃ、ぶっそうだ」

「その可能性、じゅうぶんだね。ぼくを肩の上にのせる自信があれば、しらべてみるが――」

「いいとも。遠慮なくのってくれ」

大友は、塀に両手をつっぱって、馬になった。桔梗は、手袋をはめなおしてから、靴をぬいで、大友の背に足をかけた。

「いいか。のるぞ」

「混みあいますから、お早くねがいます」

桔梗は、大友の肩に両足をかけて、塀の上に手をのばした。てっぺんにさわらないように、気をつけながら、腰をのばして、塀の上をのぞいた。

「やっぱり、思った通りだ。電線がある。どこかナイフをあてられるところはないかな？　このまま右のほうへ、歩けないか」

「こっちは大丈夫だが、兄き、うっかり手をついてくれるなよ」

「気をつけるよ。ゆっくりでいいから、歩きだしてくれ」

「オーライ」

大友は、塀に手をつっぱったまま、かにの横ばいをはじめた。

「ストップ。ここで、線が下におりてる。その部分はさわれるが、もうちょっと高くならないか。塀の上に、肘でもさわったら、たいへんだから」

「はい、上へまいります」

大友は、足をふんばった。桔梗は、塀のなかをのぞきこむ姿勢で、ナイフをのばすと、電線を切った。

「これでいい。つづいてあがってこい。まず、ぼくの靴をひろってからだ」

桔梗は身軽に、塀の上へ腰かけた。大友がさしだす靴をうけとって、はきながら、

庭を見おろすと、

「ちょっと待ってくれ。塀にのぼっても、ただじゃおりられそうもない」

「なんでだい、兄き」

「犬がいるんだ。うなりながら、近づいてきやがる」

「どれどれ」

大友は、塀にとびついた。庭を見おろすと、植込みのかげから、大きなシェパードが、低くうなりながら、近づいてきた。

「なるほど、こりゃあ、でかすぎるな。でもよ、兄き。下へおりさえすれば、なんとかなるぜ。女にはもてないが、犬にはもてるんだ」

「しかし、下へおりるまでに、ワンとくるか、ガブッとくるか、ワンかガブか、どっちかだぜ」

「たしかに、ワンガブだな。とびおりりゃあ、かならずワンだ。ゆっくり、おりなきゃ」

「塀につかまって、うしろむきにずりおりれば、お尻にガブだ。ほかにゆっくり、おりる方法はないだろう？」

「だからさ。こんどは兄きが、力持ちをやる番だ。おれの両足をつかんで、逆さにぶらさげられるかい」

「やってみよう。犬をにらみつけながら、逆さにぶらさがろう、というわけだな」

うなずいて、大友は、道路のほうにむきなおった。桔梗は、その胴をかかえ、つぎに両足をつかんだ。

両手をひろげて、逆さにおりてくる人間に、シェパードはおびえたらしく、あとずさりした。大友は、手をのばして、犬の顎をなでた。

しばらくすると、シェパードは鼻声をだして、大友の顔をなめた。大友は、手をふった。

桔梗は、足をほうりだすように、手を離した。大友は、もんどりうって、庭へおりると、シェパードのあたまをなでた。

「さあ、おれたちは、もう仲好しだぜ。お前の家へつれてってくれ」

犬の首輪をつかんで、大友はいった。犬は尾をふって、歩きだした。大友もいっしょに、歩きだした。

桔梗は、塀からすべりおりた。

3

「兄き、犬はつないできたがね。家へはどこから入ったもんだろう?」

と、大友がいった。

ふたりは、窓の下に立っている。窓は暗かった。一階の窓ばかりではない。二階の窓も暗かった。

「畜生、だれもいないのかな」

「いや、いるはずだよ。どこか、しのびこめそうな口をさがそう」

「窓を、こじあけようか」

「この家は、化物屋敷だからね。窓やドアは、敬遠したほうがいい」

「じゃあ、どこから入るんだ？　三月おくれたから、ふたりで一人前のサンタクロースってわけで、煙突からでも、天くだるのかい」

「それも悪くない考えだな。よし、やってみよう」

「冗談じゃないよ。煤よけの秘法を、本物のサンタクロースに教わってからに、してもらいたいね」

「ここの煖炉は、電気をつかってるんだ。煙突は、ほとんど汚れていないはずだよ」

「それじゃあ、思いきってやっつけようか。しかし、縄がないぜ」

「しろうとみたいなこと、いうなよ」

桔梗は、靴をぬいで腰につるすと、古風なつくりの建物の、石と石とのつぎめに手をかけて、側面をよじのぼりだした。

「だめだよ、兄き。おれにはとても、そんな器用なまねはできない」

と、大友が小声でいった。

「それじゃ、どこかへ隠れて、待っててくれ」

桔梗のすがたは、もう二階に達していた。屋根にたどりつくと、煙突をのぞいた。ちょうどいい大きさの煙突だった。

桔梗は、へりをまたぐと、なかに身を沈めた。両手と両足を、煙突の内がわにつっぱって、そろそろとおりていく。昼間の記憶によれば、例の投網をふらせるシャンデリアの部屋の、煖炉へおりられるはずだった。

勘はあたっていた。下までおりて、闇に馴れた目を、煖炉からつきだして見ると、シャンデリアが、かすかに光っている。

しかも、例の投網がさがっていた。そのなかに、黒い人影が見える。

桔梗は、ポケットの拳銃をにぎりしめた。

とたんに、部屋があかるくなった。

投網にとらわれた人間のすがたが、はっきりした。佐原竜子だった。

バア・セットをしこんだテーブルの前には、男がひとり立っている。昼間きたとき、迎えにでた召使いだ。服をきちんときて、片手に銀のトレイをささげている。トレイの上には、リキュール・グラスがふたつ、のっていた。

「よく、いらっしゃいました。もっと楽な入り口を、ご案内すべきでしたのに……ゆきとどきませんで、失礼いたしました」

と、召使いがいった。

4

桔梗は、煖炉から出て、腰をのばすと、

「入ってくるのに手間どって、だいぶお待たせしてしまったわけだね」

と、微笑した。

「とんでもございません」

召使いは、軽くあたまをさげた。

それまで、疲れはてて立ったまま、眠っていたらしい竜子が、黒く隈のういた目をひらいた。

「桔梗さん。ごめんなさい」

力のない声が、色もないくちびるから、洩れた。

「あやまること、ないよ。ぼくがもっと、早くこられるとよかったんだが」

と、いってから、桔梗は靴をはいて、召使いの目を見すえた。

「ところで――どうしたら、このひとを返してくれるんだね？」

「はい、これをめしあがっていただけましたら」

召使いは、トレイの上の左がわのリキュール・グラスを、ゆびさした。

「それは、なんだろうな？」

「すでにPR映画で、ご存じのはずですが、楽にあの世へおいでになれる薬でございます。なかなか、お味もよろしいようで」

「飲むのを拒否したら、どういうことになる？」

「そのときは、わたくしが、こちらのグラスをつかわせていただきます」

召使いは、右のグラスをつまみあげた。桔梗は、部屋のまんなかへすすみながら、

「そっちは、どんな効能があるんだね？」

「学がないもので、よくは存じませんが、硫酸のたぐいではないでしょうか」

「それを、どうする気だい」

「こういう小さなグラスの中身を、離れたところにあるグラスへ、一滴もこぼさずに投げこむ――まあ、一種の遊びですが、そんな器用なことを、やってみせるバーテンダーが、たまにおります。外国では、そのコンクールなどもあるようで」

「聞いたことが、あるような気もするな」

「わたくしも、練習をつみまして、それができるようになりました。こうしてグラス

をつまみまして、ほうるようにいたしますと、なかの液体が、ひとかたまりになって飛びまして、あなたさまのお目に……」

「それからさきは、いわなくてもいいよ。ご婦人をおびやかすような言葉はつつしむのが、召使いのたしなみじゃないかね」

「失礼をいたしました」

召使いは、また軽く、あたまをさげた。

「申し出はわかった。しかし、それでは、このひとが無事に帰れる、という保証が、ないような気がするがね」

「それは、わたくしどもを信用していただくより、しかたがございません」

「だが、ぼくは保証がほしいな。タバコを吸っても、いいかね」

「どうぞ。いえ、お動きになるにはおよびません」

召使いは、右手に硫酸のグラスをもったまま、テーブルの上から、まるいものをとりあげて、近づいてきた。まるいものは、木と金属でこしらえた針鼠で、針のかわりにタバコがたくさん、植わっていた。

「どうぞ、おとりください。ピースと、チェスターフィールドと、スリーキャッスルがさしてございます。お好みのものを」

「ありがとう」

桔梗は、ピースをつまみあげた。ぬきとると、タバコのさきには、火がついていた。桔梗は、けむりを吐きだしながら、

「この家には便利なものがそろってるな。けれど、ぼくはマッチで火をつけるほうが、好きでね」

「火のついたひと箱ぶんのマッチを、投げつけられるのは、好きでございませんので」

召使いは、かすかに笑いながら、あとずさりした。針鼠をテーブルにおくと、また銀のトレイをささげた。

「グラスの中身を、一滴もこぼさずにほうるなんて、きみも、おやじの弟子なのか」

「とんでもございません。孫弟子、というところでございましょうか」

「ところで、さっきの保証のことだがね。こういうのは、どうだろう。じつは庭にひとり、待たせてあるんだ」

「存じております。大友さんでございましたな」

「なんでも、知ってるね。あの男をここへ呼んで、このひとを渡してから、ぼくがその薬を飲む、というんじゃ、どうだい」

「けっこうでございます」

「じゃあ、呼んでくる」

「お動きにならなくても、こちらで、お呼びいたします」

召使いは、トレイをテーブルにおくと、右手には硫酸のグラスをもったまま、左手をうしろにまわして、テーブルのすみをいじった。その視線が、桔梗の顔から、つかの間それて、下へ走った。スイッチの位置を、たしかめるためだったろう。

しかし、桔梗は、その一瞬を、のがさなかった。

5

桔梗は、床を蹴ると、シャンデリアからさがって、竜子のからだをつつんでいる網の綱に、とびついた。

そのいきおいで、竜子のからだは、一回転した。それにつれて、桔梗のからだも、宙に浮いたまま、一回転した。靴のさきが、召使いの胸を蹴った。手をはなすと、ほとんどさっきとおなじところに、桔梗のからだは、おり立っていた。

召使いは、悲鳴をあげて、テーブルにのけぞった。手にしたグラスの硫酸が、喉から胸へかかった。皮膚の焼けるにおいと、服の焦げるにおいがした。白いけむりにつつまれて、のたうちながら、召使いはテーブルをひっくり返して、絨緞の上にたおれた。

グラスのわれる音がした。同時に、テーブルについているスイッチが、たおれた拍子におされたらしい。投網が、するするとあがった。竜子のからだが、ふらふら泳いだ。

「お竜さん、しっかりするんだ」

桔梗は、竜子をだきとめた。竜子は、かすかに目をひらいて、

「ええ、ええ、大丈夫」

だが、足もとはふらついている。

桔梗は、竜子に肩をかしてやりながら、たおれている召使いに近づいて、靴のさきで、うつむけになっているからだを起した。

竜子が、声をあげた。召使いの喉には、大きなグラスの破片がつきささって、血がそのガラスの上を、絵の具をしぼりだしたみたいに、のたくっていた。かっと見ひらいた目が、天井を睨んでいる。

「早く逃げだそう」

と、桔梗がいったときだった。

「そうはいかねえぜ」

ドアから、大友が入ってきた。声は、そのうしろに立って、拳銃をつきつけている男の口から、出たものだった。黄いろい色めがねをかけたカスタムカアの運転手だ。

「兄き、へまをやっちまったよ」

大友が、情ない声をだした。

「みんな、こっちへ出ろ」

と、運転手がいった。

桔梗は、竜子を助けて、ホールへでた。

「階段にむかって、一列にならべ」

運転手が、前に立って、いった。

三人は、正面の階段にむかって、顔をあげた。そこには、女がひとり立っていた。まっ赤な皮のジャンパーに、まっ白なタイツをはいて、猛獣つかいのような長い鞭をもっている。長い髪を背にたらして、それは鶴巻啓子だった。

「啓子さん！」

「女史、生きてたのか！」

竜子と大友が、いっしょに叫んだ。啓子は、にっと笑って、鞭を大きくふった。竜子が、悲鳴をあげた。鞭のさきには、小さな鎌がたの刃物がついている。それが、竜子のブラウスを、ななめに切りさき、白い胸をあらわにしたからだ。

「闇凧のつかい手は、きみだったんだね」

桔梗信治の声には、おどろきはなかった。

6

あがり口に緋おどしの鎧をかざり、くすんだペルシャ絨緞を敷いた大階段の上に、まっ赤な皮のジャンパー、まっ白なタイツで、立ちはだかった鶴巻啓子のすがたは、仮装舞踏会にあらわれた女闘牛士のようだった。

その手の長い皮鞭は、蛇みたいに階段を匍って、先端についた小さな鎌がたの刃物を、光らしている。

「あんな隠し芸があるとは、知らなかったよ」

と、桔梗はいった。

「えっ」

ぽかんと口をあいて、大友は、啓子を見あげた。

佐原竜子は、鎌がたの刃物で、ひきさかれたブラウスの胸をおさえたまま、目を見はるばかりだ。

「信じられない。鶴巻女史が、おれたちを、闇凧で殺そうとしたなんて！」

と、大友がいった。

「目で見たことが、信じられなくって、どうするんだ。あの顔、見てみろよ」

桔梗は、階段の上を、ゆびさした。

啓子の顔は、流行の白い口紅で、くちびるの色を消して、ぜんたいに青白いなかに、目だけ大きく光っている。階段の下の三人を見おろして、冷たく笑った。

「女史が闇爪をあげてたとすると、つまり……」

大友が、半信半疑の口をひらくと、桔梗はうなずいて、

「おやじの弟子の、最後のひとりだろう。たぶん、そんなことじゃないか、と思って、正体をあらわすのを、楽しみにしてたんだが——」

「でも、しっぽはないようだぜ」

と、大友がいった。

「もう無駄口は、やめにしろ」

三人の前に立って、拳銃をつきつけていた運転手がいった。

「無駄口じゃないよ、きみ」

と、桔梗は大きく手をふって、

「なにもかも、あいまいなまま殺されるんじゃ、思いがのこって、死にきれない。この屋敷に、幽霊が三人もそろって出て、教えてくれえ、教えてくれえ、といってあるいたんじゃ、きみたちだって、うるさいだろう？」

「あたしのほうも、教えてもらいたいことがあるわ」

階段の上から、啓子の声がふってきた。

「いつから、あたしを疑っていたの？」

「最初からさ。カードの殺し屋から、五万円の手附金を、いつの間にか、きみは取りもどしていた。あの落着きぶりで、こりゃあ、ただの女じゃないな、と思ったんだ」

「そんなことだけで？」

「多摩動物園で、きみがメスを投げた腕前にも、感心したね。ナイフ投げをならった人間でなけりゃ、とても、ああは投げられない。あんな隠し芸を、不用意に見せるものじゃないよ」

「でも、あれはあんたを、助けるためだったわ」

「この正月、きみの日本髪すがたは、なかなかすてきだった。でも、かつらの下から、拳銃が出てきたのは、色消しだったね」

桔梗がしゃべっているあいだに、大友は、すこしずつ、あとずさりしていた。壁のスイッチを、横目でにらんでいる。

スイッチは、四つならんでいた。ぜんぶＯＮになっている。それをいちどに切れば、玄関のホールは、まっ暗になるはずだった。

大友は右手を、うしろにのばした。スイッチに、ゆびさきがふれた。

そのとたん、階段の上で、啓子の手がすこし動いた。鞭が大きく波をうったと思うと、その先端が、大友の腕にからみついた。

「妙なことは、しないほうがいいわ、ビルさん。せっかく、最後の楽しいおしゃべりをしてるのに、暗くなっちゃあ、顔が見えないじゃない」

啓子の目が、ぶきみに笑った。

7

鞭にひっぱられて、大友がもとの位置にもどる。鞭は生きもののように、その腕から離れた。

三人は、ホールのまんなかに、また一列にならんだ。運転手はいらいらしながら、拳銃を手に三人の前を、いったり、きたりした。

「ほかにもある。ヌード・スタジオにつれてって、ぼくを落しいれたのは、お粗末だったよ。あれで、きみの正体が、はっきりした。はっきりするのが、遅すぎたくらいだったがね」

「あれは、あたしたちの計算ちがいだったわ」

「ひどいことしたもんだ。いやらしい男の目に、裸をさらして生きている罪もない女を、殺したりして」

「まるで、学校の先生みたいなこと、いうのね」

「妙なPR映画も、いきすぎだった。きみのような女が、あんなに簡単にとっつかまって、泣きさけぶなんて、お芝居がすぎたよ」

「いうことは、それだけ?」

「こんどは、きみが教えてくれる番だ。ぼくは、いろいろ教えてやったのに、教授料はもらってないんだからね。交換教授のつもりなんだろう?」

「なにを知りたいの?」

「どうして、きみが、こんな真似をしたか、ということをさ」

「いい加減にしねえか」

運転手が、大きく左手をふって、右手の拳銃を、桔梗の胸につきつけた。

「だめよ。その男は、あたしが殺すんだから」

啓子の鞭が、階段をたたいて、ぴしっと鳴った。

「聞かせてあげましょうか。どうしてあたしが、あんな真似をしたか」

「もちろん、聞きたいね」

「あたし、溝呂木省吾と手を組んでいたの。海外のしごとを、もっと積極的にひきうけられるように、桔梗先生の弟子をあつめて、世界一の殺人請負団体をつくるつもりだったわ」

「なにごとによらず、世界一という話を聞くのは、気もちのいいもんだな」

「ところが、桔梗先生のお弟子たちは、みんな、つむじ曲りのところがあってね。なかなか、話にのってくれないのよ」

「同窓会は、失敗ってわけか」

「あつまったのは、四人だけ。あたしと溝呂木と――」

「狐つかいと、にせ刑事だね？」

「あとの八人は、ローン・ウルフを気どって、殺し屋は徒党を組んじゃいけないものだ――なんていって、えばってたわ」

「おやじに、教えられたんだろう。芸術家きどりのところが、あったから」

「そこへ、あなたがあらわれたわけよ。あたしが銀座のバアで、あなたにあったのは偶然だったけれど、あなたが、先生の息子さんだ、と知って、偶然に感謝したわ。すてきなプランを、考えついたの」

「ぼくを道具に、協力しない八人を、消していこう、というわけだね？」

「あたしたちが世界一になるためには、八人が邪魔だったの。だから、あたし、あなたを助けて……」

「ちゃんと、お金をとってね」

「無料奉仕したら、怪しむでしょう？」

「そりゃ、そうだ」

「八人が七人になり、六人になっても、のこった連中は強情に、溝呂木のところへは、手を借りにこなかったわ。えたいの知れないあなたと、ひとりで闘って、やぶれていったのよ」

「それどころか、きみたちの仲間まで、ぼくに消されてしまって、あわてたろうな」

「そうでもないわ。それだけ、あなたの手腕がわかったわけですもの。あなたが、あたしたちのリーダーになってくれさえすれば、それで満足だったのよ。でも、あなたはことわった」

「だから、殺す、というんだね？」

「もう一度、考えなおしてくれ、とはいわないわ。いままでのつきあいで、あなたの気ごころはわかっているから」

「すると、どうしても、ぼくは死ななきゃならないわけだな？」

桔梗は両手を胸に組んで、啓子をふりあおぐと、愛嬌のあるウインクをした。

啓子は、白い顔に微笑を浮かべて、

「そうでもないでしょう？　あたしが殺されるかも、知れないわ」

と、ウインクを返した。

8

「いったい、いつまでお喋りをつづける気なんです？」

と、運転手が不服そうにいった。

「お黙り」

啓子の声は、女王のように威厳があった。

「あたし、生れてはじめて、ことによるとこっちが殺されるんじゃないか、と思うような相手と、闘おうとしてるのよ。喋ったおかげで、落着いてきたわ」

「こいつの身体検査、しましょうか」

と、運転手がいった。

「それには、およばない。溝呂木の車にあった拳銃が二丁、一発ずつ弾をこめて、ポケットに入ってる。あとはナイフが一丁。武器はそれだけだ」

と、桔梗がいった。運転手は、拳銃をつきつけたまま、階段のほうへ顔をねじまげて、

「とりあげましょうか」

「そんなことをしたら、死んだ先生に恥ずかしいよ。信治さん、用意はいい」

啓子がいった。桔梗は、腕を組んだままだ。

「いいとも」

「いよいよ、世界注目のタイトル・マッチか」

大友が、乾いた声で、いった。

啓子は、じっと桔梗を見おろして、

「腕を組んでいたら、拳銃をぬくのにひまがかかるわ。わざわざ、そんな不利な体勢をとって、あたしを馬鹿にする気なの？」

「女性が相手なんだから、ハンデをつけなきゃ悪いだろう、と思ってね」

「怒らせて、手もとを狂わせようと、いうんでしょ？　そんな手にのるもんですか」

と、啓子がいうのといっしょに、桔梗は、くちびるを動かさない小さな声で、

「ぼくが大声あげたら、ひっくりかえれよ」

大友と竜子は、うなずいた。

啓子が口をつぐむと、鞭が階段をたたいて、ぴしりっと鳴った。

桔梗は視線を、啓子の顔から鞭へうつした。

鞭は蛇みたいに、のたっ、のたっ、と動きはじめた。

心臓の鼓動のように、階段をたたく鞭の音はつづく。先端の鎌がたの刃物が、そのたびにシャンデリアの光をうけて、きらっきらっとかがやいた。

大友が、おそるおそる、ひたいの汗をぬぐう。

運転手は、鎧がおいてあるのとは反対がわの、あがり口のところへひきさがって、三人に拳銃をむけていた。その顔も青黒く、脂汗で光っている。

竜子の白い喉が動いて、生つばをのみこんだ。裂けたブラウスをおさえている手の関節が白くなって、かすかにふるえている。

啓子の青白い顔は、凍りついたようになって、小鼻がわずかにふるえていた。目の光は、いよいよするどく、すさまじかった。

桔梗だけが、さっきとかわらぬ顔いろで、微笑さえ浮かべながら、鞭の動きを注目している。腕はまだ、組んだままだ。

9

運転手が左手で、目をさえぎらないように注意しながら、顔の汗をふいた。

大友の顔は、まっ青だ。竜子は、石のように重い手を、胸もとからおろしてしまった。裂けたブラウスが垂れさがり、のぞいた乳房が大きく波うっている。目はつりあがって、くちびるはふるえていた。

広いホールには、のたっ、のたっ、と動く鞭の音だけが、ひびきわたった。桔梗は、じっと腕を組んだまま、鞭を見つめている。

ふいに竜子が、ひくくうめいたと思うと、ふらっとたおれかかった。緊張のあまり、気をうしなったのだろう。それをあわてて、大友がだきとめた。

そのとたん、啓子の鞭が、いきおいよくはねあがった。

同時に、桔梗のくちびるから、意味はないが、するどい声がほとばしった。大友は、竜子をかかえたまま、床にころがった。はげしい物音が、まるで、それまでどこかへとじこめられていた音響が、いちどきに逃げだしたみたいに起った。

それは、二発の銃声と、鞭が宙に鳴った音と、酸素ボンベが口をひらいたような音の、いっしょになったものだった。

大友は、顔をあげた。あたりが暗くなったようだった。大友は目を大きくあけて、そのとき、その場でおこったことを、見さだめた。

階段の上では、啓子が大きな指輪のはまった左手で、右肩をおさえながら、前のめりに片膝をつこうとしていた。まっ赤なジャンパーの袖口が溶けたみたいに、右手の甲に血のすじが走りかけていた。右手を離れた鞭は、階段をすべりおちながら、重い柄をカタンカタン鳴らしていた。

桔梗は、さっきとおなじところに、立っていた。半身にかまえて腰をおとし、その右手に、拳銃のにぎられていることだけが、さっきとちがっていた。

運転手は、信じられない、といった顔つきで、前のめりにたおれながら、二、三歩あるいた。だらんとたれた右手のさきで、拳銃がゆれている。足もとの床には、その拳銃からとびだした弾が、穴をあけていた。こげた絨緞が、かすかなけむりをあげている。

シャンデリアからは、まっ赤な露がしたたっていた。暗く感じたのは、運転手の首すじから、一時にほとばしった大量の血が、シャンデリアにかかったためだった。鞭がはねあがろうとしたとたん、桔梗の拳銃が発射した弾丸は、啓子の肩にあたった。手もとが狂って、鞭のさきの刃物は、桔梗の頸動脈ではなく、運転手の頸動脈を、かききったのだ。

運転手は、自分が死のうとしているのを、まだ信じられないような顔つきで、がくっと膝を折った。絨緞に、顔がうまった。

啓子は肩をおさえて、片膝をついたまま、苦しげに笑った。桔梗は、ハンカチで拳銃をぬぐいながら、

「お竜さんを、早くつれだしたほうがいい、ぼくはあと始末をして、二長町へいくから」

と、大友にいった。

「わかった」

と、いおうとしたが、大友は舌がもつれて、声が出せなかった。なんどもうなずいて、竜子をかかえ起すと、玄関のドアをあけた。

桔梗は、運転手の手から拳銃をもぎとって、ポケットに入れると、指紋をぬぐいさった自分の拳銃を、かわりに握らせてから、階段をのぼった。

啓子の右肩から、赤い皮ジャンパーの下をつたって、流れた血が、小さな池をつくっている。啓子は顔をあげて、桔梗に笑いかけた。

「やっぱり、あなたの腕のほうが、たしかだったわね」

「手あてをすれば、助かるかもしれないが、医者を呼んではやらないよ」

「わかってるわ。そんなことは頼まない。でも、ひとつだけ、お願いがあるの」

「なんだい」

「あたしを抱いて。あなたに抱かれて、死にたいの」

「いいとも」

桔梗は、啓子のからだに、両手をまわした。

「あなたのそばにいられて、楽しかったわ。嘘じゃない。ほんとに楽しかったわ」

「嘘だなんて、だれもいってやしない」

「キスして」

啓子は、大きな目をあいて、桔梗を見た。ふたりのくちびるが、重なった。啓子は、中指に大きな指輪をはめた左手を、桔梗の背にまわして、力をこめた。

　その指輪から、細くするどい針がとびだして、桔梗の服をつらぬいた。桔梗は、くちびるを離すと、小声でいった。

「車のドアで胸を打ったあと、まだ包帯がとれないんだ。ちょうどいいから、きょうは包帯のあいだに、鉄板をはさんできている。気の毒だが、毒針は通らないよ」

「なにをやっても、あなたには勝てないのね。やっぱり、先生の息子さんだわ。せめて、いっしょに死にたかったのに。ほんとをいうと、あたし、死ぬのが怖いの。笑わないでね」

「だれだって、そうさ。きみが好きだ。死ぬまで、そばにいてあげるよ」

「うれしいわ。でも、もう帰って。死ぬのがいやになるばかりですもの。なんとか、ひとりでやってみるわ」

　桔梗はうなずいて、啓子を壁によりかからせた。

「もう一度、顔をよく見せて」

　と、啓子はいって、重そうな目蓋をひらいた。

「ずいぶん、暗くなったわ。あなたがよく見えない。あんがい……簡単に死ねそうね」

「さよなら」

桔梗は、立ちあがった。

「……さよなら」

啓子は手をあげかけて、そのままななめに、灰いろの顔を伏せた。

10

竜子は、二長町の家へ帰ったとたん、熱をだしてしまった。大友は、氷まくらに氷のうと気をくばって、枕もとにすわっていたが、いつまで待っても、桔梗はあらわれない。

「ちぇっ、どうしたんだろうな？」

大友はなんども、舌うちした。竜子はときどき、苦しげに寝がえりをうって、

「信治さん」

と、うわごとに名を呼んでいた。

いつの間にか、夜があけた。大友はなんども、腕時計を見た。竜子の熱は、いくらかさがったが、まだ苦しげだった。十時半に、玄関のベルが鳴った。

「兄きだ」

大友は、玄関へとびだしていった。桔梗は、おしめ袋のようなかばんをさげて、立

っていた。大友は、手をとってひっぱりあげながら、

「兄き、なにをぐずぐずしてたんだよ。お竜さんは心配のあまり、ひでえ発熱だぜ。おかげでおれは、一睡もできなかった」

「もう熱はさがったわ」

襖から、竜子が顔をだしていた。

「現金なもんだ。これだから、女の生理ってやつは、わからねえ」

と、大友が嘆息した。

「あと始末に、すっかり手間どってしまったんだ。三栄町のアパートも、ひきはらってきたよ」

桔梗は、奥の六畳にとおって、敷いてある夜具の枕もとにすわった。

「鶴巻女史は……？」

と、大友が聞いた。

「死んだよ」

「やれやれ、かわいそうに――でも、これで片がついたわけだな。おれはくたびれたから、ねむらせていただくぜ。横丁の車のなかで寝てるからね。用があったら、起してくれよ」

大友は、出ていこうとした。

「待てよ。きみたちふたりに、聞いてもらいたいことがあるんだ」

「そんなの、あとでいいじゃねえか。ひとがせっかく、気をきかしてやってるのに。なに聞かせようってんだよ」

「さよならを」

「えっ」

大友と竜子の、声がそろった。

「もうぼくの用はすんだ。きみたちにも、さよならをいって、なめくじは消えなきゃならない。きみたちに、塩をまいてもらおう、と思って、やってきたんだ。これで、塩を買ってくれないか」

かばんのなかから、ぶあつい紙幣の束をだして、桔梗はふたりの前においた。

「いけないよ、兄き、こんなことをしちゃあ。おれたちゃ、兄きにやとわれたわけじゃねえんだ。だいいち、こんなにおいてったら、兄きが困るだろ？」

と、大友が紙幣束をおしかえした。

「おやじが残していった金を、ぜんぶつかうつもりだったが、きみたちが動きまわってくれたおかげで、まだ、だいぶ残ってる。心配はいらないよ」

「だったら、それをもとでに、なにか商売でもはじめたら、いいじゃないか」

「まともなことをいうね。ぼくにはもう、なにもできない。溝呂木がいったよ、人殺しがおもしろくなったころだって。たしかにそうなんだ。おやじの飢えた遺産を、精算するつもりで、一所懸命やってみた。おやじがこの世に残した十二人の殺し屋も、その弟子たちも、いなくなった。だが、そのあげくに、おやじの理想の殺し屋が、できあがってしまったんだ」

「というと――？」

「ぼくさ。皮肉なもんだ。このまま東京にいたら、人殺しをつづけるばかりだろう。人間のいないところへ、帰るよ。なめくじは、消えるんだ。塩をまいて送ってくれ」

「それじゃあ、おれもつれてってくれよ。兄きのいくところへ」

と、大友がいった。竜子は無言だったが、その目が涙で光っている。

「そうはいかないよ。おやじに聞いたことがあるんだが、むかし東京の子どもたちは、祭りでみこしをかつぐとき、酒屋のけちんぼ、塩まいておくれ、と囃したそうだ。ぼくも、塩まいておくれ、と大声をあげるぞ」

「でも、きょうすぐ、立たなくてもいいんでしょう？」

と、竜子がいった。

「そりゃあ、そうだが、一日いたところで、なにもすることはない」

「あたし、また熱がでてきたわ。大友さんには、ゆうべ寝ずに看病してもらったんだから、もうきょうは頼めないし、ひとりでおいていかれたら、熱があがって、この家、燃えてしまうわよ、きっと」

「なにしろ、乾燥してるからねえ」

と、大友がうなずいて、

「お竜さんが熱をだしたのは、兄きのせいだからな。責任上、きょうの看病は兄きの役だぜ。おれはゆっくり寝にかえるよ。あしたの朝、トラックで塩をはこんできて、まいてやるから」

「しかたがないな」

桔梗は、微笑した。竜子は涙の光る目で、笑いかえした。大友は片目をつぶって、玄関へ出ていった。

第十三章　終列車はまだ出ない

1

「玄関に、だれかきたよ。大友じゃないかな」

桔梗信治は、枕からあたまをあげた。その胸に顔をあてて、眠っていた佐原竜子が、うっとりと目をひらいて、

「何時かしら？」

桔梗は、枕もとにおいた腕時計を、駝鳥の卵みたいな提灯スタイルの、電気スタンドにかざした。

「もう十時半だ」

「まだ十時半でしょ」

と、竜子はいいなおして、男の首に、両手を巻きつけながら、

「ビルさんが、そんなに早くくるはずないわ。きっとセールスマンかなにかよ。黙っていれば、あきらめて帰るわ。あたし、まだ眠いの」

「大友なら、声をかけるはずだな」

「そうよ。気にしないで、もういちど抱いて」

竜子は、男の裸の肩に、電気毛布をかけなおして、足をからませながら、ささやいた。あたたかい乳首が男の胸にふれ、しめっぽい毛が腿にさわる。桔梗の厚い胸板をくぼませるほど、竜子は乳房をおしつけながら、

「これっきり、あえないなんて、いやだわ。ねえ、帰らないで」

「子どもみたいに、だだをこねないでくれ。きみのために汽車にのるのを、一日のばしたんじゃないか」

なめらかな背を愛撫しながら、桔梗はいった。

「きょうの終列車がでるまでには、間があるわ。あしたの終列車までには、もっと間があるのよ」

「ぼくは終列車ってやつは、きらいなんだ。なんとなく気が滅入って」

桔梗はしずかに、竜子のくちびるを吸った。舌をからませあいながら、竜子は濡れた目で、男を見つめていたが、やがて、くちびるが離れると、

「恥ずかしいけど、目をつぶることができないの。目をつぶると、あなた、いなくな

ってしまいそうだわ。どうしても、わかれなければならないのなら、死ぬまでの分だけ、あなたの顔を見ておきたい」

玄関の声が、かすかに聞えた。

「どうも気になるな。やっぱり、大友らしいぜ」

と、桔梗はいって、からだを起した。

「風邪をひくわよ。どうしても起きるなら、そこにある丹前をきて」

「これ、新しいね」

「あなたに着てもらおうと思って、こしらえさせておいたの」

「きみは、古風すぎる。ぼくの気もちを、にぶらせちゃいけないな」

「もしビルさんだとしても、追いかえしてね。あたし、また熱が出てきたわ」

「だったら、なにか着たほうがいいね」

「いやよ。このまま待ってる」

桔梗が、掛蒲団をもちあげると、竜子は裸のからだを、猫のようにちぢめた。

桔梗は、丹前をひっかけて、三尺をしめながら、玄関に出ていった。曇りガラスの戸に、日があたって、立っている男の影絵をつくっている。雨戸をしめきった座敷から、出てきた目には、光がまぶしい。

「どなた？」

大友は、やや青ざめた顔で、袋に入った一mばかりの棒を手に、入ってきた。

「おれだよ」

大友の声だが、いやに元気がない。桔梗は、土間におりて、鍵をあけた。

「せっかく、塩をまきにきてくれたのに、悪いけど、終列車はまだでないそうだ」

と、桔梗はいった。いつもの大友なら、それだけで察しがつくはずなのに、うしろむきになって、玄関に鍵をかけると、じろりと桔梗をふりかえった。

「どうした。なにかあったのか」

桔梗が聞いても、返事をしない。しずかに、袋のひもをほどいた。

「そりゃあ、刀じゃないのかい」

と、桔梗がいったときには、小さめの鍔をつけた黒い柄の日本刀が、鞘を離れていた。

2

「おい、なにをする」

桔梗は、首をすくめた。その鼻さきへ風を切って、日本刀が舞いおちた。

「あぶないじゃないか」

大友は無言で、刀をつきだした。信じられないほど、はげしい気あいがこもっている。

「大友、いいかげんにしないか」

桔梗は、四畳半へとびのきながら、いきおいよく障子をしめた。大友は、つきだした刀をひいて、横にはらった。

障子の桟が、ばらばらになって、斜めにたおれかかった。

「おい、大友が気がちがったらしいぞ」

桔梗は、六畳にさがりながら、三尺をといた。

大友は、たおれた障子の腰板をふんで、とびこんできた。ふりおろす切っさきへ、桔梗の三尺がからみついた。三尺はまっぷたつになって、天井へとんだ。

桔梗は、ふすまをひらいて、六畳へすべりこみながら、丹前をぬぎすてた。

竜子は裸のまま、夜具からすべりだすと、電気スタンドのコードをひきぬいた。雨戸のすきまから、さしこむ日の光と四畳半から流れこむ光で、ぼんやり明るい六畳に、桔梗のたくましい裸身が、浮かびあがった。

大友は、刀を中段につけて、じりじりと迫ってくる。桔梗は、丹前を闘牛士の旗のように前にかまえて、壁ぎわに立った。

「大友さん、なんてことをするのよ」

竜子が、さけんだ。大友は、返事をしない。そのかわりするどい気あいが、大友のくちびるから洩れた。刀身が、きらりと光る。

桔梗の手の丹前が、同時に風を切って、ばさっと鳴った。丹前が、刀身にからまるのといっしょに、桔梗は右足で、大友の股をすくいあげた。ふたつのからだが、畳の上にころがった。竜子は掛蒲団を、さっとはがすと、桔梗のからだが離れる瞬間、大友の上にかぶせた。

「もう大丈夫だ。あかりをつけてくれ」

丹前ごと刀をもぎとって、桔梗はいった。

天井の螢光灯をつけて、蒲団をめくってみると、大友は気絶していた。桔梗は肩をゆすぶって、

「おい、目をあけろよ。いったい、どうしたんだ?」

大友は、うめいてから、目をあけた。心配そうにのぞきこんでいる桔梗と、竜子を見あげて、

「はてな、裸体主義者のキャンプに、迷いこんだのかな」

「あら、いやだ」

竜子は、まだ裸なのに気づくと、しゃがんだまま、かかとを軸にして、くるりとまわった。長襦袢がしゅとすべってきて、肩へはいあがったように見えた。

「もとへもどったようだな」

桔梗も、丹前をはおりながら、いった。

「なにが、もとへもどったんだい、兄き」

「ビルさん、あなたがよ」

と、竜子がいった。

「もとにもなんにも、いったい、おれはいつ、ここへきたんだろう？　どうも、わからねえな」

「これを、おぼえてないのか」

桔梗は、畳にころがっている抜身を、ゆびさした。

「なんだい、こりゃあ？　国定忠治でも、殴りこんできたのかい」

「おぼえていないの？　オートモ・ビル氏が、斬りこんできたんじゃないのよ」

「おれが？」

大友は、ぴょこんと、すわりなおした。

「そんな馬鹿なこと、あるもんかよ。なんでおれが、お竜さんの家へだんびらかざして、飛びこまなけりゃならないんだ」

「だから、その理由を聞いてるんだよ。おぼえていない、といったが、どういうことなら、おぼえているんだね」

と、桔梗は聞いた。

大友は、あたまをかかえる。

「おれはきょう、おひるすぎたら、ここへくるつもりだったんだ。でも、きのうたっぷり寝たから、けさ早く目がさめてね。兄きになにか、あっというような記念品を贈ろう、と思ってさ、銀座へさがしにいったんだよ。そこまでは、はっきり、おぼえてるんだが……」

「いったい、どうして、そこから先がわからないの?」

竜子が着物をきおわって、帯をしめながら、小首をかしげた。

「大友は、催眠術をかけられたんだ。そうにちがいないんだが、どこでかけられたかが、問題だね。銀座でだれかにあわなかったか」

「そうだ。思い出したよ。松屋の前で、外人に道を聞かれた。六本木へいくにはどういったら、いいかっていうんだが、ものわかりの悪いやつでね」

「アメリカ人か」

「いや、へたな日本語をしゃべってたんで、はっきりしないがね。フランス人か、ドイツ人だな。年よりだったよ。都電でいきたいっていうんで、説明してやったんだが、くどくど聞きかえすくせに、わからねえんだね、これが」

「それで、けっきょくは、わかったんだろう?」

「十分ぐらい説明したら、よくわかったらしくて、指をぱちんと鳴らしたよ。それから先が、どうもはっきりしないんだ」

「まわりに、通行人はいたか」

「そりゃあ、いたさ。銀座のどまんなかだもの」

「そんな状況で、催眠術をかけられるなんて、相当なやつだぞ、こりゃあ」

桔梗は、腕を組んで、うめくようにいった。

3

桔梗は、大友の顔を見つめて、にこりと笑うと、竜子をふりかえった。

「終列車にのるとしても、先のことになりそうだよ。ぼくのかばん、出してくれないか」

「あなたの出発がのびることなら、なんでも歓迎」

竜子は、押入れをあけて、古かばんをとりだした。桔梗は、そのなかから腕時計をひとつと、めがねをひとつ、とりだした。

「きみに催眠術をかけたやつは、理由はわからないが、ぼくを殺したがってるわけだ。結果が知りたいだろう。大友、きみはまだ催眠ちゅうのようなふりをして、ここから出ていってみろ」

「よしきた」

大友は、腰をあげた。

「あわてるなよ。そのままじゃいけないんだ。この腕時計をしろ」

「時計なら、してるぜ」

「こっちのは、じつは時計じゃない。盗聴用マイクだ。このめがねのつるに、受信機がしかけてある」

桔梗は、めがねをかけた。黒い太いふちが目をかこむと、桔梗の顔は、全学連を脱退したがってる学生みたいに見えた。

「なるほど、変装用にもなるわけだな」

大友は、自分の腕時計と、時計がた無線マイクを、はめかえた。

「おれはこいつを、どうつかえばいいんだい」

「ここをでたら、好きなほうへ歩いていけ。とちゅうで、そのフランス人だか、ドイツ人だかが、かならず出てくるだろう、と思うんだ。出てきたら、話をするとき、自然に手の位置を高くしといてくれ。ぼくはあとをつけて、きみたちの話を、こっちの受信機で聞く」

「わかったよ。しかし、催眠術にかかってるようなふりってのは、どうすればいいんだろうな」

「さっきのきみは、ひどくまじめな顔してたぜ。まじめな顔して、なるたけ口をきかずに、相手のいうなりになってればいいだろう」

「むずかしいな。この刀は、どうしよう？　持っていこうか」

大友は、畳にころがっている抜身へ、手をのばした。

「手ぶらでいけよ。いや、鞘だけ玄関に落ちているから、持っていけ。その外人に聞かれたら、ぼくを殺した、というんだ。女がいっしょにいたから、そいつもいっしょに殺した。わかったな？」

「わかった。もういっても、いいかい」

「いっても、いいよ。ぼくは、裏口からでる」

「ゆっくり歩いたほうが、いいだろうな」

大友は立ちあがった。

「そんな心配はいらない。ただときどき、現在位置を明瞭にいってくれ。離れすぎたときの用心にな。ただし、わざとらしくなっちゃいけないぜ」

「ぬかりは、あるもんか」

大友は、片目をつぶって、玄関へ出ていった。桔梗は、急いで服をきて、ガラス戸がしまるのを聞くと、台所へ出ていった。

「まさか、このまま帰らないんじゃないでしょうね？」

と、竜子がいった。

「大丈夫。帰ってくるさ」

「帰ってこなかったら、あたし、死んじゃうから」

「きみはもう、死んでるんだよ。大友に殺されて」

「すると、きょうは、どこへも出かけちゃいけないの？」

「死人が歩けるはず、ないだろう」

桔梗は笑って、台所の戸をあけた。

4

桔梗が、露地へ出てみると、もう大友のすがたはなかった。

「佐竹のほうへ、歩いてみるよ」

めがねのふちから、大友のささやき声が聞える。いつ外人が出てくるかわからないので、怪しまれないように、声を低くしているのだろう。桔梗は、レインコートのポケットに、両手をつっこむと、背をまるくして、佐竹通りのほうへ、歩きだした。

「いま、竹町公園だ」

大友の声は、つづいた。桔梗が、竹町公園のわきを通ったときには、大友は鳥越通りへ出て、西町の都電通りのほうへ、歩いていた。

「どうしたね？　うまくやりましたか」

いきなり、めがねのつるから、耳馴れない声が聞えた。なまりのある声は外人らしいが、日本語はへたではない。

「ああ、やった」

大友の返事が、聞えた。

「刀をかえすよ」

「これ、鞘だけです」

「中身はおいてきた」

「ふん、よくやりました。お礼いたしましょう」

「どこへでも、いきますよ。こっちへいくと、佐竹の商店街だ」

「わたし、上野いきます。電車にのるところ、案内してください」

「こっちだよ」

桔梗は、ふたりの声を聞きながら、足を早めた。佐竹の商店街に入ると、ふたりの声が、はっきりしてきた。前方に、背の高い外人のすがたが見える。襟に毛のついた黒い外套をきて、髪は美しい銀いろだ。横をむいて、大友に話しかけるとき、顔が見えた。右の目が、眇《すがめ》らしい。鷲のように鼻が高いが、この鷲、空気が抜けかけていると見えて、皺だらけだ。外人の年だから、見さだめにくいが、五十より下ということはないだろう。

「ドイツ人だな」

と、桔梗はつぶやいた。

「この喫茶店、入りましょう」

「どこでもいい」

ふたりは、かたわらの小さな喫茶店へ入った。桔梗は、前までいって、窓からのぞいた。なかは狭い上に、すいている。あとから入っては、目につきすぎる。前は本屋だ。

桔梗は本屋へ入って、棚を物色しながら、めがねのつるの話に、耳をすました。

「なんだい、これは？」

と、大友の声がした。

「お礼ありますね」

「五万円あるな」

「とっておく、いいですよ」

ふいに、声が聞えなくなった。

桔梗は、喫茶店をふりかえった。だれも、出てきたものはない。桔梗は本屋を出て、喫茶店のドアをおした。大友とドイツ人のすがたは、どこにもない。桔梗は、ドアのうしろに立っている女の子に、声をかけた。

「ここには、裏口あるかい」

「どうしてですか」

「いま背の高い年よりの外人と、若い日本人が、裏口から出ていったろう？」

「それがどうかしたの？」

「どうもしないが、まだ、返事を聞いてない」

「しつこいことをすると、警察を呼ぶわよ」

「ぼくはまだ、きみのお尻をなでてないよ」

「あんたでしょう？　いまの外人さんに、いやがらせをしたのは」

「だったら、どうする」

「お気の毒さま。通訳のひとといっしょに、とっくにいっちゃったわよ」

「そりゃ、残念でした。またくるよ。お尻をなでるのは、こんどにしよう」

桔梗は、おもてへ出ると、めがねをとって、ポケットにしまった。

「すこし、甘くみすぎたかな」

と、つぶやいて、二長町にむかって、歩きだした。

5

「あら、どうしたの？」

竜子は、台所の戸があいて、桔梗が入ってくるのを見ると、目をまるくした。

「死びとが、生きかえるくらいだからね。出てったものも、すぐ帰ってくるさ」

「ビルさんは？」

「また、やられたよ。相手は手ごわい」

桔梗は、六畳で、レインコートをぬぎすてた。

「大丈夫かしら、ビルさん」

「いきなり、殺されるようなことは、ないだろう。相手は、盗聴マイクに気づいたんだ。ということは、ぼくが生きているのも、気づいたってことだ。まだ、大友は道具につかえる。生かしておくよ、きっと」

「それで、どうするつもり？」

「どうしようもない。ドイツ人てことはわかったが、どこのだれとも、名前はわからない。探しようがないわけさ。ここで相手のでようを待ってるより、しかたがない」

「ただ待ってるのは、退屈ね」

「退屈だから、おままごとでもしようか。ただし、料理は本物でなきゃあ、だめだぜ。ありあわせの材料でも、いいからね」

「おままごとなんかつまらないわ。泥坊ごっこしない？」

「どんなこと、するんだ？」

「あたしが泥坊になるの。あんたをしばるのよ」

「しばられるなんてのは、ごめんだね」

「なんでもいいから、おとなしく両手をだしてよ」

竜子は、うしろにまわした手を、しずかに桔梗につきつけた。その手には、オートマチックの拳銃が、にぎられていた。安全装置は外れている。

「縄は、どこだ？　催眠術師がさきまわりしてたとは、気づかなかったな。縄をもってきたまえ」

「縄は、勘弁してあげるわ。さっきのめがねを、かけなさいよ」

「めがねをかけた顔が、気に入ったのかい」

桔梗はポケットから、受信機めがねを出して、にやにや笑いながらかけた。

「めがね、かけましたね？」

妙な日本語が、つるから聞えた。

「かけたよ。といっても、この機械、一方通行だから、こちらの声は、聞えないんだった」

「なかなか、きみ、おもしろいことをやる。桔梗の息子だけのこと、あるね」

と、ドイツ人の声がいった。

「わたしのこと、おとうさんから、聞いていないか。フォン・ブルッケンマイヤーだ。ルドルフ・フォン・ブルッケンマイヤー。おとうさんとは、ウィーンで知りあった。ベルリンでも、親しくした。日本語も、きみのおとうさんから、習ったね」

「ふん、おやじの友だちか」

「もっとも、大戦がおわるころには、ドイツを逃げだして、南米にいってしまった。ずっとおとなしくしていたよ。アイヒマンがつかまったときには、ひやっとしたがね」

「ナチの生きのこりだな」

「わたし、おとうさんとは、趣味が一致して、ずいぶん親しくしたよ。ようやく、自由に世界、歩きまわれるようになってから、きみのおとうさんをさがした。日本へぶじに帰ったと知って、あいにきたのだ。ついでがあったもんでね。溝呂木という男と、しごとのことで、話があった」

「こいつも、殺し屋だったのか」

と、桔梗はつぶやいた。

「日本へきて、信輔、死んだということ、聞いた。信輔、天才だ。惜しい男、殺したねえ。日本へ帰ってから、彼がやった有意義なしごとも聞いた。溝呂木という男から。意外だったよ。溝呂木が信輔の弟子だとはね」

「それが、どうした？」

「そして、同時におどろくべきこと、聞いた。信輔の息子、せっかく、おとうさんの残した研究、ユニークな方法を身につけた人材、つぶしてあるいている、ということね」

「あんたも、おやじとおなじ狂人らしいな」

「わたし、信輔の名誉、守らねばならん。溝呂木がやられたときは、残念なことに、神戸にいてね」

「溝呂木が、あいにいくといってた相手は、あんたか」

「これで、わたしがきみにあいにきたわけ、わかったろう。立ちたまえ。立って、玄関からでるね」

桔梗は、いわれた通り、立ちあがった。竜子も、拳銃を手に、立ちあがった。玄関をでると、ブルッケンマイヤーの声がした。

「露地をでたまえ。車、待っている」

いわれた通りにすると、通りに大きな車が待っていた。運転台にいるのは、大友だった。うしろの座席にいた老人が、ドアをあけた。鷲のくちばしのような鼻と、不透明な片めがねが、目についた。

「さあ、どうぞ。桔梗信治君」

6

「あなたが、ルドルフ・フォン・ブルッケンマイヤーさんですね」

車にのりこみながら、桔梗がいった。盗聴用マイクの受信機をしこんだ、ふちの太いめがねをかけているせいか、税務署の役人の口調みたいに聞えた。だが、運転席にすわっている大友も、そのとなりにのりこんだ竜子も、笑わなかった。白髪のドイツ人だけが、しなびた短剣のような鼻のあたまに、器用に小皺をよせて、微笑した。

「そう、信輔の息子だね、きみが？　よく似ている。思いだすよ、ウィーンで信輔にはじめてあったときのことを。きみがおとうさん、尊敬していないのは、じつに、じつに残念だねえ」

「尊敬してますよ。ただ父は狂ってたんです。才能のつかいかたを、あやまったんですよ。きっと、友だちが悪かったんでしょう」

「ふん」

皺だらけの頬が、ぴくりとふるえて、片めがねが落ちかけた。桔梗は、その横顔を見まもりながら、

「ぼくをどこへ、案内してくれるんです？」

「べつに目的はないんだ。それにわたし、あまり東京の地理には、くわしくないしね。ただ走りながら、すこし話がしたい。たのむよ」

ドイツ人は手をのばして、大友の肩をたたいた。大友はうなずいて、車を走りださせた。埃っぽく乾ききった道を、車は豊島町へむかって走っていく。

「話をする前に、ぼくの腕時計がたマイクを、返してくれませんか。それはかなり、金がかかっているんです。残念ながら、さしあげるわけにはいかない」

「それは、失礼したな。しかし、きみ」

と、ブルッケンマイヤーは、ステッキにのせた右の手首から、盗聴マイクをはずしながら、

「こんなもの、持っていても、じきつかえないようになるがねえ」

「ほんとに、ぼくを殺す気なんですか」

「そう、やむをえずね。わたし、東京にすむつもりで、日本へやってきたんだ。信輔の話とちがって、愚劣な町だな、東京というところは。よき時代の名ごりは、世界の

あらゆるところから、消えさってしまったらしい。しかし、しごとの足場にするには、いいところだね」

「しごとというのは、殺し屋商売のことですね」

「わたしのような人間が、暮しの金のために、からだを動かさなければならない。ほんとうに、恥ずかしいことだ。しかし、まあ、愚かな人間ばかり、大手をふって歩いている世のなかだから、ぜんぜん、やりがいのないしごとでもないな」

「殺される人間は、みんな馬鹿だ、といわれるんですか」

「そう。利口な人間は、生きのこるものだね——寿命のあるだけは」

ブルッケンマイヤーは、耳の大きな横顔で、窓のそとを見ながら、いった。

車は両国橋をわたりかけて、立ち往生をしている。車がつかえていて、動けないのだ。いつもなら、なにかいいだす大友が、人形のようにハンドルを握っている。

「わたしのような腕力もない老人が、こうして生きているのも、あたまの中身のおかげだ。おとうさんにしても、そうだ。ただ寿命にはめぐまれなかったがね。げんにその息子のきみは、こうして生きのこっているじゃないか。信輔の弟子たちは、死んだのに。そのへんが、天才の息子と、天才の弟子のちがいだね」

「おほめにあずかって、光栄ですよ」

桔梗は、ドイツ人を見つめながら、微笑した。

7

車はようやく動きだして、錦糸町へむかっている。

「あなたは、日本語が上手ですね」

と、桔梗はいった。ブルッケンマイヤーは、半透明の片めがねで、眇のみにくさを隠した顔をうなずかせて、

「ほかの国のことばの、ならうのは、むかしから好きだった。まあ、たいていの国へいっても、困るようなことはない。おかげで、どこの国からの依頼でも、ひきうけられるね」

「催眠術をかけるのに、相手にわからないことばじゃあ、しょうがないですからね」

「まあ、そうだ」

「けさ、この男に、どんな暗示をあたえたんです？」

桔梗は、大友の背をゆびさしながら、聞いた。

「それは、職業上の秘密だね。話すわけにはいかないんだが、とくべつに聞かせてあげよう。だいぶ苦労したよ。日本の歴史など、しらべてね」

「……といいますと？」

「この男に、わたしはね。きみは見まわり組の佐々木只三郎だ、と暗示をあたえたんだよ」

「佐々木？　どこかで聞いたような名前だな？」

「日本人のきみが、知らなくては、困るね。きみの隠れ家の前へつれていって、ここに坂本竜馬が隠れている、と教えてやったんだ。明治維新のこと、知らないかね」

「なるほど、ぼくは坂本竜馬ですか。こりゃあ、大笑いだ。道理で、うまくいかなかったはずだな。竜馬の暗殺犯人は、諸説ふんぷん。最有力が見まわり組らしいけど、どっちにしても佐々木只三郎が、自分で手をくだしたわけじゃないそうですよ」

桔梗は、笑った。ブルッケンマイヤーは、機嫌をそこねたらしい。外套の下から、紋章のついた皮の葉巻入れをだした。細い葉巻を一本とりだすと、純金のカッターで、吸口を切った。

車は錦糸町を通りすぎて、京葉有料道路にむかっている。ドイツ人は、萎れた花びらみたいな、うすくて紅いくちびるに、葉巻をくわえると、白金懐炉ぐらい大きさのあるライターをだして、火をつけた。

ライターには、オルゴールがしかけてあったらしい。火をつけると同時に、鳴りだした。だが、その音はメロディを持っていなかった。モールス信号みたいな妙な断続音だ。

ブルッケンマイヤーは、ライターを手にしたまま、じっと桔梗の顔を見つめた。

車は京葉道路に入って、スピードをあげた。トール・ゲイト・アヘッド――前方に料金徴収所あり、という立札が、近づいてきた。

ドイツ人は、桔梗の顔を見つめて、にやりと笑った。ライターはまだ、単調な音をひびかせている。

「トール・ゲイトをすぎて、車がスピードあげたら、きみ、ドアからとびだすね。よろしか？」

と、ブルッケンマイヤーは、葉巻のけむりといっしょに、低い声をはきだした。

「反対方向からくる車の前へ、とびこんで、死ぬ。きみはもう、この世に愛想がつきたんだ」

「ええ」

桔梗は、沈んだ表情になって、ゆっくりとうなずいた。

「死ぬの、恐れること、ない。ただドアをあけて、とびだせばいいんだから」

「わかってます。死ぬのは怖くない」

車のスピードが、落ちた。トール・ゲイトの下へ、車がすべりこんだのだ。大友が窓ガラスをおろして、係員に小銭をさしだす。

チケットをうけとると、大友はまた、窓ガラスをあげて、走りだした。車はぐんぐん、スピードをあげていく。桔梗はかけていためがねをはずして、前にすわっている竜子の顔に、うしろから、そのめがねをかけさせた。

「これは形見だよ。さよなら」

「そうだ。勇気をだせ。ちょうどむこうから、車がきた。ドアをあけて、とびだせば、すべて解決する。運転手、車をセンター・ラインへよせてやれ」

ブルッケンマイヤーが、権威ある声でいった。大友は、うなずいた。

左ハンドルの外車で、大友のうしろに、ブルッケンマイヤーがすわっている。桔梗のがわのドアをあければ、反対方向から疾走してくる車の前に、もろに飛びだせるのだ。

車はセンター・ラインによった。前方からは、トラックが宙をはずむような勢いで、走ってくる。

「いまだ」

と、ドイツ人がいった。桔梗は、いせいよくドアをあけると、そとへとびだした。

8

桔梗のさけび声がした。トラックの運転手も、助手も、大声をあげた。運転手は、ハンドルをまわして、タイヤに悲鳴をあげさせた。

これだけの大音響が、竜子の耳もとで、いちどきに爆発した。桔梗がかけさせせためがねのためだ。その大音響で、竜子はわれにかえった。

「ビルさん、なにをしているの！」

「たったいま、桔梗信治を、殺したところだ」

と、ブルッケンマイヤーがいった。

竜子は、事情をのみこむと、顔いろを変えた。だが、手に握っているオートマチックに気づくと、すぐ行動を起した。自分と大友のあいだの、シートの背に銃口をあてると、引金をひいたのだ。

窓をしめきった車中に、轟音がひびいた。

大友は、われに返った。反射的に、ブレーキを踏む。車はとまった。竜子はうしろをむいて、ドイツ人に拳銃をつきつけた。

けれど、ブルッケンマイヤーは、にやりと笑って、

「その拳銃には、空包が一発、こめてあっただけね。実包の入った銃を、持たしておくものか」

と、いいながら、うしろの窓をふりかえった。とたんに、表情が変った。有料ハイウエイは白く乾いて、さっきのトラックも、すでに小さい。しかも、桔梗の死体は、

どこにもころがっていないのだ。

老ドイツ人は、狼狽した目を、大友、竜子のふたりにむけた。そのとき、妙なことが起った。前の窓に上のほうから、人間の顔がひとつ、逆さにぶらさがってきたのだ。

それは、桔梗信治の顔だった。

桔梗の顔は、ぺろりと舌をだして、ひっこんだ。と思うと、車の屋根から桔梗のすがたがとびおりて、左がわのドアをあけた。

「兄き」

「信治さん」

大友と竜子が、よろこびの声をあげた。桔梗の手には、銃身を切りちぢめたスナブ・ノーズド・リヴォルヴァーがにぎられていた。溝呂木の拳銃だ。

「そちらへ寄っていただきましょう、ブルッケンマイヤーさん。大友、車をスタートさせろ。旧街道へ出て、東京へひっかえすんだ」

ブルッケンマイヤーは、目をまるくしながら、右はしへ寄った。手にした葉巻が、ふるえている。

「どうして、きみは……？」

「ぼくには催眠術が、かからなかったんですよ。かかったようなふりを、していただけでね」

「そんなはずはない」

「ないこともないんです。ぼくの父が、読唇術にたんのうだったことを、おぼえてませんか。父はぼくに、あらゆることをつめこんだんです」

「すると、きみは？」

「二長町の家をでるとき、耳に栓をしたんです。ライターにオルゴールがしかけてあって、その音で、催眠術にかけるらしいですね。でも、ぼくには聞えなかった。あなたとの話は、読唇術でやってたんですよ」

「しかし、きみはドアから……」

「とびだしながら、屋根に手をかける。鉄棒の尻あがりの要領で、天井にあがっただけです。べつだん、ぼくが利口だったわけじゃない。運動神経が、活潑にはたらいただけの話ですから、ご心配なく」

　車は京葉道路のはずれへきて、車首をまわすと、千葉街道へ入っていった。道は悪くなって、車はさかんにゆれる。

「ひどい道路だ。なんという野蛮な国だろう」

と、ブルッケンマイヤーが、銀いろの眉をしかめた。大友はつづけざまに、車を追いぬきながら、

「車がゆれたからって、死にやしないよ」

「わたしは、きみたちとちがって、関節が摩滅しかかっているんだからね。お手やわらかにたのむ。いずれ、どこかで殺されるんだろうがね」

「ご老体のことだから、こちらはハンデをつけますよ」

と、桔梗はいった。

「そんないたわりかたは、しなくていい。ただ拳銃でズドンとやられるような野卑な殺されかたは、したくないね」

「いきなり、この車から飛びだすようなまねさえしなければ、ぼくもこんなものはつかいません」

「わたしは、きみのような軽業師じゃない。葉巻のけむりがこもったね。窓をあけるが、かまわんだろうな」

「どうぞ」

船橋と市川のあいだで、千葉街道はせまくなっていた。前にバスが二台つかえて、車の列が淀んでいる。大友は車をとめた。

そのときだ。ルドルフ・フォン・ブルッケンマイヤーは、老人とは思えぬ優雅なすばやさで、ドアをあけると、車からおりてしまった。

あっと思ったときには、ドアはしまっていた。おろした窓から、片めがねがのぞき

こんで、

「どうだね。この交通まひのなかで、拳銃をぶっぱなす勇気があるかな。そのために、窓をあけておいたんだが」

悪魔のような上品さで微笑すると、ステッキをふりふり、むこうがわに渡っていった。

9

桔梗は、拳銃を投げだすと、ドアに手をかけた。

「ぼくも、ここでおりる」

「おれたちも、どこかで車をおいて、追いかけるよ。こいつを持っていったら、どうだい、兄き」

大友が床からとりあげたのは、袋に入った日本刀だった。ひる前に大友が、坂本竜馬を殺す気で、ふりかざしてきた黒柄の刀だ。

桔梗は、それを受けとって、車をとびだすと、ブルッケンマイヤーのあとを追った。市川市もはずれのこのあたりは、農家ふうの構えの家がまだ軒をならべていて、道ばたには背の高い木が、裸の枝をはっていた。

ブルッケンマイヤーの長身は、千葉街道から折れて、木のしげった細い道へ入っていった。前かがみになって、大股に歩いていくすがたが、びっこの鳥のように見えた。

裏通りへでると、竹林があって、そのかたわらの空地に、トタン張りの芝居小屋があった。ブルッケンマイヤーは、その楽屋口へ入っていった。夕方の開演時間には間があって、くたびれた表情の役者たちが、舞台で口立ての稽古をしている。ばらばらの服装で、竹光だけを持っていた。

ドイツ人は、つかつかと舞台に出ていった。片手のライターが、ぱっと火を放った。役者たちは、ぎょっとして、異様な闖入者に視線をあつめた。

せまい舞台に、オルゴールの音が、ひびきわたった。ブルッケンマイヤーは、息ぎれのした声で、役者たちをどなりつけた。

「清水の二十八人衆、都鳥のキッチ兵衛がやってくる。きみたちの仲間、森のイッヒ松を殺した男だ」

ドイツ訛りでいって、老人は舞台を横ぎった。桔梗が、袋に入れたままの日本刀を片手に、入ってきたのは、そのときだ。

「都鳥のキッチ兵衛！」

ブルッケンマイヤーが、尖った大きな耳をふるわせて、さけんだ。役者たちは、竹光をふりかざして、桔梗の前におしよせた。二十八人衆といっても、たかだか十人ぐらいだが、催眠術にかかった罪もない人間に、けがをさせるわけにはいかない。

桔梗は、立ち往生した。

「おい、どけ。どいてくれ！」

ブルッケンマイヤーは、きゅっきゅっと笑って、大道具のうしろへ、すがたを消した。

「どけ。どかないと、斬るぞ」

桔梗は、刀の柄に手をかけた。

「野郎、生かして帰したんじゃあ、清水一家の名おれだ。やっちまえ」

座頭《ざがしら》らしいのが、大見得を切った。うす暗い舞台に、竹光がひらめく。

役者たちは、なだれをうって、桔梗をつつんだ。

そのなかで、桔梗のするどい気合いがひびいた。竹光がいっせいに、宙へとぶ。桔梗のすがたが、鞘に入ったままの刀をふって、舞台を走りぬけた。

役者たちは、立ち往生していた。

桔梗の刀に、はねあげられた竹光は、宙に一回転したと思うと、ひとりひとりの背中と、着ている服のあいだへ、まっすぐにつきさったのだ。

役者たちは、からだを曲げることもできず、手をのばして、背中の竹光をぬこうと、舞台をはねまわった。

「畜生、逃がすな」

座頭が、腰に力をいれて、追いすがった。竹光は折れて、どうやら走ることができた。

桔梗は、小屋の口からとびだしながら、左手でふたつに畳んだ数枚の千円札を、うしろへほうった。

「これは、迷惑のかけ賃だ」

千円札は宙でひらいて、追いすがる座頭の顔へ、ぺたっと貼りついた。鼻と口をふさがれて、座頭はあおむけに倒れた。

10

竹林をぬけると、枯草のしげみにかこまれた池があった。そのへりをまわって、ブルッケンマイヤーが走っていくすがたを、桔梗はとらえた。

「息ぎれしないうちに、おやめなさい。そういうのを、日本では年よりの冷や水というんだ」

桔梗はさけんだ。

ブルッケンマイヤーは、池の対岸で立ちどまった。桔梗も立ちどまった。ふたりのあいだには、二十mほどの水が、夕日をうつして、かがやいていた。まんなかへんに、岩がひとつ、突きだしている。

「勝負をつける気かね？」

と、ドイツ人がいった。

「どうぞ」

桔梗は、あたまをさげて、刀の柄をにぎった。

ブルッケンマイヤーは、ステッキをにぎった。ステッキは仕込み杖だった。細身の剣をひきぬくと、ステッキの鞘を、足もとにすてる。

「あんたの負けだ、ブルッケンマイヤー」

「どうして？」

「勝つものならば、なぜ鞘をすてる」

「おお、それいけない。盗作です。それ、宮本武蔵」

「あんたは、なんでも知ってるんだな。日本歴史の勉強ぶりに、敬意を表しますよ」

「鞘はまた、ひろえばいい」

「その通りです」

桔梗も鞘を落して、片手下段に、刀をかまえた。

「兄き！」

うしろで、声がした。大友と竜子が、追いついたのだ。桔梗は返事をせずに、対岸を見つめた。

ブルッケンマイヤーは、細身のつるぎを、水平にかまえて、動かない。片めがねは、どこかに落ちて、大きさのつりあわない両眼が、ぶきみだった。しぼみかけた禿鷹のような皺だらけの顔に、大きな耳が若わかしく、ぴんと尖っている。髪は闘志に燃えたったかのごとく、銀いろにかがやいていた。

池の水も、光っている。夕日の反射が、目にまぶしかった。ブルッケンマイヤーは、じりじり右にまわりだした。桔梗も右へ、じりじりまわりこんだ。二十mの水をへだてて、ふたりはむかいあったまま、ぶきみな円をえがいて、少しずつ位置をかえた。

「どうした。怖いか」

ブルッケンマイヤーが、さけぶ。ブルッケンマイヤーが右へよれば、桔梗も右へよる。池をはさんで、桔梗は、逃げているように見えた。

「兄き、どうする気だよ。早くやっちまえばいいんだ」

大友が、じりじりして、さけんだ。

息づまる殺気に、池の水までふるえだす。

風が起って、小波が立ったのだ。夕日の反射が、ふたりの目を射た。

その瞬間、桔梗の口から、するどい声が走った。刀身が、宙に光った。桔梗のからだも、いっしょに宙をとんだ。

ブルッケンマイヤーのからだも、大きな鳥のように、宙におどった。ふたつの影が、池の上ですれちがう。

次の瞬間、桔梗は、さっきまでドイツ人が立っていた位置に、水に背をむけて立っていた。

刀は地にたれている。

ブルッケンマイヤーは、池のまんなかの岩の上に立っていた。

そのつるぎも、水の上にたれている。

桔梗は首をねじまげて、池のまんなかのドイツ人に、声をかけた。

「あなたの説によると、ぼくのほうが、利口だったことになりますね」

ブルッケンマイヤーも、ふりかえった。首をふって、声高にいった。

「いや、わたしのは寿命だ。寿命がきたんだ」

とつぜん、そのからだは、前にたおれた。水音がした。しぶきが、弔花のように、華やかに立った。

黒いすがたは、見るみる水に沈んでいく。銀髪だけが、くらげみたいに、しばらく水面にのこったのは、あわれ、鬘《かつら》であったらしい。桔梗は足もとから、ステッキの鞘をひろいあげると、鉦でも投げるように、池のなかにほうりこんだ。

「寿命かな。そうであったほうが、ぼくとしても、寝ざめがいい」

桔梗は、大友と竜子の待っている地点へ、もどってくると、日本刀を鞘におさめた。

「もうこれで、おしまいだろう」

桔梗は、日本刀を池へ投げこんで、歩きだした。大友と竜子が、あとにつづいた。

「車はどこに、とめてある？」

と、桔梗がいった。

「すぐそこだよ」

「くたびれたな。二長町へいって、荷物をまとめたら、上野駅まで送ってくれよ」

と、桔梗はいった。

「どうしよう？」

大友は、竜子の顔いろを、うかがった。

「だめよ」

竜子は、きっぱり首をふった。

「終列車はまだ出ないわ」

解説

岡本喜八（映画監督）

解説なんぞという、大それたものを書いたタメシは、かつて一度もないのだが、今度だけはついつい二つ返事で、お引き受けして仕舞っていた。それほど、この都筑さんの〈なめくじに聞いてみろ〉は、私にとって思い出深いものだったからである。総合芸術と言われている映画も、その出発点は、あくまで〈個〉としての監督の興味からで、皆が寄ってたかって創ったあとは、また〈個〉にかえって、オリジナル・シナリオづくりに憂き身をやつしたり、血眼になって原作をさがしたりするのだ。従って、ゾッコン惚れこめる原作にぶち当った時には、滅法嬉しくなり、その原作がどこぞの会社やプロダクションに売れて仕舞ったのを知った時には、矢鱈と悲しくなるのが常だ。

〈なめくじに聞いてみろ〉は、正しく、ソレであった。

週刊誌連載（誌名失念失礼）の頃から、セリフと語り口の面白さもさる事ながら、どう見ても山だしのアマチュアの主人公が、次々と現われるいずれもヒトカドの殺しのプロフェッショナルを、これまた次々と、その度にオットットッといった感じで消して行く。それも、オモチャやら文房具といった、まことに日本的な小道具を駆使して消して行く、という奇想天外でしかも身近かな発想にゾッコン惚れこんで、「折あらば」と「目をつけ」ながら完結を待っていたのだが。

昭和三十七年か八年（これまた失念失礼）に、〈飢えた遺産〉という題の単行本になって出版された時には、すでに手遅れ、この原作の映画化権は日活の手に渡っていた。それを知った私の口惜しがりようは、ちょいとしたものであったのを覚えている。

東宝を辞めてフリーになった今では、「これぞ」と思った原作は、借金をかき集めてでもサッサと手を付ける事にしているのだが、当時の私は、〝江分利満氏の優雅な生活〟と〝ああ爆弾〟で、変化球ばっかり投げるヘンな監督、というハンコをペタリと押されていて、「喜八の持ち込む企画は受け付けないし、シナリオも第一稿は書かせない」と申し渡されていたし、実際、シナリオまでちゃんと印刷し、コンテニュイティ（撮影台本）も作って、あとは撮るばかりと身構えていた、小松左京さん原作の〈日本アパッチ族〉も棚上げという、まことに不自由きわまる状態だったから、私が、たとえ日活企画室に一歩先んじて、企画を持ち込んでいたとしても、九分九厘取り上げて貰えなかったに違いない。

　ところが、それから二年目、会社の上の方から「こういうシナリオがあるけど、やって見る気はないか？」と下りて来たのが、なんと小川英・山崎忠昭脚色の〈なめくじに聞いてみろ〉であった。棚からボタモチ、手の舞い足の踏むところを知らず、宍戸錠主演と聞いていた日活作品が、どうして私の手に飛び込んで来たか？ なんていう経過も、クレージーものか若大将ものか（またまた失念）のオソエモノで、当時としては最低の製作費でなら、なんていう条件も私にとってはどうって事はなくて二つ返事で引き受けていた。

　もっとも、引き受けるについての私の条件は、主人公を原作よりもっとカッコ悪く、モタモタし乍らもなんとなく殺し屋どもを消して行くといった、すっとぼけた人物に仕立てたいって事だけだったのだが、その要求も通って所謂ホン直しも終り、仲代達矢主人公、啓子の団令子、ビルの砂塚秀夫とキャスティングも決まり、題名も《殺人狂時代》と決まって、あとはただただ撮りまくるばかり、まことに順風に帆をあげてといった感じだったのだが――。

　好事魔多しのたとえ、仕上がったとたんに時の権勢から「封切待った」の声がかかった。早く言えば、オクラである。オクラというのは、折角創ったフィルムを倉に入れて、永久に、または半永久的に陽の目を見せないって事である。従って、私たち活動屋仲間では古来〈恥〉とされていたから、当然の如く時の権勢にオクラになった理由を聞いたものだ。

時の権勢は、「出来が水準以下だから……」と言ったっきり、あとはどう追求しても固く口を閉ざして、具体的な理由はカケラも教えて呉れなかった。多分、トリ（目玉商品）のクレージーものか若大将ものかの、足を引っ張ると判定を下したからに相違ないのだが、ただ「水準以下」では納得出来るものではない。

私は、それまで一滴も呑めなかったアルコオルをたしなむようになり――当時確か四十四、五歳だったから、相当に晩学ではある――、無理矢理に〈栄光あるオクラ〉と思い込む事にしたものである。

その間、試写を見た筈の、批評家もジャーナリストも、また固く口を閉ざしていて、「どうして殺人狂時代が上映されないか」と一文をものして応援してくれたのは、たった一人、中原弓彦氏だけであった覚えがある。

ところが、完成から七ヵ月か八ヵ月経った翌年二月に、ある日突然のように、ろくすっぽ宣伝もしないで封切られた。おまけにトリの器（ウツワ）ではないわが《殺人狂時代》をトリにして、なんとかいう自動車レースの記録映画をソエモノにした番組である。とてもお客が入る訳がない。ためしに結果を聞いてみたら、「会社創立以来の不入り」だったそうだが、もっとも、封切日に一館で千五百人は入っていたのだから、今では、ままあの方で、以後、どんどん不入り記録は更新されているそうである。

ともあれ、そこで終われば原作ならびに原作者に、まことに申し訳ない仕儀になるのだが、この「水準以下の作品」も、数年経ったら旧作上映館で存外の評判を受け始めたようで、小屋主さんからは「上映希望投票ではいつも三位以内」と聞いたり、見知らぬ人から「ひょっとしたら十年早かったのでは……」といった手紙を貰ったりしているから、かろうじて面目だけは保つ事が出来たかな？　とも思っているのである。

そんなこんなの訳で、私の、〈なめくじに聞いてみろ〉映画化は、まことにドラマチックであり、従って、解説というより、ついついウラミツラミを書いて仕舞ったような気がして、はなはだ申し訳ないのだが、私の、映画創りの目標の一つに、「名作と呼ばれなくても、何度も何度も見て貰えるような映画を……」というのがある。

非才、私の作品は、なかなかそういった目標どおりに仕上がらないのだが、原作〈なめくじに聞いてみろ〉は、初版から十数年経った今読み返えしても、やっぱり面白いのである。思わずついついシャッポを脱ぎたくなったものである。

本作品は一九七九年十一月に講談社文庫で刊行されたものを
本文組み、装幀を変えて、新装版として刊行したものです。
また本文中には今日の観点からみて差別的と思われる表現が
ありますが、当時の時代背景に鑑み、原文を尊重しました。

|著者| 都筑道夫　1929年、東京生まれ。10代の頃から小説を発表。推理小説の翻訳にも携わり、早川書房で「エラリイ・クイーンズ・ミステリ・マガジン」の編集長を務め、「ハヤカワ・SF・シリーズ」の創刊に尽力。'61年『やぶにらみの時計』を発表。以後、小説をはじめ、評論、エッセイなど幅広く活躍した。2001年『推理作家の出来るまで』で日本推理作家協会賞を受賞。'02年日本ミステリー文学大賞を受賞。'03年逝去。

なめくじに聞《き》いてみろ　新装版《しんそうばん》
都筑道夫《つづきみちお》

2021年7月15日第1刷発行

発行者――鈴木章一
発行所――株式会社　講談社
東京都文京区音羽2-12-21　〒112-8001
電話　出版（03）5395-3510
　　　販売（03）5395-5817
　　　業務（03）5395-3615
Printed in Japan

講談社文庫
定価はカバーに
表示してあります

KODANSHA

デザイン―菊地信義
本文データ制作―講談社デジタル製作
印刷―――豊国印刷株式会社
製本―――加藤製本株式会社

ISBN978-4-06-523681-9

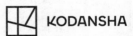

講談社文庫刊行の辞

二十一世紀の到来を目睫に望みながら、われわれはいま、人類史上かつて例を見ない巨大な転換期をむかえようとしている。

世界も、日本も、激動の予兆に対する期待とおののきを内に蔵して、未知の時代に歩み入ろうとしている。このときにあたり、創業の人野間清治の「ナショナル・エデュケイター」への志を現代に甦らせようと意図して、われわれはここに古今の文芸作品はいうまでもなく、ひろく人文・社会・自然の諸科学から東西の名著を網羅する、新しい綜合文庫の発刊を決意した。

激動の転換期はまた断絶の時代である。われわれは戦後二十五年間の出版文化のありかたへの深い反省をこめて、この断絶の時代にあえて人間的な持続を求めようとする。いたずらに浮薄な商業主義のあだ花を追い求めることなく、長期にわたって良書に生命をあたえようとつとめるところにしか、今後の出版文化の真の繁栄はあり得ないと信じるからである。

同時にわれわれはこの綜合文庫の刊行を通じて、人文・社会・自然の諸科学が、結局人間の学にほかならないことを立証しようと願っている。かつて知識とは、「汝自身を知る」ことにつきていた。現代社会の瑣末な情報の氾濫のなかから、力強い知識の源泉を掘り起し、技術文明のただなかに、生きた人間の姿を復活させること。それこそわれわれの切なる希求である。

われわれは権威に盲従せず、俗流に媚びることなく、渾然一体となって日本の「草の根」をかたちづくる若く新しい世代の人々に、心をこめてこの新しい綜合文庫をおくり届けたい。それは知識の泉であるとともに感受性のふるさとであり、もっとも有機的に組織され、社会に開かれた万人のための大学をめざしている。大方の支援と協力を衷心より切望してやまない。

一九七一年七月

野間省一